今日も今日とて半宴会状態。
予断を許さない状況ではあるけど、
おいしい魚のお陰でみんなの表情は明るい。
ファムリナ
木工と細工と宝飾、精霊魔法と弓の達人。おっとりした喋り方通りの性格だが、低めの身長に似合わないダイナマイトボディの持ち主。
ドンガ
鍛冶と採掘、槌術の達人。普段はぶっきらぼうだが、鍛冶については饒舌になることも。
ウイコウ
内政と軍略と釣りの達人。頭脳派でコチを補佐してくれる。凄腕の魔法剣士。

「よくがんばった。すぐに楽になるからもう少し我慢して」
コチ
『中回復《ミドルヒール》』
アル
「後ろのガキどもを頼んだぜコチ、いい気になっているこいつらにお仕置きをしてやらねぇと」
ミラ
「賛成、ちょっとイラッとしちゃった」
「助けてくれてありがとうございました」
ルイ
狼系獣人でライルの妹。採掘が得意。ときには歳に似合わない小悪魔的な言動をすることも？
「もう駄目かと思った、ありがとう」
ライル
狼系獣人でルイの兄。採取が得意で俊敏。生意気なところもあるが家族思い。
勇者？賢者？いえ、はじまりの街の《見習い》です
なぜか仲間はチート級
3

勇者？賢者？いえ、はじまりの街の《見習い》です

なぜか仲間はチート級

3

著：伏（龍）　イラスト：riritto

口絵・本文イラスト
riritto

装丁
木村デザイン・ラボ

CONTENTS

プロローグ　イベント告知

『イベント【古《いにしえ》の森に巣食う魔物を倒せ】
結界に閉ざされた古の森、その森に封じられし魔物の封印が解けた。夢幻人《むげんびと》よ、守人の召喚に応じ封じられし魔物たちを討滅せよ。
魔物は森の中央部から湧《わ》いている。外縁部に召喚される夢幻人は中央に行くほど強くなる魔物たちを倒すなどしてポイントを集めよ。

・イベント期間：○月○日22：00～24：00までの2時間（現実時間）。
イベントは一種のダンジョンである専用フィールドにて行われ、時間加速により7日間。イベント終了後、ゲーム内時間は6時間経過。
・パーティ単位の参加。
メニューよりパーティリーダーが参加登録。イベント開始時にパーティメンバーごとイベントフィールドに召喚される。

フルパーティに満たなくても（ソロも可）参加は可能。ただしパーティごとにイベントのスタート地点はランダムで振り分けられるため、スタート地点が違っていた場合は他のパーティとイベント開始後の合流はできない。
・ある一定プレイヤー数ごとに、同条件の別地点（別サーバー）に召喚される。

・貢献度によりポイントが加算され、そのポイント数によってランキングが決定する。
・獲得ポイントは一日の終わりに集計結果をメニュー内のイベントページに表示する。
・ランキングは複数用意（例：討伐ランキングなど）。
・古の森の中には魔物が襲ってこないセーフエリアがあり野営なども行える。ただし、中央に行くほど数も範囲も狭くなる。
・イベント中に死亡した場合は最後に入ったセーフエリアで復活。この際、通常のデスペナルティは発生しないが、集めたポイントは減少する。
・イベント中に手に入れたアイテムは原則としてイベント外に持ちだせない。ただし、集めたアイテムはイベント終了時に全《すべ》てポイントへと変換される。
・アイテムの持ち込みは自由、ただしイベント中に使用したアイテムはそのまま消費され補填《ほてん》はされない。
・イベント中は種族、職業のレベルアップに必要な経験値は取得できない（スキル熟練度は上がる）。
・報酬はイベント終了後、報酬一覧から集めたポイントで交換できる（交換できる報酬の例：イベント限定アイテム、鉱石など各種素材、経験値など）』

第一章　一日目

【C・C・O】で開催されるイベントに参加することを決めた私は、イベント特設エリアである【古《いにしえ》の森】に相応《ふさわ》しいであろうメンバーをリイドの人たちから選抜してイベントの日を迎えた。

そして私たちは、イベント参加者を【古の森】へと召喚したとされるカラムさんから事情を聞いた。しかし、カラムさんの望みはイベントの告知で示唆されていた『魔物たちを討滅』することではなく『怪我《けが》した仲間を助けてほしい』だった。森の中央にある村が魔物に襲われたと危機を伝えに来たミスラさんという女性が意識を失ったままであり、ポーションや【回復魔法】を使用しても一時的にしか回復しないため、一定時間ごとに回復をし続けなくてはならないらしい。

おそらくだけど、今回のイベントは魔物をたくさん倒すという討伐系イベントと、カラムさんの依頼を達成していくというストーリー系イベントがあるのかも知れない。ここに召喚された夢幻人《プレイヤー》たちは皆、討伐系イベントとして取り組むつもりらしく狩りの効率が良いだろうと思われる森の中央へと突入していった。

私もパーティメンバーの力を借りれば討伐系でもある程度の成績を残すことができるかも知れない。でも、それでは自分の力とは言い難いし、メンバーにおんぶに抱っこじゃイベントを、この世界を楽しめない。それなら私は、困っているカラムさんを助け、原因不明の怪我で苦しんでいるミスラさんを助けてあげたい。仮にこのイベントがそれだけで終わってしまったとしてもそれはそれで満足できる気がする。

「なんとかしてミスラさんを助けましょう」

「でも、さっきのむかつく奴らの言葉じゃねぇけど薬の効果がないんじゃ手遅れなんじゃねぇか」

ミスラさんの症状を確認したパーティの一つが回復を諦《あきら》め、捨《す》て台詞《ぜりふ》を残して出て行ったのはついさっきのことだ。今回のイベントメンバーのひとりである元リイドの門番アルの言葉は、残酷なようだがこの世界ではむしろ当たり前の意見だ。この世界には日本のように医療費を負担してくれるような制度はないのだから、回復の見込みもない人にひたすらポーションを使い続けることは現実的に不可能。ただ今回はイベントである以上、なんかしらの解決策はあるはず。

「私はそうは思いません。ミスラさんの症状は多分ですけど、この森にしかない何かが原因だと思います。そして、そうであるなら解決方法もこの森の中にあると思うんです」

「コチさんの言う通りだとわたしも思います。実はこの部屋をちょっと見ただけでも、当たり前のようにいろいろな効果付きの道具があるんですけど〜、ところどころに見たことのない素材が使われていまして生産技術が高いみたいなんですよ〜」

「そういや、外に置いてあった鍬《くわ》なんかも、素材が独特で作りも悪くなかったな。鍛冶《かじ》技術自体もまあまあだ。この場所ならではのものがあるっていうのはあり得るな」

私とは違う視点でこの森の可能性を肯定してくれるファムリナさんと親方。ふたりも今回のメンバーで、ファムリナさんは主に木工、ドンガ親方は鍛冶の師匠だ。このふたりがそう言うならこの森と森に住む人たちには独自の知識や技術があるということ。であるなら森を探索しつつ素材を集めてミスラさんの治療法を探すというのが当面の目標として妥当か。

仮に解決策が見つからなくても、集めた素材からポーションを自作すれば手持ちの分と合わせてミスラさんの生命維持に必要な薬を賄えるはず。

「どうせ助けようって言うでしょ、コォチ。そうと決まればさっさと森の探索に行こうよ」

既に話に飽き始めているのはリイドの冒険者ギルドの受付嬢だった山猫系獣人のミラ。彼女にリイドの参謀であるウイコウさんを加えた六人が今回のイベントメンバーだ。

「とにかく森に行かなきゃ何があるかわからないんだしさ。さ！　いこいこ」

「俺もミラに賛成だ。取りあえずひと狩りしてからまた考えようぜ、な、コチ！」

くっ、この脳筋どもめ。とはいえ、言っていることは間違っていない。

「ウイコウさん、それでいいですか？」

「勿論《もちろん》いいとも。戦闘は私たちがしっかりとフォローさせてもらうから、コチ君は安心して素材を探すといい」

「ありがとうございます。それでは私は基本【鑑定眼】で周囲を見ながら動きますので、索敵はミラ。前衛は親方、両サイドはウイコウさんとアル。後衛はファムリナさんにお願いします」

「はいな」

「おう」

「承知した」

「任しときな」

「はぁい」

緊張も気負いもまったく感じられないパーティメンバーの頼もしい言葉を合図に私たちは森へと入っていくが、中に入ってみると枝葉がかなり密集しているため昼前だというのに薄暗く感じる。幸い木と木の間隔はそれなりにあるみたいなので、移動するスペースはそれなりに確保できそうだけど、足下は膝《ひざ》ぐらいまでの草が生い茂っているところもあるし、多少の動きにくさがある。日差しがあまり当たらないのになんでこんなに草が生育しているんだとかの疑問はあるが、そこは言っても仕方のない部分だろう。

【鑑定眼】を使用しながら十分ほど森を歩くが、カラムさんが周辺の薬草を取りつくしたのか採取できるようなものはない。その辺の樹木の中には雑木として伐採可能なものも交じっているが、雑木自体はまだインベントリに入っているし伐採は必要ない。

「コォチ、来るよ。前方から羽音、蟲《むし》系の魔物かな。蟲系は気配がわかりにくいんだけど、数は五ってところ」

「わかりました。ではちょっと下がって、さっき通った少し広い場所で迎え撃ちます。ファムリナさん、飛び回られると面倒ですので範囲を限定するか、地面へ叩《たた》き落してください」

「はぁい、わかりました～」

ファムリナさんがにこりと笑って頷《うなず》くのを確認してから全員で素早く下がり、比較的スペースのある場所で布陣。するとファムリナさんが大きな果実をぷるんと震わせながら持っていた杖《つえ》を構え、声に魔力を乗せた精霊語を紡ぐ。

『風精《ふうせい》よ、囲い、落とせ』

同時に木々の間を縫うように飛んできたバスケットボール大の蜂の魔物が扇形に広がって姿を見せ始める。黒く大きな複眼と、現実ではあり得ないサイズの虫というのはゲームだと思っていてもかなり恐怖感がある。もし、現実世界にこんなのがいたら間違いなく即逃亡を選択する。

しかも少しは知恵が働くらしく、攻撃前から陣形を展開していてさらにそこから散開して攻撃をしかけてくるつもりらしい。だが、黙ってその通りにさせてやる筋合いはない。すぐにファムリナさんの言葉に応じた風の精霊たちが私たちの側面に回り込もうとしていた両翼の蜂たちへ風を吹き付けて強引に中央へと寄せてくれた。

私も【精霊魔法】は教えてもらっているのでわかるが、契約精霊でもない精霊たちにあれだけの短い言葉でイメージ通りの効果を出してもらえるのはファムリナさんだからだ。私だと言葉に込める魔力も多くなる上に、長い言葉が必要となってさらに魔力効率が悪くなってしまう。そのため現状では同じような効果を持つ普通の魔法を使う方が便利な状態。私が精霊魔法を戦闘の選択肢として加えるためには、私個人と契約をしてくれる精霊を見つけてからになると思う。

「親方は正面、ミラは左から、アルは右から。ファムリナさんは状況に応じて弓で援護、ウイコウさんはお任せします」

魔物たちがファムリナさんのお願いを受けた風精たちに中央へと集められ、地面へと落とされるタイミングに合わせて前衛陣を前に出す。私の仕事はないと思うが、蜂たちが倒されてしまう前に一応【鑑定眼】は使用しておく。

モンスター名は『スピンビー』……レベルは10。私ひとりだとやや苦戦するけど、このメンバーなら余裕かな。だから戦い自体はまったく問題ないだろうけど………あれはどういうことだろう。っと戦闘が始まるので考察は後だ。

「どっせい！」

まず最初に動いたのは私の指示に応《こた》えて前に出たドンガ親方。風精の風に押されて高度が下がった正面の一体を親方が戦槌《せんつい》を振り下ろして上から叩き潰《つぶ》した。

ほぼ同時に左右に展開したアルとミラが隊列の端にいたスピンビーに攻撃をしかける。ミラは素早い動きで羽を斬りおとしてから頭部刺突。アルは下からの斬り上げで器用に頭部を斬り離している。残り二体のうちの片方にはファムリナさんの矢が眉間《みけん》に刺さっていて、最後の一体はウイコウさんが刺突に乗せて放った氷の針に撃ち抜かれていた。

うん……なんというか知ってはいたけれど、私の指示なんか絶対に必要ないな、これ。でも、ウイコウさんはどんなに楽勝な戦いでも絶対私に指示を出させる。小さな戦い一つからでも私に学ばせようとする厳しい師匠だ。

〈スピンビーの針×5を入手しました。ＥＰ5を取得〉

ドロップは針でイベントポイントが5か。ＥＰはそのままだけど、ドロップアイテムに関してはここで手に入れたアイテムは持って帰れない。最後にポイントに変換することはできるらしいけど、アイテムとして取得できる以上は他にも何かに使える可能性はあるので後でいろいろ調べてみよう。

「この辺の魔物は問題なさそうだね。なにか気になることはあったかい、コチ君」

「戦闘に関しては特に……あ、でもスピンビーの鑑定結果に少し気になる記述が。よくわからないんですが、鑑定情報の中に【汚染】と表示されていました」

細身の長剣を腰の鞘《さや》に戻す姿も様になっているウイコウさんの問いかけに、先ほど気になったことを伝える。

「ほう……汚染か。ミラ、アルレイド、君たちはスピンビーと戦ったことがあるかい？」

私の鑑定結果を聞いたウイコウさんの目が興味深いとばかりに細められ、すぐに戦闘経験が豊富そうなふたりへと問いかける。

「あるわよ」

「俺もあるぜ」

「今と違うところは?」

即座に頷いたふたりにその時との違いを尋ねると、脳筋組のふたりは首を傾げながらも記憶を掘り起こす。

「そうね……感覚的だけど、前に戦ったときよりほんの少しだけ固かったかも」

「俺は首を落としたから固さはわからなかったが、そもそも目の色が違ったぜ」

「にゃ? そうだったっけ?」

「ああ、今日の奴らは目が黒かっただろ。あいつらの目はもっと茶色かったはずだぜ」

「うに? ああ、言われてみれば確かにそうだったかも」

自信ありげに語るアルに圧されてというわけではないだろうが、ミラもアルに同意する。ミラの返答には若干怪しい部分があるが、こと戦闘に関することならアルの言葉はあてになる。

「なるほど……汚染状態の魔物は普通の魔物よりも強化されていると考えていいだろうね。それにその汚染というキーワードはここで戦う上で重要な要素になりそうだ。コチ君、魔物たちが出たらこれからもなるべく鑑定をよろしく頼むよ」

「わかりました」

ゲーム的な観点から見たら、おそらく中央で魔物が溢れたことと関係してくるんだろうと思うけど、ゲームの『いろは』なんて知らないはずのウイコウさんがあっさりそれに気が付くのはさすがだ。

「!」

ウイコウさんの洞察力にしみじみ感心していると、ミラがいきなり三角耳をピーンと立てて背後を振り返った。どうやら何かを察知したらしい。

「ミラ？」

「悲鳴が聞こえる」

小さな声で呟《つぶや》いたミラの言葉に一瞬でメンバー全員にスイッチが入る。

「ミラ！　案内できるか」

「任せといて！　こっち！」

ミラの案内に従い全員で森の中をひた走る。そして二分も走れば今度は私たちにも。


「……ぃちゃん！」


「聞こえた！　女の子の声だ！　ミラ！　アル！　先行して！　絶対に死なせないで！」

「誰《だれ》に言ってんの、余裕！」

「任しときな！」

一気に加速して私たちを置き去りにしたふたりを逸《はや》る気持ちを抑えながら全力で追う。残念ながらステータスの低い私、足が短い親方、胸に重りを抱えたファムリナさんはあまり足が速くない。ウイコウさんは多分速いと思うけど、あのふたりが先行したなら十分だと判断したのか私たちの速度に合わせてくれている。

ミラの走った方向と声の位置から大体の場所はわかっているけど、ここは視界が悪い森の中。目的地を間違えないように【索敵眼】を発動してミラの気配をしっかりと追う。すると、すでにミラたちは二百メートルくらい先で戦闘になっているようで移動はしていない。魔物の気配は三つ……

アルとミラ以外に人の気配がふたつ。多分間に合ったと思うけど、怪我《けが》をしていたりする可能性もあるから私も早く行かないと。

焦る気持ちを抑えつつ、木々の間を駆け抜けてようやく目的地に着く。そこでは既にアルとミラが牛ほどもある三体の蟷螂《かまきり》型魔物と戦闘中だった。アルとミラ、ふたりの実力なら私たちが行く前に決着が付いているかとも思っていたけど、どうやら三体の魔物がうまく連携を取っているようで、アルとミラがそれぞれの相手を倒すために前に出ようとすると、残った一体がふたりの背後へと回り込もうとするらしい。それでもアルとミラなら一体に回り込まれたところで問題ないと思うんだけど。

「やっときやがった。後ろのガキどもを頼んだぜコチ、いい気になっているこいつらにお仕置きをしてやらねぇと」

「賛成、ちょっとイラッとしちゃった」

アルたちの言葉にはっとして視線を巡らせるとふたりの背後の木の陰に抱き合って座り込んでいるふたりの子供がいた。

「わかりました。やっちゃってください」

どうやらアルたちは魔物が子供たちを狙《ねら》おうとするのを防ぐために攻めきれなかったらしい。しっかりと役目を果たして守ることを優先してくれたせいでストレスが溜《た》まってしまったらしいので、後の戦いは好きにやらせてあげよう。あ、でもその前に鑑定はしておく。

『スラッシュマンティス』のレベル18。さっきの魔物よりかなり強くなっているうえに、やっぱり汚染されている……姿をよく見ると確かに目は黒いし、体もどことなく青黒い感じ。多分汚染されていなければ、リアルの蟷螂みたいに緑色だったのかも知れない。

「コチ君、男の子が怪我をしているようだ。治療を頼む」

「あ、はい。わかりました。こちらは私がやりますので皆さんは戦いの方をお願いします」

「坊主たちの守りは俺とファムがやる。お前は行け」

「そうですね、では私も一体もらいましょう」

親方に勧められウイコウさんも前に出る。ミラ、アル、そしてウイコウさんがそれぞれ一対一で戦うならあの程度の魔物に万が一すらない。むしろ魔物に同情したいくらい。なので、私は安心して治療に専念できる。

「もう大丈夫です。怪我を見ますからね」

子供たちのところに駆け寄って声をかけるが反応が鈍い。慌てて傷を確認すると女の子を守るように抱きしめている男の子の背中が斜めに斬り裂かれている。おそらくスラッシュマンティスの攻撃から身を挺《てい》して女の子を庇《かば》ったのだろう。

「よくがんばった。すぐに楽になるからもう少し我慢して」


『中回復《ミドルヒール》』


トレノス様に頂いたとき、既に上位魔法である【神聖魔法】を覚えていたため、いきなりカンストしてしまった【回復魔法】だけど、現状【神聖魔法】を使えるプレイヤーはほとんどいないはずなので、外で使うときには重宝している。

【神聖魔法】は回復にプラスした効果が付く分だけ回復量が抑えめの傾向があるので、私が使える

単体回復スキルの中でいま一番回復効率が高いのはこのミドルヒールだ。【神聖魔法】のレベルがもう少し上がれば完全回復ができるレベルの魔法を覚えるらしいけど、まだもう少し先の話だし、いまのところはそこまで大きなダメージを受けることもないから必要性も低い。

私の手が放つ光が男の子の背中を柔らかく包みこんでいくと、傷ついていた背中がゆっくりと塞《ふさ》がり、ライフも回復していく。それに伴って、痛みで歪《ゆが》んでいた男の子の表情がやわらぎ、女の子を抱え込んでいた手も緩む。

「ぐ……う……はぁ」

「んはぁ！　く、苦しいよ……お兄ちゃん」

女の子はどうやらよほど強く抱きしめられていたらしい。それほどまでにこの子は彼女を守ろうとしたのだろう。おそらく兄妹《きょうだい》だと思うけど……リアルではいつも姉さんに守られてばかりだった僕にはちょっと羨《うらや》ましい。小さなこだわりだけど、本当なら男である僕が姉さんを守ってあげたかった。

〈スラッシュマンティスの鎌×3を入手しました。ＥＰ15を取得〉

おっと、感傷に浸っている間に戦闘も終わったらしい。

「魔物は倒しましたし、傷も治しましたのでもう大丈夫ですよ」

「え？」

肩を軽く叩《たた》くと、男の子はこわごわと顔を上げて周囲を確認。魔物の姿がなくなっているのを自分の目で認識すると大きく息を吐いた。

「……助かったよ兄ちゃん。もう駄目かと思った、ありがとう。ほらルイもお礼を言いな」

「うん、助けてくれてありがとうございました」

そう言って頭を下げる女の子の頭には可愛《かわい》らしい三角耳……よく見ればさっきまで伏せられていたのか男の子の方にも三角耳がある。どうやらふたりは獣人の兄妹だったらしい。

「いえ、無事でよかったです。えっと……確認しますけど、おふたりは大きな木のある村から逃げ出してきたということでいいですか？」

「ああ……突然村に魔物が襲ってきて……襲ってきたのが昼間だったから襲撃に早く気が付けたのはよかったけど、村の皆が命懸けで俺たちと何人かを外へと逃がしてくれたんだ。でも……何度も魔物に追われてその度にちりぢりになっちまって……俺たちの」

そこまで話した男の子が言葉に詰まる。おそらく一緒に逃げた大人たちは魔物に追いつかれそうになる都度、ひとり、またひとりと囮《おとり》を買って出て子供たちを逃がそうとしたのだろう。

「お兄ちゃん……早く待ち合わせ場所に行こうよ。早くパパとママに会いたいよぉ」

ルイと呼ばれていた女の子が兄の服の裾《すそ》を引っ張っている。目を潤ませ不安を湛《たた》えたその表情を見ているとこちらも悲しくなってくる。どうやら一緒に逃げていた人たちの中にふたりのご両親もいたらしい。

「待ち合わせ場所？」

目で兄の方へ問いかけるが、男の子は苦しげに目を伏せる。それを見てわかってしまった。待ち合わせ場所で合流しようというのは大人たちが子供たちを……いや、ルイに逃げてもらうための方便だったということが。

「コチ君、いずれにしても長くここにいるのは子供たちにとっても危ない。待ち合わせ場所というのはおそらくカラム氏の家のことだろうから、私たちも一度戻ろうじゃないか」

「ウイコウさん？」

私の言葉を遮るようにウイコウさんが小さく頷《うなず》く。……うん、私にわかったものがウイコウさんにわからなかったはずはない。それでも今はそういうことにしておいた方が子供たちの安全を確保しやすい。

「わかりました、一度カラムさんのところに戻ります。ウイコウさんはルイちゃんを、親方は……えっと、この子をお願いします」

疲労しているだろう子供たちをウイコウさんと親方に背負ってもらおうとして、まだ男の子の名前を知らないことに気が付く。

「私はコチと言います。キミの名前を教えてもらえますか」

「ああ、俺の名前はライル……ライでいい」

◇　◇　◇

「ライくん！　ルイちゃん！　無事だったのか！　良かった！」

ふたりをカラムさんの家まで連れ帰って保護をお願いすると、カラムさんは涙ぐみながら飛びつくようにふたりを抱きしめた。

「痛いよ、カラムのおっちゃん」

「ん～、えっと……たまに村にお買い物に来ていたおじさん？」

どうやらカラムさんはずっとここに暮らしている訳ではなく、森の調査のために数カ月おきに村とこの家で生活拠点を変更していたらしい。

ひとしきり再会を喜んだあと、逃走で汚れていたふたりを近くの川から家の裏へと引き込んだ貯水池へと連れていき、ファムリナさんとミラにお願いして水浴びをさせる。一応念のために追記するとファムリナさんとミラは水に入らず着衣のままです。でも、これから七日間過ごす可能性も考えると皆もお風呂《ふろ》とか入りたいだろうからなんか考えたい。前にアルに作ってあげた風呂桶《ふろおけ》を使えばなんとかできるかも。

水浴びしている間にインベントリに入れておいた料理を準備してふるまうと、ふたりはよほどお腹《なか》が空《す》いていたらしく、目を輝かせながら無心に食べ、最後はフォークを持ったまま眠りに落ちていた。そんな子供たちをカラムさんの家のリビングにあるソファーにそっと運んで毛布をかけ、様子を見守っていたカラムさんへと向き直る。

「よほど疲れていたようですね。カラムさん、ふたりをここで保護してもらっていいですか？」

「勿論《もちろん》です、もともと小さな村です。住民たちはみな親戚《しんせき》のようなものですから。ただ」

「ただ？」

カラムさんは思案するように視線を落とすとゆっくりと口を開く。

「私たちの村はあまり人が多くなくて、今子供と言えるのはライくんとルイちゃんだけです。子供という以外にも事情はあるのですが、とにかく村人たちはまず何を差し置いてもふたりを逃がそうとしたはずなんです」

「そうですね、だからこそふたりはここまで辿《たど》り着《つ》けた」

「はい。つまりこの子たちは逃げ出した村人たちの先頭です。森の中心にある村を襲った魔物たちがそのあたりから溢れたのなら、同じように魔物たちもここへ到着するのではないでしょうか？」

「なるほど……」

　森の中心付近から溢れた魔物たちは必然的に森の外縁へと向かう。魔物から逃げてきたライとルイの兄妹がここまで辿り着いたということは、同じ場所から来る魔物もここに現れる可能性があるということか。

「つまり、ここも襲われる可能性があるかも知れない。そう考えているんですね」

「はい。この森は餌が豊富ですので、いつもなら魔物たちもわざわざ人がいるようなところには出てこないですし、森で出会ってもお互いに戦いを避けることが多いのですが」

「既に村が襲われている以上、ここが大丈夫だとは思わないほうがいいだろうね」

「……はい」

　私と一緒に話を聞いていたウイコウさんの言葉に私は頷くしかない。ちなみに他のメンバーはお茶を飲んで寛《くつろ》いでいるファムリナさん以外は、残った料理を奪い合うようにして争って食べている。子供たちが起きていたときはさすがに遠慮していたようだが……やれやれ。

「となると、子供たちやこの家を守るための対策が必要ですよね？」

「うん、中央からはかなり離れているということだから、それほど多くの魔物は来ないかも知れないけれど、護衛を残すなどの対策は必要だろうね」

　となると差し当たって私たちがやらなくてはいけないのは、ミスラさんを助けるための素材の探索と家の防衛。仮に防衛にふたり残すとすれば、探索は四人になる。うちのメンバーなら四人でもそうそう不覚を取ることはないだろうけど、素材の探索には私が同行する必要があるから実質私の護衛として三人が付く形になる。そうするとあまり遠くまでは行けないか。

「すみません、なにからなにまで……」

「あ、いえ、放ってはおけませんから。気にしないでください」

「ありがとうございます……」

感謝を示し深々と頭を下げるカラムさんだが、なにか落ち着きがない。どうしたのだろうと思っていたら、髭《ひげ》をしごきつつウイコウさんが苦笑まじりで口を開く。

「カラム殿、まだ私たちに頼みたいことがあるのでは？」

「あ……はい、申し訳ありません！　ここまでお力を借りているのに、まだ何かを頼もうだなんて、恩知らずもいいところだとは思うのですが……」

「そんなことないですよカラムさん。とにかく言ってみてください、私たちができることであれば力を貸しますから」

「あ、ありがとうございます！」

私とウイコウさんの言葉にまたしても目を潤ませたカラムさんは、ライとルイへと視線を落とす。

「……無理にとは言いませんし、なにかのついででもいいんです。もし……もし！　森の中で村人たちを見かけるようなことがあれば、助けてあげてくれないでしょうか」

「え？　それは、もちろん構いませんが」

必死の形相でカラムさんが頼んできた内容に思わずきょとんとしてしまう。森の中で困っている人がいたなら助けるのは普通じゃないのだろうか。

「本当ですか！　ありがとうございます！」

感極まって私の手を握るカラムさんに戸惑う私をウイコウさんがなぜか優しい目で見ている。

「ええ……でも」

私としては森の中で村人を見つけた時に力を貸すのは全然かまわない。でも広そうな森の中を、私のパーティだけが素材の探索をしながらうろつきまわるだけでは出会える村人はそう多くはない気がする。もし、村人たちを助けることができるのなら、ライやルイのご両親たちのこともあるし、ひとりでも多くの村人を助けてあげたい。となると……どう考えても私たちだけでは手が足りない。

「うん、そうだね。ここの防衛、素材の探索、村人の捜索。全《すべ》てを私たちだけでやるのは難しいだろう」

私の視線を受けたウイコウさんが私の考えを肯定する。

ちょっと悔しいが、あのケビンとやらの言う通り、本来このイベントはいくつかのパーティが協力して進めるべきものなのだろう。だが、すでにスタートダッシュで森の中に散ってしまったイベント参加者に連絡をする手段はない。

フレンドリストに登録してあれば、同じサーバー内に限り連絡を取り合うことができるらしいけど、私のフレリスにはリイドの住人とリナリスさんのパーティである『翠《みどり》の大樹』、そして一緒に【調教】を取得したアリナさんとミミコさんしか登録されていない。

うん、人の命がかかっているんだから出し惜しみをしている場合じゃないよね。

「四彩を召喚しましょう。アオに頼めば防衛を任せられるし、アカとシロに手伝ってもらえば探索範囲が一気に広がります。それにクロが協力してくれるなら部隊を分けても連絡が取れます」

「いいのかいコチ君。四彩を表に出せば、いろいろ問題が起こる可能性があるよ」

「はい、構いません。それでライとルイの両親や村人を助けられる可能性が少しでも上がるなら」

僕や姉さんも早くに両親を亡くしている。あのときの喪失感をこのふたりが知るのはまだ早い。

「それでこそコチ君だ。では、外の広場を含めてこの家の周辺を拠点化しよう。同時に森の探索をして村人の捜索を優先しながら、同時進行で素材を探す。それでいいかい？」

「はい」

その後、残りのメンバーとも相談して、ウイコウさんの方針を了承してもらった。もちろんカラムさんも嬉《うれ》し涙《なみだ》を流しながら全面的な協力を約束してくれたので、拠点化も同時に進めることになった。

現在の時間を確認するとまだ一日目の午後三時前、当然寝るには早い時間。夜になる前にできることはやっておこう。

「まず、皆を呼ぼう。【召喚《サモン》：蒼輝《そうき》】【召喚：朧月《おぼろ》】【召喚：雷覇《らいは》】【召喚：紅蓮《ぐれん》】」

私の呼びかけに応《こた》えるように青、黒、白、赤の四本の光の柱が発生し、その光の中に頼もしい友人たちが現れる。


『む……不可思議な場所だ』

『ふふふ、わたしに会いたくなったのね、コチ』

『ふぁ……お仕事かい、お兄さん』

『くく、あなた！　今度こそ手応《てごた》えのある相手なんでしょうね』

頭から、アオ、クロ、シロ、アカの順だ。

「皆、来てくれてありがとう。今回はこれから七日間、継続して力を貸してほしいんだ。いろいろお願いしちゃうことになると思うけど、終わったらできる範囲でお礼はするからどうか助けてほしい」

四彩の皆は私の召喚獣という位置付けではあるけれど、私にとって彼らは友達だ。だから彼らの意思を無視して命令することはしないし、できない。私にできるのはただ協力をお願いするだけ。
まあ、力ずくで命令なんてしても、私を指先ひとつで潰《つぶ》せるほどの力がある四彩に強制するなんて不可能だけどね。

『ま、よかろう』

「うん、ありがとうアオ」

『わたしもいいけど、コチの傍《そば》にいるのが条件よ』

「わかった。ちょうど頼もうと思っていたことも、近くにいてもらう用事だったから問題ないよ、クロ」

『こっちは向こうより時間があるんだよね、夜だけ寝ても向こうにいるよりたくさん寝られる計算だから、起きている間は手伝うよ』

「ははは、シロらしいね。よろしく頼む」

『強敵はいるんでしょうね？』

「多分、ね。少なくとも普通の魔物よりは強いみたいだよ、アカ」

『ならいいわ、手伝ってあげる』

　四彩の協力を取り付けたところで今日の予定を考える。

　村人の救出を最優先にするなら森の探索は早い方がいい。でも、これから出てもすぐに暗くなってしまうだろう。それに村人をうまく助け出せれば、徐々に人が増えていく。その人たちを守るために、この場所の拠点化も進めなくちゃいけない。

　とりあえず、拠点化のためには生産系スキルを複数持つ私が残る必要がある……でも、素材の探索も私が森に行く必要があるんだよな。まあでも、今日は時間もないし素材関係は諦《あきら》めよう。その代わり今日中に柵《さく》くらいは作っておきたい。あとはファムリナさんと親方にも協力してもらって……でもアルとミラはじっとしていられないだろうな。

「よし。ミラ、アカと一緒に村人の捜索をお願い。魔物は倒してもいいけど、捜索が優先だからね」

「わお！　わかってるねぇ、コォチ。任せておいて」

ミラが外に出られると知って嬉しそうに尻尾《しっぽ》を揺らしている。

「お、おい！　コチ。俺、俺は？」

「ああ、もううるさいアル！　今、言うから」

「お、おう」

「……どうせ大人しくできないだろうからアルも、シロと一緒に村人の捜索に行ってもらう。ただし二時間もすると暗くなってくると思うから、いくらスキルで暗闇《くらやみ》が苦にならないって言ってもふたりとも三時間後には戻ってくること」

「了解よ」

「おう」

威勢はいいが返事は軽い。本当にわかっているのかどうかは微妙なので釘《くぎ》を刺しておくか。

「ちなみに時間に遅れた場合、夕食は抜きだから」

「にゃ！　わ、わかった。絶対に遅れないから」

「うぐ！　お、俺も大丈夫だ（おい、シロ時間管理頼む）」

大丈夫と言いつつ小声でシロにスケジュール管理をお願いしているアルはどうなんだろうと思うが、ふたりにとって飯抜きは地獄だろうから、ひとまずこれで大丈夫だろう。あとは……

「クロ」

『なぁに、コチ』

私の肩に跳び乗ってきた黒猫が体を擦りつけてくる。

「ふたりに幻体を付けて、視界を常時投射してもらえる？」

『目と耳が使えればいいのよね』

「うん、この森は何があるかわからないから、なにかあったときに駆けつけられるようにしたいし、森の様子も確認しておきたい。まあ、戦闘に関してはまったく問題ないと思っているけどね」

『ふふふ、いいじゃない。仲間を信頼するのと、心配しないというのは同じ意味じゃないもの』

なぜか機嫌良さそうに喉《のど》を鳴らしたクロは、五つに分かれている尾のうちのふたつをふりふりと振って光に変える。その光はふらふらと飛んでいくと、アルとミラの肩に乗って手の平サイズの子猫の姿になった。

これは幻術と闇の魔法が得意なクロのオリジナルのスキル。自分の分体を尾の数だけ生み出せる。消耗を考えなければ実体付きの分身も生み出せるらしいが、今回は目と耳の役割だけで実体は必要ないため、文字通り幻の体になる。そして、このスキルの本当に凄《すご》いところは分体たちを監視カメラのようにして、分体たちが見たり聞いたりしたことを監視モニターのように投射することができるということだ。

「よし、ありがとうクロ。じゃあ、アルとミラは村人の捜索をよろしく。この森はなにが起きてもおかしくない。こっちでも確認しておくけど、危ないと思ったらすぐに連絡をしてほしい。アカ、シロも気を付けてね」

『ふ、ふん！　むしろ気を付けなきゃいけないほどの相手が出てくることを祈っているわ』

『あ、うん、それじゃあ行ってくるよ、お兄さん』

四災でもあったふたり？　は心配されることにあまり慣れていないのか、私の言葉にやや戸惑いを見せつつも頼もしく応えてくれた。シロとアカがいればアルとミラが羽目を外しすぎることもないはず。

シロとアカを連れて肩にクロの幻体を乗せたアルとミラが二手に分かれて森へと消えていく。クロの幻体が見ている景色《けしき》は私の視界のちょっと上あたりに表示されている。森をすり抜けるように進んでいくのがミラで、シロの後ろを追走しているのがアルだろう。ミラとシロの索敵能力と捜索組の運動能力があれば、短い時間でもかなりの範囲を回れると思うけど……戻る時間を考えれば実際に捜索できるのは一、二時間。その捜索で村人を見つけるのは難しいかも知れない。でも、この時間でこの森に慣れてくれれば明日以降の捜索の効率は上がるはずだし、なんとか手遅れになるまでにライとルイのご両親だけでも見つけてあげたい。

「さて、じゃあ私たちは私たちにできることをしましょう」

〈スピンビーの針×3を入手しました。ＥＰ3を取得〉
〈クラッシュビートルの甲殻×1を入手しました〉
〈クラッシュビートルの角×1を入手しました。ＥＰ2を取得〉

投射映像の中で出会った魔物を瞬殺した二つのグループからの通知が脳内に流れるが、ちょっと今は邪魔なので通知はオフにしておこう。

「私たちは何をすればいいかな？」

「あ、はい。ここを拠点化するのにまずは防衛力を上げたいと思います。アオ、家の裏に川と貯水池があるからそこで待機して、この広場と家、その周辺を守ってもらえないかな」

『承知』

「ありがとう、アオ。ウイコウさん、アオを裏の池までお願いできますか、そのあとは私の作業を手伝ってもらいたいのですが」

「いいとも」

快諾してくれたウイコウさんに地面でのんびりしていたアオを抱き上げて託すと、この場に残っているのはファムリナさんと親方、そしてクロを肩に乗せた私。とりあえずはこの三人で少しでもここが安全な場所になるように頑張らなきゃ。

「ファムリナさん、親方。私が街で買った携帯用の細工セットと鍛冶《かじ》セットがあるんですが、拠点に役立つものってなにか作れます？」

ファムリナさんと親方に質問しつつ、現物を家の前のスペースに設置する。携帯細工セットは工具にプラスして作業台に彫金などに必要な研磨や研削の魔道具が付属してあり、携帯鍛冶セットは工具プラス簡易の炉や金床。どちらも携帯用生産設備セットとしては中級者ぐらいまでの人が使うレベルだから、伝説の職人級のファムリナさんや親方には物足りないだろうけど、最低限の作業はできるはず。

「そうですねぇ、素材さえあればいくつか役立ちそうなものは頭に浮かびます～」

「本当ですか。素材はなにが必要ですか？」

「えっとぉ、コチさんは『聖域』の魔法を使えましたよね～」

「あ、はい。使えます」

「それなら～、マンティコアの魔核を使って簡易の『聖域』を発動する魔道具を作ろうと思います。持続時間を長くするために効果は弱めになりますが、数を揃《そろ》えて拠点を囲むように設置すれば、ある程度の対策にはなると思いますよ～」

『聖域』は魔物の侵入を防ぎ、中にいる者たちの気配を漏らさないという結界の魔法。野営用のテントなんかに似たような効果のある魔道具はあるらしいけど、それなりにお高いようで中堅プレイヤーがパーティ共用でようやく購入を検討するというレベル。それをあっさりと量産するとか言えるファムリナさんに、私はまだまだ追いつけそうもない。

それなりに強い魔物からしかドロップしない魔核も、高性能な魔道具作製には欠かせないアイテムで本当ならとても貴重なものだけど、グロルマンティコア戦で取り巻きとして召喚されたマンティコアを一掃したときに大量にゲットしているので使ってもらうことに支障はない。

「俺は鍛冶師だからな、武器や防具は素材さえあれば作れる。あとはこの辺りに畑でも作るんなら農具なんかも作ってやれるが……拠点防衛と言われるとな」

腕を組んでむむ、と唸《うな》る親方。確かに拠点を作るとなると鍛冶の出番は少ない。

「ですよね。それなら、この広場と家一帯を柵で囲もうと思っていますのでウイコウさんと一緒に手伝ってもらえますか」

「おう、いいぞ」

「ありがとうございます。えっと、まずは……ファムリナさん。マンティコアの魔核は作業台に出しておきますね。他になにか必要ですか？」

「そうですね～、魔樫《まがし》はまだお持ちですか～」

「魔樫？　えっと確かリイドで定期的に伐採していたので丸太数本分はあったと思います」

「それならぁ、一本ください。魔核を魔道具化するときの術式はそちらに刻んで魔核と連結して、杖《つえ》のような形に仕上げて地面に刺せるようにしますから～」

「なんか凄いものができそうですね。じゃあ、魔樫もここに置きますので、私の魔法が必要になったら声をかけてください」

はぁいと気の抜けるような返事をするファムリナさん。小柄な体格とほんわかとした雰囲気につい小さい子のように感じてしまう。でもファムリナさんはエルフなので多分私よりもずっと年上のはずで、本当はもっと年長者として接しなきゃいけないんだけど……ついつい見た目に引っ張られてしまって結構難しい。まあ、ファムリナさんは普通に接してもらった方が嬉しいみたいだから別にいいんだけどね。

そもそも大地人《だいちびと》はゲームのキャラだと割り切ってしまえば、年齢なんてキャラ設定のうちのひとつということになって、データ上の年齢に重みなんか感じなくなるはずなんだけど……でも私にはこの世界の人たちをただのキャラとはもう思えないから、そこはちゃんと相手に応じて礼節は尽くしたいし、ＴＰＯも弁《わきま》えたいところ。

「それじゃあ親方、始めましょうか」

「うむ」

親方とふたりで広場の端まで移動して、まず農地開拓クエストでコンダイさんと一緒に伐採した大量の雑木を出す。計画としては、これを長い杭《くい》に加工して周囲に打ち込んでいく予定。

「どのくらいの高さにすればいいと思います？」

「そうだな、防衛の要はアオ。補助としてファムの魔道具。ならば柵は足止め程度でいいだろう、時間と人手があればしっかりしたもんを作りたいところだがな」

「なるほど。となると二メートル、じゃ低いか。三メートルほどの杭を三十センチ程度の間隔で並べて壁がわりにしましょう」

「それだと結構な数になるが杭の作製は？」

「大丈夫です、今回は実用性重視ですから。長さと太さを大体揃える程度の加工ならすぐにできます」

地上三メートルの杭を打つなら防柵《ぼうさく》の役目を考えても地中に一メートルくらいは打ち込みたい。となると四メートルの杭を大量に作ればいい。地面に差すのはゲーム仕様なのか、上からハンマーで叩《たた》けば簡単にできる。だから必要なのはむしろ、立てた杭に上からハンマーを打つための台か。移動ができるように簡易に作る必要があるけど、これは後で見張り台のような役割にも使えるだろうからある程度頑丈に作ってもいい。

あとは、打ち込む杭を安定させるために『あれ』が便利なんだけど、親方なら作れるだろうか。

「親方、本業の方で作って欲しい物があるんですが」

「ほう、構わんぞ。なんだ」

「はい、作って欲しいのはちょっと変わった形のスコップのようなものです」

「ほほう？　なんじゃそりゃ」

親方の髭《ひげ》もじゃの顔からこぼれ出た言葉には、未知の物に対する好奇心が溢《あふ》れていた。

◇　◇　◇

「ほお、こりゃすげえな」

楽しそうに地面を掘っている親方を見て私は感心するしかない。

親方は私が雑木を柵用の杭に加工したり、台を作製していた三十分ほどの間に、拙い説明だったにもかかわらずありあわせの素材であっという間に試作品を完成させてしまった。勿論《もちろん》、ゲームの世界だからということもあるだろうが、それでもこの速さは親方じゃなければ無理だと思う。

私が親方に提案したスコップは、杭などを打ち込むための縦穴を掘ることに特化したものだ。向かい合わせにしたふたつの細長いシャベルをハサミのように連結して長い柄を付けたもので、地面に落とすようにしてシャベルを喰《く》い込ませる。そしてシャベルの間の土を柄で操作して挟み、引きあげてから取り除く。これを繰り返すことでどんどん細い縦穴が掘れるというもの。これで地面をちょっと掘ってから杭を立てた方が安定する。

実はこれ、何度か働いたバイト先で使っていた道具なんだけど、初めて見たときにそのフォルムと機能性に感動したのでよく覚えていたのが幸いした。

「いけそうですね。それじゃあ、もうすぐ台が完成しますので、親方が穴を掘って杭を差して、ウイコウさんが台の上からハンマーで打ち込みお願いします」

「コチ君、この器具はある程度の高さから使用した方が効率的なのではないかな」

「あ、確かにそうですね。では親方、役割は交代でいいですか？」

「俺は構わん」

この特製スコップは高い位置から落とした方が深く食い込むし、掘った土を引きあげるにも一気に引きあげた方が楽だ。そうするとドワーフとして一般的な身長しかない親方よりは、背の高いウイコウさんに使用してもらった方がより効率的だろう。それにハンマーの扱いが親方より上手《うま》い人もいないだろうし。

それからの作業は実にスムーズだった。とりあえず私は見栄えを考えずに簡単に木材を組み合わせて二メートル半程度の台を作製。そのあとは、雑木を取り出し、手ごろな太さの木は長さだけをノコギリで切り揃え、太すぎる木は思い切って斧《おの》で割って適度な太さに加工していく。侵入を防ぐのが目的の杭なので、手触りや見た目は二の次、三の次。不揃《ふぞろ》いで不格好ではあるけど、あっという間に杭ができていく。さすがは【木工】レベル7。

ウイコウさんはウイコウさんで試作の特製スコップを使いこなし、ざっくざっくと穴を掘る。その速さはおそらくSTR《カ》やDEX《器用》もかなり高いんだろうなと思わせ、ひとつの穴を掘るのに五分とかからない。

そして親方が最後のとどめとばかりに台の上からハンマーを振り下ろして杭を固定。そんなルーティンを繰り返すうちに慣れもあってどんどんと効率が上がっていき、一時間も経《た》つ頃《ころ》には広場と森の中央方面の境目に高さ三メートルの杭の列が完成していた。

拠点後方はイベントエリア外で侵入不可らしいので、あとは側面を塞《ふさ》げばいい。ただ、あれだけあった雑木も使い果たしてしまったので、明日は伐採からスタートしないと。

なんだかリイドを出てから木を伐《き》ってばかりな気がする。その証拠に【伐採】のスキルレベルは6になっている。メインジョブが【見習い】以外だったら【木こり】とかの副ジョブが付いたかも。そんなジョブがあるのかどうかわからないけど。

『あ、コチ。おバカさんの方が誰かを見つけたみたいよ』

「え？」

とりあえず一段落ついたところで休憩していた肩の上で寛いでいたクロの声に慌てて幻体の視界を確認すると、ミラはアカとふたりで茸《きのこ》型の魔物と戦闘中だったが、アルの方が小太りのおじさんを守りながら虎のような魔物五体とスピンビー三体と戦っていた。

「シロとアルなら問題はないかも知れないけど、村人にもしもがあると困るか」

ただ、マップを見るとアルの位置はここから結構離れている。この拠点は森の最南端に位置していて、午前に私たちが探索した北方向、今回アルが向かった北東方向、ミラが向かった北西方向のマップが記録されているが、午前中に向かった北方向の三倍近い距離をアルたちは移動している。ったくどんだけ突っ込んでいるんだか。その距離からあと一時間以内で帰ってこられるつもりだったのだろうか？

あ～でも、あの面子《メンツ》だったら普通に戻ってきそうな気がする。リイドのメンバーに私の常識はいつも通用しない。

「ウイコウさん、アルが村人を発見しました。魔物の数が多いので助けに行こうと思いますが一緒に来てもらえますか？」

「いいとも」

「親方はこの拠点の防衛をお願いします」

「おう、だが鍛冶セットと素材は置いていけ」

「わかりました」

私は頷《うなず》くと鍛冶セットと数は多くないが、手持ちの鉱石などの素材類をその場に置く。

「あとはよろしくお願いします。ウイコウさん、私の肩に手を」

黙って頷いたウイコウさんの手がクロとは反対側の肩に置かれる。それを確認してから、マップのアルの位置とクロの幻体からの映像を脳内で組み合わせて、到着地点をなるべく正確にイメージしつつスキルを使用する。

『転移』

一瞬視界がホワイトアウトしたのちに、くらりとして膝《ひざ》をつく。転移酔いというよりも一気にMPを消費したことによる副作用だろう。こういうところの細かい作りこみがこのソフトの凄《すご》いところだけど、いざ自分が体感すると結構面倒かも。

「ウイコウさんは魔物をお願いします」

「よし」

耳から入ってくる戦闘音にまずはウイコウさんを送り出す。頭を振って閉じていた目を開けると、予定通り目の前に村人らしき人がいた。どうやら足を怪我《けが》して身動きが取れなかったらしい。

「カラムさんに頼まれて助けに来ました。クロ、私とこの人を魔物から隠してください」

『いいわよ、はい』

こともなげにクロが答えると、瞬く間に私たちの周囲だけが薄い霧に覆われる。クロの得意な幻術を使った結界で、この霧の中では方向感覚を惑わされるらしい。前にリイドで効果を体験したときは、どう頑張っても霧を突っ切って真っすぐ向こう側に抜けることができなかった。

つまりこの中にいる限り、私とこの人のところに魔物や人がやってくることはなく、安全が確保されるということだ。

「ありがとうクロ。それにしても……同行者付きだとこの距離の『転移』でもきついな」

【時魔法】と【空間魔法】をレベル10までカンストすることで覚える【時空魔法】のレベル1でとうとう修得した『転移』の魔法だが、MP消費500固定の『短距離転移《ショートジャンプ》』とは違って、基礎の500に加えて同行者有りでMPプラス消費。距離に応じてさらにプラス消費というとんでもなく燃費の悪い魔法だった。

普通の魔法はスキルレベルが上がると新しい魔法を覚えていくが、【時空魔法】はスキルレベルが上がっても新魔法はほとんど覚えず、消費MPが削減されたり効率がUPしたりして徐々に『転移』が使いやすくなっていく仕様らしい。

街と街の移動はポータルさえ登録してあれば何回でも移動できるが、ポータル転移は街という縛りがあるうえに移動には毎回使用料を徴収されてしまう。ホームに設置したポータルなら費用面は抑えられるが、場所の制限はどうしても付いて回る。

しかし『転移』の場合はMPさえあればマップで到達エリアになった場所ならどこへでも行きたいところに行けるという素敵魔法。ただ、このコストパフォーマンスが異常に悪い魔法を有効に活用するためには、マップの到達エリアを広げていくと同時にスキルレベルを上げていかなくてはならない。本来はもっと強くなった人が覚える魔法なんだろうけど、うまくできている。

「き、君たちはいったいどこから……」

「っと、すみませんでした。私はコチと言います。私たちはカラムさんに召喚されてこの森に来たんです。そこでカラムさんから村の人たちを見つけたら助けてほしいと依頼されています。あなたも中央の村から逃げ出してきた方ですよね」

「あ、ああ、はい、そうです。そうかカラムが……助けに来てくれてありがとう、コチさん。私はモックといいます」

薄霧の向こうに見える戦闘風景は順調に終わりに近づいている。ウイコウさんたちはクロが幻術を使ったのを見て、隙《すき》をついて私たちを狙《ねら》おうと霧に突進してきては明後日《あさって》の方向へ飛び出すことを繰り返しているスピンビーをひとまず無視することに決めたらしく、レベル23の『ハイドタイガー』五体を次々と倒している。勿論もれなく汚染された魔物である。

「いえ、それよりも怪我を見ましょう。右の足首ですか、見せてください」

「すまない、疲労と空腹でちょっと意識が逸《そ》れたばっかりにうっかり根を踏んで足を挫《くじ》いてしまってね。森に暮らす民として不甲斐《ふがい》ない限りだよ」

「そんなことはないですよ、魔物から逃げながらここまで来られただけでも凄いことです」

こんな状況にもかかわらず意外と明るいモックさんは、たははと笑いながら頭を掻《か》いている。

「裾《すそ》をまくりますね」

一言断ってからモックさんのズボンの裾をまくると、男性には珍しい気がするが緑の石をあしらったアンクレットが目に入る。宝石を使ったアクセサリはまだ見たことがなかったのでいろいろ聞きたいところだけど、まずは怪我の確認が先。軽く触ってみるが、どうやら軽い捻挫《ねんざ》だけで、骨などに異常はなさそうだったので【回復魔法】の初期魔法である回復《ヒール》をかける。今はMPに余裕がないから『回復』で済んで助かった。

「せっかく褒めてもらったが、この森の中ならうちの村の人間はしぶとい。私みたいなヘマをしなければ一週間くらいは平気で生き延びると思うよ」

ん？　……確かミスラさんがカラムさんのところに来たのが二日前。だとするとこれは、村人救出の期限がイベント開始五日目くらいまでという示唆？

「それは朗報ですね。明日からまた捜索をしますので、村の人たちが目指しそうな場所とか、隠れていそうな場所を教えてください」

「ああ、勿論だ。私たちの村のことなのに君たちには迷惑をかけてしまうが、私にできることはなんでもする。どうか他の皆も助けてあげてほしい」

先ほどまで笑みを浮かべていたモックさんだったが、打って変わって真剣な表情で私に頭を下げる。

「はい、全力を尽くします。とにかくまずは、カラムさんのところに戻ってゆっくりと休みましょう。足は治ったと思いますが歩けそうですか」

「……っしょっと、うん大丈夫そうだ。なにからなにまで本当にありがとう！」

ゆっくりと立ち上がって、足首をおそるおそる回したモックさんは痛みがなくなっているのを確認して軽い跳躍をすると改めて頭を下げてくれた。そこまで感謝されてしまうと逆に申し訳なく思ってしまうのは、リアルの私が人見知りだったりするせいなのだろうか。

「あ、いえ……えっと、あ！　あっちも終わりましたね、では結界を解きます。クロ、お願い」

『はい、終了っと。それに、こっちの子はもういいわね』

戦闘が終了しているのを確認してクロに結界の解除をお願いすると、クロはふりふりと尻尾《しっぽ》を振る。するとその動きに振り払われるかのように白い霧はさっと晴れ、さらにアルの肩にいた幻体が煙のように消えてクロの尻尾は三本から四本になる。

「ほう、話ができる従魔とは珍しいですね」

「やっぱりそうですか？　私の場合は従魔というよりは友達みたいなものですけど」

「…………」

クロの艶《つや》やかな毛並みの頭を撫《な》でながら、正直に答えるとモックさんの表情が僅《わず》かに曇る。

「……どうかしましたか？　モックさん」

「あ、いえ……私たちの村に伝わる伝承にも話すことができる魔物にまつわる話があるものですから」

「へぇ……面白そうですね。是非教えてください」

「伝承と言っても、子供に聞かせるような昔ばなし程度の話ですよ」

「いえいえ、そういう話ほど興味があるので」

「おいコチ！　こっちは終わったぜ」

モックさんの話をもう少し詳しく聞こうとした私を遮るように、自慢げな顔で口を挟んでくるようなのは……ま、アルしかいないよな。

「お疲れ様でした、ウイコウさん」

「魔物との戦いは随分と久しぶりだったが、今日一日戦ってみて意外と動けるものだね」

自分の肩をほぐすように揉《も》んでいるウイコウさんだが、リイドの人たちは全員チュートリアルの制約に縛られていないときは厳しい鍛錬をしていたことを私は身をもって知っている。むしろ何が彼らをそこまで強者《つわもの》たらしめるのか……それをまだ教えてもらえないことにちょっと寂しさを感じてしまう。おそらくリイドという街とユニークレイドボスが絡んだ話だと思うんだけどね。

「シロもアルの面倒を見てくれてありがとう」

『あふ……別にいいよぉ、お兄さんのご飯おいしいし』

う～ん、シロは可愛《かわい》い！　よぉ～しよしよし、撫でてあげよう。もっふもふ～、っと、ちょ、ちょっとクロさん？　尻尾が邪魔で前が見えないんですが？　いたっ！　爪が！　爪が肩に！　え！

ちょっ！　本当にやめて、普通にＨＰ減ってるから！

「お～い、いちゃついてて俺を普通に無視すんな～」

「あ～はいはい、アルもご苦労さま。今回はモックさんを見つけてくれた手柄があるからね。あんまり持ってきてないけど、特別に一本付けるよ」

「おほっ！　やったぜ！　そうと決まりゃあ、さっさと帰ろうぜ」

酒が飲めると知ってテンションが上がったアルに急《せ》かされるように拠点への移動を開始する。意外だったのは森の中を走るモックさんが、私たちの移動速度についてこられたこと。他の村人もモックさんくらい動けるということならば、さっきモックさんが言っていたこの森の中でなら村人たちは生き延びているはずだというのは、モックさんの強がりでも希望的観測でもなく事実の可能性が高い。これは良い情報だ。


アルとミラに指定していた制限時間に僅かに遅れて拠点に帰ると、先に帰っていたミラが頬《ほお》を膨らませていた。

「ちょっと！　時間通りに帰ってこいって言うから、ちゃんと帰ってきたのにコォチがいないってどういうことよ！　っていうかお腹空《なかす》いた！」

「すみませんでした。アルの方で村の人が見つかった関係で、ちょっと手助けに向かっていたので」

「むぅ、それなら仕方ないけど、早くご飯にしてよね」

「はいはい、ライくんとルイちゃんは起きていますか？」

「さっき、起きてきたわよ。ご飯食べて、睡眠取って、落ち着いたらいろいろこみ上げてきたようでカラムが慰めているみたいね」

なるほど、逃げている最中はあんまり深く考えている余裕もなかったけど、安全が確保されてご飯食べて眠ってほっとしたら、ご両親や村の人たちのことを思い出しちゃったのか。しっかりしているようでもふたりはまだ十歳と八歳、まだ子供なんだから不安に思っても仕方がない。

「そうですか……そうだ、モックさん。あなたも中に入ってふたりに顔を見せてあげてください。もしもの時を考えると、あんまり期待させるのもかわいそうなんですけど、村の人を私たちが連れてきたことを知れば少しは元気が出ると思いますから」

「わかりました、お気遣いありがとうございます。ですが、今回のことにコチさんたちはなんの責もないのですからあまり背負いすぎないでください」

モックさんは努めて明るく振る舞い、笑顔のまま家へと入っていった。背負いすぎているつもりはまったくないんだけど、いくらゲームのイベントだからとは言っても、避けられるものならやっぱり悲しいルートは避けたい。

「コチさん、道具ができたので魔法をお願いします～」

「あ、ファムリナさん。お疲れ様でした」

大きな胸をふるふるさせながら作業をしていたファムリナさんから声がかかったので、すぐに細工セットの方へと向かう。すると作業台の上には先端に魔核を嵌《は》め込み、一メートルほどの長さの魔導師が持つ杖《つえ》みたいな形に加工された魔道具が三十本並べられていた。

現状では鑑定しても『装飾の付いた杖』という扱いで僅かにＳＴＲとＩＮＴ《知力》に補正が付く程度の装備。これに私が『聖域』の魔法をかけることで魔道具が完成するのだろう。

「こんな僅かな時間でこれだけ作るなんてさすがですね」

「いぃいえぇ、最初のひとつができてしまえばあとは繰り返しですから～、そんなに難しくないです

よ～」

　確かに一度作ったものと同じものを作るときには、スキルの補正もあって各段に作りやすくなるけど、それがあったとしても速い。

「えっと、これにひとつずつ魔法をかければいいですか？」

「あとは魔法の登録だけなので～、一度魔核に触れられるだけ触れて『聖域』を使ってくれれば大丈夫です～」

「なるほど」

　それなら魔核の部分を近くに寄せて、両手の平を広げて指先にたくさん触れるようにすれば数回で終わりそうだ。

「込める魔力とかはどうですか？」

「最小で大丈夫ですよ～」

「わかりました」

　ＭＰは回復してきているので、発動だけでいいなら問題ない。ささっと終わらせて食事の支度をしないと腹を空かせたアルとミラの視線が怖い。


　というわけで完成したのが、こちら。

　聖域の結界杖
　耐久：５００／５００

魔物が嫌う光を放つ杖。杖からの距離が近いほど効果が高い。
作製者：ファムリナ

一日使いっぱなしでも、耐久値は100ほどしか減らないとのことなので効果は約五日。その後も魔法をかけ直せばまた使えるし、効率は悪いがMPを補充することもできるらしい。うん、便利。

完成した結界杖はアルとミラに拠点周りに等間隔に設置してもらうことにして、私は食事の支度にかかる。とりあえず今日は持ち込んできた料理を並べるだけだが、このまま拠点の人数が増えてくれれば、大食いのメンバーもいることから七日分は賄えなくなるだろう。

ところがアルとミラが探索中に狩っていた魔物のドロップを確認したけど、ここの魔物のドロップは全《すべ》て汚染されていて食材扱いになっていない。ただ森の中には食べられる食材がいくつかあったし、川には魚の姿も見えた。それに魔物ではない普通の動物の姿も確認できているので、素材の探索と同時に狩猟や漁をして食材を確保することはできる。あとはカラムさんの家の隣に手慰み程度の小さな畑もあったけど、量としては全然足りない。料理のアクセントとして使うことの許可は得てあるので必要に応じて使わせてもらうけどね。

そうなってくると、拠点化、素材探索、村人捜索、食材確保……正直に言えば四彩を召喚していても手が足りない。

柵《さく》さえ完成すれば、アオもいるから防衛はなんとかなると思う。その後は拠点化の優先順位を下げて、村人の捜索と素材の探索を優先しつつ食材の確保かな。

そんなことを考えながら空を見上げると、雲一つない空が橙色《だいだいいろ》に染まりつつある。

「人数も増えたし、天気も崩れそうにないし、さらに結界杖が良い感じに光っている。とくれば、外で食事かな」

とりあえず明日からの予定は棚上げして、広場の真ん中あたりに六人掛けのテーブルをふたつと椅子を適当に出す。料理はおかみさんの作った野菜炒《いた》めと寸胴で預かってきた卵スープ、各種魔物肉のステーキ、そしてパン。

おまけに柵を作るときに出た端材を組み合わせて、【火魔法】で着火して焚火《たきび》も作る。キャンプファイヤーとまではいかないが、これからさらに暗くなってくればいい雰囲気が出るはず。それに焚火ってなんとなく癒《いや》し効果があるような気がするし、ゲーム内の焚火はほとんど煙も出ないから使いやすい。

現実世界ならマシュマロでも持ち出して焚火で焼いたりするんだろうけど、さすがにそれは無理。でも鉄板を出してＢＢＱ《バーベキュー》っていうのはあり。というか是非やりたい！

まあ、今回は作り置きがあるから見送るけど、このイベント中に一度はＢＢＱをする機会を設けたい。


「おうい、コチ。杖の設置終わったぜ」

そこへアルとミラが結界杖の設置を終えて戻ってくる。周囲を見回すと淡く光る結界杖が拠点の周囲を等間隔で囲んでいる。イルミネーションというにはささやかだけど、暗くなってきて空で光り始めた星々ともマッチしていい感じに綺麗《きれい》だ。

「じゃあ、ご飯にするからカラムさんたちを呼んできて」

「ったく、人使いがあれぇな」

「文句を言わない。ほら、約束のもの」

インベントリから徳利《とっくり》を取り出すとアルに向かって放り投げる。

「おほ！　いっただきぃ！」

お酒を貰《もら》って上機嫌になったアルの呼びかけで全員がテーブルに集まったところで夕食を開始する。おかみさん印の料理はもちろん大好評で、出された料理はみるみると消費されていった。これは、想定より早く食材の確保が必要になりそうだ。

子供たちは大いに食べたあとは四彩に興味津々だったが、アカは面倒くさがって屋根の上に逃げ、クロは私の肩から下りない。ということで焚火の傍ですでに気持ちよさそうに眠っているシロと、もともとあまり動かないアオを優しく撫でてにこにこしている。


大人たちはアル以外のメンバーで徳利ひとつということで渡した酒を、小さなおちょこでちびちびと酌み交わしながら楽しそうに語らっている。私はそんな皆を微笑《ほほえ》ましく眺めつつ、簡易キッチンで食器を洗ったりして後片付けをする。洗うといってもそこはゲームなので、キッチンから出る水に食器を通すだけで汚れは落ちたことになるから簡単だ。

食器を洗いながら柵の向こうに目を向けると、食事の間に陽《ひ》が沈んだため完全な闇《やみ》に塗りつぶされた森がある。イチノセの西の森よりも明らかに闇が深いように見えるので、魔法や【暗視】の手助けがあっても夜の活動は控えた方がいい気がする。

「ふぇぇ、やっと着いたぁ。チヅルのせいで危うく死に戻りするところだったよ」

「ごめんってば、でもある程度の素材は確保できたじゃない」

「食事が不味《まず》い以上、私はとにかく早く寝たい」

「……同じく」

「と、泊めてくれるでしょうか？」

「私たちが集めてきた素材をお渡しすれば大丈夫だと思いますわ」

「だといいねぇ……え？　あれ。ここがスタート地点で間違いないよね、チヅルちゃん」

「なに言ってるのよミルキー、マップを見ればそんなの……え、え、えぇぇぇぇぇぇ！」

「なんで急に柵ができて入れなくなってるのぉぉぉ！」


そろそろ明日に備えて解散しようとしていた私たちの耳に飛び込んできたのは、姦《かしま》しい女性たちの話し声と、驚愕《きょうがく》の叫び声だった。

森から出てきて柵の隙間《すきま》からこちらを覗《のぞ》きこんでいるのは、私たちの次に長くここに留《とど》まっていた女性だけのパーティだった。

ちなみにこの柵、まだ出入り口を作っていない。まあ、現状は西側も東側も柵は未設置なので必要がないと言えばないんだけど……実際はすっかり忘れていただけ。なので残りの柵を作るときにはちゃんと西門と東門を設置する予定。

とにかく、戻ってきたプレイヤーさんたちを拒む権利は私にはない。普通に考えればここもセーフエリアのはずだし……ん？　だったら拠点化とかいらなかった？

いやいや、召喚者という重要な位置にいるカラムさんが魔物の襲撃を匂《にお》わせるようなことを言ったんだからその対策はしておいた方がいい、よね？　多分。

ま、まあその辺は後ほど検討することにしておいて、女性パーティの皆さんには柵を回り込んで広場に入ってもらう。現状は人手が足りない状態なので、彼女たちが戻ってきた理由や、今回のイベントに求めているもの次第では協力態勢を取れるかも知れない。

その話し合いにこちらから参加するのは、私とウイコウさんとモックさんの三人。クロも肩にいるけど目を閉じているから話し合いに参加する気はないのだろう。その他のメンバーだと、ミスラさんの看病に戻るカラムさんとまぶたが重くなってきている兄妹が家に戻っている。

うちの残りのメンバーは話し合いにはまったく興味がないようで、場所を焚火の周りに移して、まだちびちびと飲み続けている。それぞれ敷布なんかを取り出したりしているから今晩はそのままそこで野営して眠るつもりらしい。

実力的には問題ないけど、一応外は物騒なのでファムリナさんだけはあとで家の中に入ってもらうようにしよう。ミラは…………別にいいや。ミラを襲おうとする男、もしくは魔物がいたとしても地獄をみるのは間違いなく襲った方だろうし。

◇　◇　◇

「一応形の上では私がパーティのリーダーですので、代表して自己紹介させてもらいますね。私はコチと言います。パーティ名は決めていませんが、こちらの参謀役のウイコウさんと、焚火のところで寛いでいる四人がメンバーです」

全員の名前をうっかり伝えるとリイドに繋《つな》がりそうなので、チュートリアルでプレイヤーと関わりが多いミラや、見た目のインパクトがあるファムリナさん、親方の名前は伝えない。

魔道具で見た目を変えていたウイコウさんや、門番のときとのイメージが違いすぎるアルなら伝えても問題ないと思うけど、アルを紹介すると他のメンバーも紹介しないと不自然になるのでひとまず保留。

「あ、はい。私たちはこの六人で【六花《りっか》】というパーティを組んでいます。私がリーダーで名前はチヅルです」

チヅルさんは身長が百六十センチを少し超えるくらいで、黒髪ポニーテールの人族の女性。革の鎧《よろい》と細身の剣を装備しているから軽戦士系のジョブに付いているっぽい。容姿は……悪くない。悪くないし、どちらかといえば可愛《かわい》い系の美人さんなんだけど、なんていうか凄《すご》く【普通感】が滲《にじ》み出《で》ているからどこかぱっとしない感じ？

多分だけど、この人……苦労人だ。

「パーティ名、安易だよねぇ。六人の女性、女性イコール花、それで六花だもんね。チヅルちゃんってばセンスまで普通～」

チヅルさんの後ろからひょっこりと顔を出したのは、チヅルさんよりもちょっと小柄な感じの茶髪ショートカットの女性。表情が豊かで小悪魔的雰囲気があるから、きっと彼女はパーティのムードメーカーなんじゃないかな。

髪の間からほんの少し耳が出ているので種族はエルフかなと思いきや、尖《とが》り方が足りない気がする。装備が革鎧に片手剣と小型の丸盾なのでチヅルさんよりも前衛よりの剣士っぽいことも考えるとSTRが伸びにくいエルフじゃなくて、ハーフエルフかも知れない。【C・C・O】ではハーフエルフは人気種族で、魔法剣士を目指したいプレイヤーが結構選択しているらしい。

「ミルキー！　あなたねぇ、文句があるならその時に言いなさいよ。誰《だれ》も意見を出さないから仕方なく無難な名前を付けたのよ」

「チヅルちゃんを揶揄《からか》うためにあえて意見を言わなかったんだも～ん」

「こらミル！　チヅルが地味で面倒な役割を全部受け持ってくれているからこそ、私たちはパーティとして成り立っているんだぞ。感謝して労《ねぎら》うならまだしも、揶揄うのはほどほどにしておけ」

「うわっ……痛いよキッカちゃん」

　小柄なミルキーさんの頭を押さえつけるように手を置いたのは、私よりも背が高くて筋肉質な体《たい》躯《く》の赤髪ショートヘアの女戦士だった。女戦士ということで期待しがちなビキニアーマーのような装備は身に付けていなかったが、このパーティ内では唯一金属製のブレストアーマーで上半身を包み左手にも金属製の丸盾、そして片手斧を装備している。おそらく見た目通りの盾戦士でパーティ内では盾役《タンク》をしているのだろう。残念ながらブレストアーマーでわかりにくいが、胸もかなり大きいと思われる。

「ごめんなさい、騒がしくて。一応この小さいのがミルキーで、盾を持っているのがキッカよ。残りのメンバーの紹介はあとでいいわよね」

「はい。皆さんお疲れのようですので早く休みたいと思います。なので、私たちがどうしても今日中に聞いておきたいのはひとつだけです」

　溜息《ためいき》を漏らしたチヅルさんが小さく肩をすくめているが、うちのメンバーの奔放ぶりも負けていないので、そっち方面に関してはまったく問題ない。確認しておきたいのは彼女たちが明日以降どのようなプレイをしようと思っているのかどうかだけ。

「知りたいのは私たちがこのイベントをどう進めるか、ですよね？」

「はい」

「そちらは、NPC、を助けるルートを選ぶんですよね？」

「……いえ、私たちは大地人の皆さんをひとりでも多く助けるために活動します」

「え？」

モックさんやウイコウさんが目の前にいるのに堂々とNPC扱いされるのは正直気分が良くない。その想《おも》いが出てしまったのか、つい強めに言い返してしまった。

「チヅル、お前の悪い癖だ」

「あ、そうか。ごめんなさい……決して悪気があった訳じゃないの。私はゲーム歴が長いせいで、ついゲーム用語的なものが先に出てしまって……」

キッカさんに窘《たしな》められたチヅルさんが、申し訳なさそうに頭を下げる。確かに彼女の言うこともわからなくはない。私はこの【C・C・O】が初めてのVRMMOだが、当然他のソフトから流れてきた人もたくさんいる。そして、この【C・C・O】は他のソフトよりも圧倒的にリアル度が高い。大地人のAI（？）などの作りこみについてもそうだし、実は生産関係もそうだ。

現状は見つけたレシピを基に作製するというのが常識として考えられているが、私が広めた料理のように、自分の手で一から作ればちゃんとオリジナルのアイテムとして成立するようになっている。でも、今後生産の知識が広がり大地人や夢幻人が独自にアイテムを創り出すようになった時、その全《すべ》てのアイテムを運営が事前にプログラミングすることは多分無理。

ここからは私の推測になるけど、おそらく【C・C・O】は現実世界の情報を何らかの形でシステムに取り込んでいる。そして生産者が何かを創り出した時、その生産過程や完成した形を現実世界の情報と照らし合わせて、なんとなく近いものをアイテムとしてデータ化しているんじゃないだろうか。

これは、おかみさんが生み出す数々の創作料理や、今日親方が作り上げたオリジナルのスコップを見ていてそう思った。でも、その参照の精度自体は結構曖昧《あいまい》なものらしい。なぜなら今日作ってもらったオリジナルスコップの鑑定結果が工具じゃなくて武器だったからね。

だけどその曖昧さは生産職寄りのプレイヤーとしては意外と面白いシステムだと思っている。だって自分が作ったものが、予想外のアイテムになるかも知れないっていうのはちょっとわくわくする。っと、ちょっと思考が大幅に逸《そ》れてしまった。

「構いませんよ、チヅルさん。大地人たちが夢幻人の方にそう呼ばれることが多いというのは周知の事実ですから。それに得てしてそういう方たちはその言葉を蔑称《べっしょう》として使うのですが、あなたにその意図がなかったことは伝わっています」

「あ、ありがとうございます」

おう、さすがウイコウさんは大人だ。チヅルさんがそのダンディズムにちょっと頬《ほお》を赤らめているような……くっ、これが落ち着いた大人の男の魅力なのか。

「私もわかりました。誤解が解消されたところでずばりお聞きしますね。六花の皆さんは明日以降どうされますか？」

軽い敗北感に苛《さいな》まれつつも踏みとどまり本題を切り出す。

チヅルさんはミルキーさんやキッカさん、それから後ろに控えているパーティメンバーと視線を交わすと私たちに力強い視線を向けてくる。

「私たちもあの人を助けるために協力します！」

第二章　二日目

イベント初日の夜は、六花《りっか》のメンバーと協力しあうことを合意したところで終了。ご飯が不味いと嘆いていた六花のメンバーに食事を提供したら、やっぱり凄い喰《く》い付きだった。この前の料理販売のときにある程度料理に関する知識は拡散したはずだけど、まだまだ完全に知れ渡ってはいなかったらしい。

腹が満ちた六花のメンバーが広場に設置したテントに消えるのを確認したあと、こちらもリイドメンバーと四彩の身バレ対策を簡単に打ち合わせて（といってもメンバーが偽名を使う、四彩は表立って話さないという程度だが）就寝。結局、女性陣は家の中、男性陣は外で雑魚寝《ざこね》。テントを準備していない訳ではなかったけど、気温は適温で雨も降りそうになかったので、焚火を囲んでまあいいやって感じだった。

ま、私はシロとクロに挟まれて寝たのでぬくぬくのふわふわで快眠です。

「おはようございます、コチさん」

「おはようございます、チヅルさん。早起きですね」

朝日と共に起きて食事の準備をしていた私に声をかけてきたのは、六花のリーダーであるチヅルさんだった。

「一応私が食事担当なのよ、私たちのパーティはリアルでも知り合いでゲーム開始前からパーティを組むのは決めていたから、チュートリアル後のスキル構成も事前に打ち合わせして、各自でひとつは生産系のスキルを取得するってことになっていたんだけど……」

「ああ、チヅルさんは【料理】スキル担当なのにスキルが取得できなかったんですね」

「ええ、まあ他のメンバーもスキルは取得しても良い物が作れるほどじゃなかったから、それ自体はどっちもどっちだからいいんだけど……さすがに食べ物が美味《おい》しくないとね」

ああ、確かに。いいポーションが作れなくても、いい武器が作れなくても我慢できるし、最悪店売りのものを買えばいい。でも食べ物については店売りのものだって今ひとつだし、美食に慣れた日本人には結構厳しい。

「【料理】スキルの取得方法はもう公開されていますよ」

「え！　うそ！　いつ？」

私は先日リナリスさんたちに説明したことと同じことをチヅルさんに説明すると、やはりリナリスさんたちと同じようにレシピとコマンドの罠《わな》に完全にはまっていたらしい。

「はあ、本当にいままでの苦労はいったい何だったのかしら……まあでもこれでメンバーの愚痴がひとつ減るわ。ありがとうコチさん」

「いえ、もう公開されている情報ですから」

「そんなことないわ。ここのところイベント日前後に有給を取るためにリアルの仕事を必死に片付けていたせいで、最近はまったく情報収集できていなかったから、教えてもらえなかったらイベント中のあと六日間、ずっと美味しくないご飯を食べることになるところだったもの」

チヅルさんはぶんぶんと手を振ってそんなことないと強調してくる。でも言われてみれば一週間メシマズは気が滅入《めい》るか。

「……なるほど、確かにその通りですね。それならお役に立ててよかったです。あ、そうだ。今のうちにリーダー同士で情報の共有をしておきませんか」

「え？　あぁ、そうね。うちのメンバーに聞かせてもどうせ覚えないだろうし、私が聞いておいたほうがよさそうね」

小さな溜息と共に肩を落とすチヅルさんに、心の中でお疲れ様ですと呟《つぶや》いてから私たちが昨日《きのう》得た情報をチヅルさんに伝えていく。

こちらからは、怪我《けが》をしているミスラさんの状態。私たちを召喚したカラムさんが私たちに何をして欲しかったのか。村から逃げ出して森に散っている村人のこと。ライとルイの兄妹《きょうだい》のことと、モックさんのこと。そして、カラムさんがこの場所が襲われるかも知れないと匂わせていること。

チヅルさんからは、ミスラさんに薬を作るために癒草《いやしそう》などを探していた昨日一日の採取状況について。それを聞く限り、やっぱりこの近くのものはカラムさんが取り尽くしてしまったようで、それなりに奥へ入らないと見つからなかったらしい。

「となると、今日は村人の捜索などの拠点外の活動と、拠点内でのポーション作製と拠点の防衛対策。ふたつのグループに分かれるのがいいですね」

「あぁ……うん。確かにそれがいいと思うんだけど、戦闘はまだしも生産系はあんまり役に立てないと思う。調合はエレーナっていう狐《きつね》獣人の魔法使いが担当で、木工はミルキー、鍛冶《かじ》はキッカなんだけど、スキルがあってもうまくいかなくて。だから私たちに採取と探索を割り振ってくれた方がいいと思う」

チヅルさんの言う通りなら割り振りはそうした方がいい。だけど、村人の探索は時間との勝負、申し訳ないけどチヅルさんたちがうちの規格外のメンバーたちよりも効率的に探索ができるとは思えない。だとしたらこのイベントを最終日まで考えたうえで一番いいのは六花のメンバーが拠点で生産活動をしてくれることなんだけど。

「あの、もしかしてですけど調合とか鍛冶とかもレシピとコマンドを使っていますか?」

「え? 勿論《もちろん》だけどなに……か……あ! ちょ、ちょっと待って! もしかしてそういうことなの!」

「あ、あの、ちょっと、近いです」

私の問いに答えている間に、何かに思い至ったらしいチヅルさんが私に詰め寄ってくる。一応変なところを触らないようにチヅルさんの肩を押し返そうとするが……肩に触ることができなかった。なんとも不思議な感覚だが、押している感触はあるのに手と肩の間にどうしても縮まらない二センチほどの空間がある。

あ、なるほど。これがハラスメント設定がオンになっている状態か。実際に体感したのは初めてだ。

「あ、ご、ごめんなさい。つい」

「いえ、でもチヅルさんが考えたことは多分正解です。料理だけじゃなくて、生産系の作業はスキルのアシストを受けつつ自分の手で一から作り上げると、スキルの成長率も完成度も高くなるみたいです」

「やられたわね、簡単に手に入るレシピはプレイヤーにミスリードさせるための餌だったのね」

チヅルさんは悔しそうに頬を膨らませているが、気持ちはわからなくもない。幸い私はレシピの手に入らない場所で、優秀な師匠たちに鍛えられたおかげで普通に生産を楽しめた。だけど、レシピとコマンドの罠にはまった人たちは、生産に真面目《まじめ》に取り組めば取り組むほど時間的にも資産的にも大きな犠牲を払っていたことになる。

「というわけで、午前中は六花の皆さんに私たちが生産スキルを教えるというのはどうでしょうか？　そこでいろんなものが作れるようになれば、ポーション作製や拠点防衛の対策をお任せしたいのですが」

「……生産スキルを指導してくれるのは有り難いのだけど、それって受け取り方によっては外の探索に私たちは力不足って言っているのよね」

うーん、やっぱりわかるか。そりゃあ、こんな初心者装備丸出しの私に言われても納得はできないだろうね。でも、この森の人たちを少しでもたくさん助けるためにはミラとアカ、アルとシロのコンビでの探索は必須《ひっす》。ただ、それを他のパーティに押し付けることはできない。

「いいえ、探索に出たいなら出てもらっても大丈夫ですよ。私にそれを止める権利はありませんから」

「え？　そうなの」

「はい。ただ、今日で防柵《ぼうさく》の設置は終わると思いますから、明日以降だと私たちも探索に加わる可能性があるので生産指導をしてあげられないかも知れません」

柵の設置は木材の調達からになるが半日もあれば終わると思うし、ポーション作製も昨日六花の人たちが集めてきた素材を【調合】すれば、それだけでも二日分くらいにはなるはずなので、明日には私も拠点の外へ採取や捜索に出られるはず。

「そういうことか……村の人の捜索に関して人手は足りるの？」

「モックさんに村人が避難していそうな場所を聞いていますし、幸い探索の得意なメンバーが何人かいますので問題ないと思います」

ミラ、アカ、アル、シロなら戦闘力も探索力も十分。村人を守るのに手が足りなければクロを経由して知らせてもらえれば、『転移』を併用して助けに行けばいい。

「そう、凄《すご》いわね。あと私たち、それぞれ習いたいスキルが違うけどそっちは大丈夫なの？」

「そうですね、鍛冶ならドワーフのドンさん、木工と彫金はエルフのファムさん、料理と調合、裁縫に関しては……基本なら私が教えられると思います」

チヅルさんはそれを聞いて驚きの表情を浮かべる。まあ、そうなるか。

「えっと、マナー違反かも知れないけど聞いていい？　コチさんは生産メインのプレイをしているってことなのかしら？」

「……そう、ですね。作るのが好きなので」

スキルと装備でそれなりに戦えなくもないが、どっちかといえば生産職よりの能力だから一般的にはそうなるのかな？

「なんかいろいろ秘密がありそうだけど……あっと、いけない。こっちは無料で教えてもらう立場だし無遠慮に詮索《せんさく》するのは仁義に反するわね。いろいろ聞いてごめんなさい、コチさん。こちらからもお願いするわ、私たちにいろいろ教えてください」

明らかに怪しいだろう私に一瞬だけ訝《いぶか》しげな表情を見せたチヅルさんだったが、思い直したように首を振ると笑顔で頭を下げる。

どうやらチヅルさんは、昨日女戦士のキッカさんが言っていたように時折ゲーマーとしての顔が出てしまうらしい。本気でのめりこめばのめりこむほど、いろいろ知りたくなるのがゲーマーだから仕方ないけど、チヅルさんはなんとか抑制できている。ぎりぎりだけどね。

「はい、私たちでよければ。では、皆さんが起きてくるまでにまず【料理】スキルの取得を目指しましょうか。道具はお持ちですか？」

「え、今から？　って、あぁ……ごめんなさい、道具は持ってないの。どうせ作っても美味しくないし、半ば諦《あきら》めていたから処分しちゃって。最悪料理コマンドで切ったりもできたから」

簡易キッチンの作業スペースをチヅルさんへと譲りながら聞くと、そんな回答が返ってくる。

「ああ、そうなんですね。じゃあ、このキッチンに備え付けのものを使ってください。私は自前のものがありますので」

私が買った中級者用の簡易キッチンには、料理器具がセットになっているが私自身が使用している包丁セットなんかはリイドで親方と一緒に作った包丁で、使い心地はこちらの方が抜群に良かったので、一度しか使っていない。

「あ、ありがとう。じゃあ、借りるわね。最初は何から？」

「はい、まずは野菜の皮むきと、出汁《だし》を取ることからはじめましょうか」

「え？　野菜から出汁？　そこまでするの」

「えっと……【料理】スキルが取りたいだけなら必要ないと思いますが、ここでも美味しいものが食べたいなら覚えておいて損はないと思いますけど」

素材のまま持ち込んだニンジンやジャガイモ、ピーマンらしきものをキッチンに置きながら、鍋《なべ》に水を汲《く》み、ＭＰコンロに火をつける。

「そ、そうよね。昨日いただいたお料理も凄く美味しかったし、今まで美味しいもの食べさせてあげられなかったんだから、これからはなるべく美味しいものを食べさせてあげたいものね。わかったわ、コチさん！　なんでもやるから、どんどん教えてください」

「はい、がんばりましょう」

その後のチヅルさんは文句ひとつ言わずに下拵《したごしら》えからの面倒な作業を頑張ったおかげか、六花のメンバーが起きてくる頃《ころ》には【料理】スキルを覚えることができたらしい。なんとなくだけど、しっかりと下拵えをして手間暇をかけて料理すると【料理】スキルは取得しやすい気がする。

「うわ……チヅルちゃんが作った料理が本当に美味しい」

【料理】スキルを取得したチヅルさんの手料理を恐る恐る口にしたミルキーさんの第一声がこれである。

「ミルキーあなたね……まあ、いいわ。確かに今まで美味しいものを食べさせてあげられなかったのは間違いないしね」

「チヅル、それはスキルがあるのにまともなものを作れなかった私たちも同じだ。気にすることはないと言っただろう」

チヅルさんが作った野菜たっぷりのポトフ風スープを美味しそうに頬張《ほおば》るキッカさん。自分から【料理】スキル担当を選んだだけあってチヅルさんの料理の腕前はなかなかだった。もちろんその美味《うま》さの要因にコンダイさんが手塩にかけて育てたリイド産の野菜たちの力があるのも忘れちゃいけないが。

「とても美味しいわ。【C・C・O】内の味覚システム自体に問題があるのかと疑っていたけど、むしろ高度すぎたのかもね」

匂《にお》いや口当たりまで確認しつつ味わっているのはエルフの魔法使いであるレイチェルさん。眼鏡《めがね》キャラ、スレンダーボディの見た目に違《たが》わず理知的な性格っぽい。

「うん、美味しいよ。チヅル、ありがと」

はむはむという音が聞こえてきそうな雰囲気で料理を食べているのは、小柄な体格でロリ風に見えてしまう人族のロロロさん。

そして、食べながらチヅルさんに親指を立ててみせているのが長身スレンダー巨乳の狐獣人魔法使いのエレーナさん。チヅルさん曰《いわ》くあまり喋《しゃべ》らないけど表現力は豊かな人のようだ。

この五人にリーダーのチヅルさんを加えたパーティが『六花』、ということになる。

「ありがとう。とにかく私はコチさんのおかげで【料理】スキルを取得できたし、これからはそれなりの物を食べさせてあげられるわ」

「それは本当に助かる」

「だねぇ、正直言うとチヅルちゃんを揶揄《からか》う楽しみよりもメシマズの方がしんどかったから」

どこまでも口の減らないミルキーさんに小さく溜息《ためいき》を漏らすチヅルさんだが、相手にしていると話が進まないと思ったのかミルキーさんを無視して六花のメンバー全員に話しかける。

「とにかく、これでわかったでしょ。生産関係に詳しいコチさんたちに指導を受ければ、私たちもちゃんとした生産活動ができるようになるわ。いままで生産系はハズレと言われてきた【C・C・O】だけど、だからこそここで技術を覚えておくのは利益になると思う」

「私は賛成よ。もともと【彫金】はここでやりたかったことのひとつだったから」

チヅルさんの方針にレイチェルさんが賛意を示すと、ロリで人見知りっぽいロロロさんもこくこくと頷《うなず》く。

「私も賛成だ。貴重な技術を無償で教えてくれるというのに断るなんてもったいない。自分の武器はいつか自分で作りたいしな」

キッカさんが鷹揚《おうよう》に頷くと、その隣でエレーナさんも力こぶを作る素振りを見せながらにこにこと笑う。

「ミルキーもいいわね？」

「はーい。異議なしでっす」

スープ皿に顔をうずめるようにして料理をむさぼっていたミルキーさんが、顔を上げるとシュタッと敬礼をする。

「と、いうわけでコチさん。よろしくお願いします」

「はい、短い時間ですけど皆さんが楽しくものづくりができるように一生懸命教えますので、頑張りましょう。準備はこちらでしておきますので、六花の皆さんもお食事が終わったら声をかけてください」

六花のメンバーにそう声をかけると私自身もパーティメンバーに方針を伝えに行く。

「おう、コチ。これおかわりくれ！」

「勝手にやってください」

「うほ！　いただき！」

「にゃ！　アル、ずるい！　あたしも！」

チヅルさんと作ったポトフ風スープが入っていたお皿を掲げるアルの前に、寸胴を丸ごと置いた途端、争うように飛びつくアルとミラの姿を見てこめかみに幻痛を感じつつ、残りのメンバーに今日の予定を告げる。

「って感じで、親方はキッカさんに鍛冶を。ファムリナさんはレイチェルさんに彫金、ミルキーさんに木工を教えてあげてください。私はチヅルさんに料理、エレーナさんに調合、ロロロさんに裁縫を教えます」

「やる気がないと判断したら放り出すぞ」

　親方が厳しいことを言っているが、そもそも彼らはチュートリアルを担当していた人な訳で教えるのが嫌いなわけじゃない。むしろとても面倒見がいいのでなんだかんだ言ってもうまくやってくれるから心配はしていない。

「わかりました～」

「アカとシロは昨日《きのう》と同じで、アルとミラを連れて村の人たちの探索をお願いするね。捜索ポイントは昨日モックさんから教えてもらったところを、近い方からしらみつぶしにしてほしい。何か問題があって手が足りなくなるようならクロの幻体を通じて連絡してくれればなんとかするから」

『ま、手応《てごた》えは今一つだけど戦えるからまあいいわ』

『わふ、了解』

　はっきり言って捜索部隊の頼りはアルとミラではなく四彩のアカとシロだ。彼らには申し訳ないけど、しっかりとアルとミラの手綱《たづな》を取ってほしい。

「ウイコウさんとアオはひとまず周辺確認と食材の確保をお願いします。ただ、状況によってお手伝いをお願いすることもあると思うのでできれば近くにいて頂けると助かります」

「それでは周辺を確認したあとは釣りでもしていよう。釣れなかったときはアオくんに助けてもらえばいいから、今度は釣果を期待してくれていいよコチ君」

　リイドでは魚のいない水路で釣り糸を垂らすしかなかったけど、今度はちゃんと釣りとして楽しめる環境のせいだろうか、ウイコウさんにしては珍しくちょっと浮かれているっぽい。

「はい、期待しています。魚はおかみさんへのお土産に……は持って帰れないからなりませんけど、食材はあればあるだけいいので、なるべくたくさんお願いします」

『我に任せておけ』

「えっと……ほどほどにね、アオ」

普通なら気にする必要はないんだけど、「海滅」と呼ばれていたアオが水の中で本気を出したら本当に魚が絶滅しかねないから一応釘《くぎ》を刺しておく。

さて、あとはあそこで醜い争いを繰り広げているふたりをなんとかすればイベント二日目が本格的に開始だ。


争うアルとミラをどうしようかと考えていると、スッと前に出たウイコウさんが底冷えがするような殺気を一瞬だけ放出することでふたりを黙らせ、追いやるように拠点から出発させてくれた。さすがウイコウさん。

ふたりの様子について昨日は映像にして映し出してもらっていたけど、今回は幻体からの映像は無しにして、何かあったときにだけクロにこっそり教えてもらうようにした。クロは大体肩の上にいるから報告は耳元でささやいてもらえばいい。ちょっとくすぐったいけどね。さて、じゃあこっちも準備を始めましょうか。

「兄ちゃん……」

「あ、ライくん、ルイちゃん。どうかしましたか？　おかわりならまだありますよ」

各種生産の準備に入ろうとした私に一緒に食事をしていたライくんがルイちゃんを連れて声をかけてくる。

「俺たちもなにか手伝えないか？　村のために兄ちゃんたちが頑張っているのに俺たちだけのんびりしている訳にいかないだろ」

「……（こくこく）」

言葉遣いはちょっと乱暴だけど少し照れたように目を逸《そ》らしているライくんと、真《ま》っ直《す》ぐな目でこちらを見ながら頷いているルイちゃんは思わず抱きしめたくなるほどに可愛《かわい》い。

「ありがとうございます。でも、ふたりはまだ救助されたばかりですし、今日はのんびりしていてください」

体力的には昨日から睡眠をしっかりとっているし、ご飯もたくさん食べていたから問題ないと思う。ＨＰも減っていないし。でも、命の危険があるような森の中での逃避行を続けていたのなら精神的にはまだ疲れていてもおかしくない。

「でも！　ほら、逆にやることないしさ、荷物運びでもなんでもするし」

う〜ん、確かにライくんの言いたいこともわかる。ここはカラムさんが暮らせる設備があるだけの場所だから、なにかやることを見つけないとただぼーっとするだけで一日が過ぎていくだろう。

じゃあ何か子供たちが気軽に遊べるようなものを作って……というのはいい考えだけど何を作る？　ブランコやシーソーは作れなくないけど手間と場所と素材を使う。もっと簡単に作れて楽しいもの。なんだったら一から子供たちが作れるような……あ。

「そうだ！　ふたりも一緒にものづくりをしてみませんか」

「お、俺たちが作るのか？　あ、でも俺、作るほうは……」

私の提案に興味を示しつつも、あまり工作なんかはしたことがないらしいライくんたちは躊躇《ちゅうちょ》を見せているが、これはリアルでも子供向けの工作教室で作れるようなものだから絶対大丈夫だ。

「大丈夫です。とても簡単なものだし【木工】の練習にもなりますからスキルも覚えるかも知れませんよ」

「え？　……スキルって覚えるものなのか？」

不思議そうに首を傾《かし》げるライくんに向かって私は笑いかけると力強く頷いてみせる。ふたりはまだ子供だしスキルを身に付けられるような行動をあまりしてこなかったんだろう。

「勿論《もちろん》です。練習すれば誰《だれ》でも覚えられるはずですよ」

「そうなのか！　じゃあやってみたい」

「ルイもやりたい！」

おお、なんだかふたりとも目がキラキラ輝いている。そういえば私も小さい頃いろんなものを作るのが好きだったっけ。牛乳パックで車やロボットを作ったり。それによく考えてみればミルキーさんの最初の指導もライくんたちと一緒の方がいいかも知れない。

「わかりました。それじゃあふたりも一緒に木工教室に参加しましょう」

「おう！」

「はい！」

うん、いい返事。


「まずレイチェルさんはこちらの彫金セットを使って、ファムさんに指導を受けてください」

「よろしくお願いします」

「はぁい、お任せください～」

理知的エルフのレイチェルさんがにっこりと微笑《ほほえ》むファムリナさんのところへと向かう。ファムリナさんのガチ指導は結構しんどいと思うけど、予定では今日一日だけだしなんとか頑張って欲しい。

「キッカさんはこちらの鍛冶《かじ》セットでドンさんとお願いします」

「ありがとう。面倒をかけるがよろしく頼む」

「おう、女だからって甘くはしねぇからな。しっかりついてこい」

女戦士のキッカさんは無骨キャラなのか言い回しはぶっきらぼうだが、リアルの生真面目《きまじめ》さが滲《にじ》み出《で》ていてどこか誠実そうな感じを受ける。このタイプは親方との相性が良いはずなのでうまくやれるはず。

「チヅルさんは、今朝《けさ》教えたことを復習しながら食材の下拵《したごしら》えをお願いします。わからないことがあったらなんでも聞いてください」

「わかったわ、お肉の下処理については後でもう一度教えてもらえる？」

「はい、勿論です。食材はここに出しておきますね」

簡易キッチンにリイド産の野菜の数々と兎肉《うさぎ》をはじめとした各種肉類を置いておく。

「エレーナさんとロロロさん、それとミルキーさんとライくん、ルイちゃんは、最初は私が指導します。まず確認ですけど、皆さんはスキルはお持ちですか？」

「わたしは持ってるよ～」

「……ある」

「持ってない……です」

ミルキーさんとエレーナさんはどや顔で胸を張り、ロロロさんはしょんぼりと項垂《うなだ》れる。つまり、ミルキーさんは【木工】、エレーナさんは【調合】スキルを持っていて、ロロロさんは【裁縫】スキルを持っていないということか。

でも、これはロロロさんがどうこうという問題ではなく、仕方がないことだ。なぜならリイドで普通にチュートリアルクエストを進めても【料理】スキルや【裁縫】スキルを得られるクエストは発生しないからだ。

「大丈夫ですよロロロさん。スキルは練習すれば取得できるはずですから。道具は私が裁縫セットを持っているのでそれを使ってください」

「……はい」

ロロロさんがエレーナさんの後ろに隠れるようにして小さく返事をする。やや幼い外見のロロロさんにそんな態度を取られるとなんだか私の見た目が怖いのだろうかと心配になってしまう。チヅルさんが言うにはただ人見知りなだけということらしいけど。

「ただ、調合セットは私用に使いこんだ専用の物しか持っていないんですが、エレーナさんは自分の道具をお持ちですか?」

エレーナさんは狐耳をピコピコと動かした後、笑顔でこくりと頷《うなず》いて親指を立てた。

エレーナさんもあまり口数が多くないとは聞いていたけど、彼女も人見知りなんだろうか。でもロロロさんはともかくエレーナさんは表情も豊かだし、意思の疎通もしっかりできているから人見知りという感じじゃないいんだけど。

まあ、そういう設定で楽しんでロールプレイしているのかも知れないし、別の理由があるのかも知れないから、そのあたりの事情について出会ったばかりの私が突っ込んで聞くのは現実でもゲーム内でもマナー違反だろう。

「それでは始めましょう。まずエレーナさんは今までのやり方でポーションをひとつ調合してみてください」

「……りょ」

自分の調合セットと癒草などを取り出して準備を始めるエレーナさん。取りあえず今までのやり方を確認しておかないとね。

「ロロロさんにも裁縫セットに備え付けられている布や道具を使って今までのやり方で簡単なものの作製をお願いすると思いますので道具を確認しておいてくださいね」

こくりと頷いたロロロさんも裁縫セットへと向かう。

あとは……

「木工のミルキーさんは、予定ではファムさんに頼むつもりでしたが急遽《きゅうきょ》ライくんとルイちゃんも参加するので最初だけ私が担当します」

「了解っす！　よろしく！」

「よろしく兄ちゃん」

「よろしくお願いします」

元気なハーフエルフ、ミルキーさんとケモミミの兄妹がピシッと整列している。ミルキーさんの身長が低いこともあってなんだか三人兄弟みたいだ。

「はい、それでは皆さんに最初に作ってもらうために使うのは……これです！」

「え、キミ。これだけでなんか作れるの？」

私がインベントリから取り出したものを見てミルキーさんが首を傾げる。まあ、無理もない。私が取り出したのは製材の過程で発生した端切れの木片だけ。

「大丈夫です。それに、ミルキーさんならすぐにわかりますよ。まず最初に私がひとつ作ってみますから三人ともよく見ていてください」

「はーい」

「「はい!」」

間延びした返事ひとつと、歯切れのいい返事二つに頷いて私は木片のひとつを手に取る。

「最初は棒を作ります」

まずはこの木片を十五センチくらいの長さにカットしたあと、鑿《のみ》を使って割り、竹串《たけぐし》のような棒を作る。本当なら本物の竹があればいいんだけど……これを鑢《やすり》で角を取って、手触りがつるつるになるように磨く。できたらそれは一度置いておいて。

「次は小さな板です」

端材の中で厚みの薄い十センチ程度のものを見つけると二センチ×十センチくらいの板にする。これを丁寧に磨いた後、両方の端にちょっと細工をして……真ん中に小さく穴を開ける。

「あ、これって」

流石《さすが》にここまで作れば同じ夢幻人《むげんびと》のミルキーさんにはわかる。

「はい、竹とんぼです」

◇◇◇

「おぉ! 飛んだ! 飛んだぞルイ」

「うん! ルイのも、ルイのも飛んだよ」

「ふはははは! 甘いぞ子供たち、このミルキーちゃんのが一番なのだ!」

「なにを! 俺のは本当はもっと凄《すご》いんだ」

「頑張れライ兄ちゃん!」

えっと……まず、竹とんぼ。竹じゃないからもどきだけど、これの製作は上手《うま》くいった。ミルキーさんはもちろんだけど、ライくんとルイちゃんも私がある程度材料を加工してあげたけど自分たちで完成までこぎつけた。そして、いざ飛ばしてみて、子供たちが喜んでくれたのはいいんだけど、なぜミルキーさんまで一緒になって盛り上がっているんだろう。

「まあ、いいか」

でも、楽しそうな子供たちを見てそれはそれでいいかと納得。もしかしたらミルキーさんも子供たちが落ち込まないようにわざとはしゃいでくれているのかも知れないし。

それに、今日は次の予定も詰まっているから取りあえず放っておこう。

「次は……エレーナさん、お待たせしました」

ロロロさんに関してはスキルもまだ未取得なので後でじっくりやる必要があるため、引き続き道具などに馴染《なじ》んでもらっておいて、先にエレーナさんの調合から確認することにする。

エレーナさんの作業については竹とんぼを作っている最中にちょっと確認させてもらっていた。でもその様子は私の想像もしていなかった光景だった。

まず、エレーナさんはインベントリから自分の調合セットを取り出すと、その隣に癒草を並べて置いた。道具は見た感じ私の見習い用よりも少しだけ良さそうだったので、多分イチノセで買える初級者用の調合道具セット。ここまでは良かったんだけど、ここからが驚きだった。なんとエレーナさんはその道具の数々にまったく触れることがなかった。やったのは道具の上にメニュー画面を出して、いくつか画面をタップしただけ。

それだけで癒草が淡く光って、次の瞬間には小瓶に入ったポーションが完成していた。

「なんというか……確かに完成は早いけど、道具に触りもしないとは。効果は……」

そのときのことを思い出しつつ完成したポーションを鑑定してみる。

ポーション－－《マイナスマイナス》
対象のＨＰをほんの少し回復させる。品質が悪く運が悪いとバッドステータスが付く。とにかく不味《まず》い。
作製者：エレーナ

うわ……これは駄目だ。名前にマイナスがふたつも付いているし、回復もほとんどしない。さらに使うたびにバッドステータスの判定があるっぽい。多分、ほぼ毒。

私ぐらいＬＵＫ《運》が高ければ無視できるだろうけど、こんな危ないポーションでは戦闘中には絶対に使えないし、通常時だって使わない。これだったら何もせずに自然回復を待った方が安全だし確実だ。

確か店売りポーションが基本マイナスひとつで、割高なポーションになってようやくマイナスが取れる感じだったはず。この間の【料理】といい、この【調合】といい確かに生産スキルはハズレだと言われても仕方ない仕様だ。

まあ、この前の【料理】スキルの取得方法がもう少し広まれば、生産はスキルに加えて実際の手作業も大事だってことに皆が気付くはずだから、そうしたら一気にものづくり活動が盛んになると思うんだけど。

そうすれば今はほとんどいない生産職と呼ばれるようなプレイヤーも増えていくんじゃないかな。

「うわ！　っと」

そんなことを考えていたら、ぴこぴこ動く狐耳の美人さんが私の顔を覗《のぞ》き込んできていた。六花のメンバーは皆さんそれぞれ魅力的なので嫌ではないが、びっくりはするのでやめてほしい……うっかりドキドキしちゃうと肩の上のクロの爪がなぜか食い込んできて痛いし、ほらまたＨＰが減っている。

「えっと……ご存知《ぞんじ》だと思いますけど、このポーションは品質が悪い上にバッドステータスが付く可能性があるみたいなので、今後は使わないようにしてください」

私がそう告げるとエレーナさんは驚いた表情を浮かべた。ん？　そんなにおかしいことは言ってないと思うんだけど。

「ではとりあえず細かいことはおいおいでいいので、最初はポーションを手作業で作る手順を教えます。より品質が上のものを作ろうとすると大変ですけど、普通のポーションを作るだけなら簡単ですから」

普通のライフポーションを作る手順はたったの三つ。

1. 癒草を優しく洗う
2. 癒草を少量の水を加えてすり潰《つぶ》す
3. すり潰したものを少しずつ水に溶かす

これだけでいい。【調合】スキル持ちがコマンドに頼らずにこの手順を丁寧にしっかり踏めば。

ポーション
対象のＨＰを少し回復させる。
作製者：エレーナ

「ちゃんと完成しましたね、おめでとうございます。でも同じ材料からハイポーション級以上のものを作ろうと思ったら、たくさんの工程と精密機械のような繊細な作業と運が必要になってきますので精進してくださいね」

癒草だけでハイポーションを作ろうと思ったら、葉と茎を別々に処理しなきゃいけない。しかも茎から葉を切り離すところから繊細な作業が必要になって、すり潰し方、水の加え方、掻《か》き混ぜ方などなど……それぞれの工程で僅《わず》かなミスもできないような作業が続く。私もハイポーション以上を作れるようになったのは数か月の修業を経た後だったっけ。

表情豊かなエレーナさんは、今度はあんぐりと口を開けたまま放心しているけど、無事ポーションは作れたんだからひとまず良しとしよう。次はロロロさん。

「じゃあ次はロロロさんの裁縫を見させてもらいますね」

「はい……」

小さな声で返事をしたロロロさんは裁縫台に座り、セットに付属していた生地と裁縫道具を前にメニューを開く。この後はもうお察しだが、いくつかのタップの後に一瞬で完成したワンピースは……なんというか左右のバランスが悪いし、縫い目の粗さも目立つ粗悪品だった。

なるほど、こんな感じに劣化するのか。これだとまともに着用できる物を作るのは難しい。雑巾《ぞうきん》ぐらいだったら多少粗悪品でも問題ないだろうが、ゲーム内で雑巾は多分使わない。

「わかりました。では、ロロロさんもしっかりと手順を踏んで手作業で……そうですね、スカートを一枚作製してみましょうか。あ、心配しなくても大丈夫ですよ。ちゃんとやればスキルも取得できると思いますし、可愛《かわい》いお洋服や装備も作れるようになりますから」

「うん」

見るからに粗悪品のワンピースを作ってしまったことで落ち込んでいたロロロさんが、はっきりと大丈夫と言い切った私の言葉に嬉《うれ》しそうに返事をする。ロロロさんはもしかしたら、もともと縫物、若《も》しくは可愛い服そのものが好きなのかも。

それならご期待に沿えるようにしっかりと協力しよう。

「では、最初は私がやります。まずは型紙を作りますけど……ウエストはとりあえず六十センチにしますね」

どうせなら誰かに試着してもらいたいけど、ゲーム内とはいえスリーサイズを聞く勇気はない。現実世界だと六十センチは着られるかどうか微妙なラインかも知れないが、女性がゲーム内でわざわざ太めのキャラを使う可能性は低い気がするからとりあえずこの辺。

今回は指導なのでデザインや形に変なアドリブは入れずに膝丈《ひざたけ》くらいのフレアスカートを作る。作製の工程はざっくりと言えばたったの三つ。

1．型紙を作る
2．生地を裁断する

3．縫う

ようはこれを全《すべ》て手作業でやればいい。

裁縫セットに備え付けの型紙用紙を取り出し、専用の道具と木炭を利用したペンで型紙を作る。型紙ができたらそれに合わせて生地を裁断。裁断した生地を針と糸で手縫い。難しいのはウエストを多少調整できるように、最後に紐《ひも》で縛って留める形にする部分だけど、私は修業の成果とスキルの補正もあってかなりの速さでスカートが完成。

ぱちぱちぱちぱちぱち

私の手が止まったと同時に聞こえた音に視線を向けると、作業を見ていたロロロさんが目を輝かせて小さな拍手をしてくれていた。

今までは裁縫も達人だったおかみさんやニジンさんに駄目出しをされることが多かったので、素直に称賛されるのはちょっと嬉しい。

「ありがとうございます。【裁縫】スキルを取得するまではちょっと大変かも知れませんけど、何度か作れば取れるはずなので頑張ってみてください。このスカートはさしあげますので、分解して練習用に再利用してもいいですよ」

素材もただの布だし、デザインも凝ってない。効果もただのお手本のつもりだったから自然に付いてしまったＶＩＴ《体力》＋１しかない。裁縫の場合、手作業で作ったものは手作業でなら分解できるので裁断した直後までは戻すことができる。

鍛冶《かじ》だとさすがに武器から使用前の鉱石に戻すことはできないけど、打ち直すことは可能なので
リイドでは練習のために同じ鉄で何度も剣を打ったっけ。

ところがロロロさんは私の作ったスカートを手に取ると、ふるふると首を横に振った。

「……だめ。勿体《もったい》ない」

「でも、一度ばらしてから縫い合わせた方がわかりやすいですよ？」

「大丈夫、ちゃんと見てたから」

作業工程をちゃんと見ていてくれたのは嬉しいし、私が作った物を大事にしてくれるのも嬉しい。

となれば、私にその意見を覆すだけの理由はない。

「わかりました、それではここにあるものは自由に使っていいのでスキルを取得できるようにいろいろ試してみてください」

私の言葉に嬉しそうに頷《うなず》いたロロロさんがやる気に満ちた目で作業台に向かう。その姿を見ていると、リイドでの私もこんな感じだったのかなと思いちょっと感慨深い。

あとはチヅルさんに肉の下処理について指導をすれば、しばらくは本人たちが頑張る時間なので、ファムリナさんと親方の様子を見に行く。


「駄目だ駄目だ！　そんな槌捌《つちさば》きじゃせっかくの【鍛冶】スキルが泣くぞ！　いいか！　よく見てろ。ただ槌を振り下ろすんじゃねぇ、作りたい物を常に心に描くんだ！　漫然とじゃねぇぞ、自分の目指す最高傑作をだ！　それに向かって槌を振り続ければだんだんとどこにどうやって槌を振ればいいのかが見えてくるようになるんだ！」

「なるほど、こうか！」

「違う！　もっと魂を込めろ！」

「こうか！」

うん、いつも通りの親方の指導だった。

親方の言っていることはそれっぽく聞こえるが実は結構適当だったりする。内容もちょくちょく変わるし……。ただ、親方のガチな指導に伴う勢いと熱量に真剣に向き合うと、不思議なことになんとなく親方が言いたいことが肌でわかるようになってくる。【鍛冶】のスキルレベルが上がるときはそれが実感できた時が多かったっけ。

とりあえず、今の親方たちには話しかけられないのでそのままスルーしてファムリナさんたちの方へと向かう。

「あれ？」

思わず疑問の声を漏らした私が、そこで目にしたのはレイチェルさんに【彫金】を指導するファムリナさんと、私が裁縫指導をしている間にチヅルさんに竹とんぼ遊びから連れ戻されていたミルキーさんがモックさんに【木工】を教わっている姿だった。

「そうです、上手ですよミルキーさん。木材を加工するときは常に木目を意識するのがコツです。切るときも、削るときも、曲げるときも、接ぐときもです」

「むぅ……木目に集中しすぎてなんだか全部がにょろにょろして見えてきたかも」

「あっはっは！　いい傾向です。その調子で頑張ってください」

「くぅ～！　のほほんとした顔して意外と鬼だね、モックのおっちゃん」

「なんのなんの、【木工】が楽しくなるのはこれからですよ」

「うへぇ」

凄《すご》いな、ちょっと話を聞いただけでもモックさんが【木工】ができる人だというのがわかる。とりあえず楽しそうに作業をしているモックさんとミルキーさんはそのままに、ちょうど【彫金】の指導がレイチェルさんの作業待ちになったファムリナさんへと近づく。

「お疲れ様です、ファムさん」

「お疲れ様です、コチさん」

少し離れた場所から、未《いま》だに竹とんぼに夢中な子供たちと一生懸命に作業をしているレイチェルさんをにこにこと眺めていたファムリナさんに後ろから声をかけると、ファムリナさんがゆっくりと振り向く。振り向くだけでもたゆんと揺れる果実はなるべく意識しないようにする。

「ミルキーさんを指導しているのはモックさんですよね」

「はい、わたしがレイチェルさんとお話をしているときに、申し出てくれました～」

「……結構お上手ですよ、ね？」

「そうですね～、基本はしっかりしています。それに、この森特有の素材でもあるのか、少し変わった技術もお持ちのようなので、総合的に見るとコチさんよりも少しだけお上手かも知れませんね～」

だとすると、私の【木工】レベルは7だからそれよりも上か。武器スキルなどの一部のスキルはレベルが10になると上位のスキルに置き換わったりするが、リイドの達人たちの話を聞くと生産系スキルのレベル上限はもっと上にあるらしく、上位スキルにするには長い研鑽《けんさん》の日々が必要らしい。

「私たちのリュージュ村は、隔離されている古《いにしえ》の森にある唯一の村です。だから全てを自分たちだけで賄う必要がありますから村人たちで手分けしていろいろな技術を承継しているんですよ」

「あ、モックさん。お疲れ様です」

どうやら【木工】の方も一段落ついたらしい。そして、中央にある村の名前はリュージュ村というらしい。

「ということは～、リュージュ村の人たちは生産技術に長《た》けていらっしゃるんですね～」

「長けているのかどうかは、比較する相手がいないのでよくわかりませんが……とりあえず生活に必要なものなら、不便がない程度のものは作れます」

モックさんの話によるとそれぞれで担当している技術が異なるようで、モックさんは【木工】が担当でライくんとルイちゃんの父親が【鍛冶】で母親が【裁縫】を担当していたらしい。

「だとすると、今回の件で村人たちになにかあれば今後の生活に支障が出る可能性もあるんじゃないですか？」

技術を個人が担当しているということは、その人がいなくなってしまったときにその技術そのものがなくなってしまうということ。きちんと後進に技術を伝えていれば問題ないのだろうが、少なくとも今回の件は突発的な災害のようなもので全てを伝えている暇はなかったはず。

「そうですね、技術を持った者は生き延びなきゃいけないことを自覚しているとは思います……………最悪遺品だけでも回収できれば」

最後の一言は聞き取りにくかったが、そう言って顔を伏せたモックさんの視線の先は地面ではなく右足首？　確かそこには緑石が嵌《は》まったアンクレットが……

「あの……」

「お～い！　モックのおっちゃ～ん！　ここのところの接ぎってこれでいい～？」

「あ、今行きますからそのままでお願いします。すみませんコチさん、ミルキーさんに呼ばれたので行ってきます」

「あ、はい。お願いします」

そのことについて聞こうとしたタイミングで、モックさんはミルキーさんに呼ばれて行ってしまった。

「ふむ、なんとなく今回の災厄に私たちを関わらせた異界神の思惑が見えてきたような気がするね」

「え？　ウ、ウイコウさん、いつからいたんですか？」

突然の後ろからの声にドキリとして振り向くと、いつの間にかそこには腕を組みながら白い顎髭《あごひげ》をしごくウイコウさんがいた。

「ん？　周辺を軽く探索して戻ってきたらコチ君と彼が会話をし始めたところだったね」

つまりモックさんとの会話はすべて聞いていたということらしい。まあ、リイドの人たちにかかれば隠密行動が苦手なアルや、あんなに目立つ体格のコンダイさんですら私に気付かれることなく簡単に背後を取ってくる。【索敵眼】を常時、全力で展開していれば少しは違った結果になるかも知れないけど、【索敵眼】はアクティブスキルなのでそれもまた厳しい。

「ほとんど最初からいたってことですね、全然気が付きませんでした。それより異界の神の思惑ですか？」

「神の思惑を推し量るなんて罰当たりかも知れないがね。コチ君はどう思うかな」

ウイコウさんはおどけたように肩をすくめる。異界の神、すなわち運営の思惑……か。

イベントの根幹はポイントを稼いで景品をゲットすることで、ポイントを得る方法として一番簡単なのはモンスターを倒すこと。そして、その過程を楽しむためのバックストーリーとしてリュージュ村の人たちとの交流がある。

私はそう思っていたのだけど、ウイコウさんが思惑なんて言葉を使うってことはそれだけじゃないってことか。それなら運営はこのイベントを通して夢幻人であるプレイヤーたちに何かを見せたい？　それとも何かをさせたい？　はたまた何かを伝えたいとか？

……そういえば、アプリゲームなんかでありがちなのは新システムを導入する際に、そのシステムを使って行うイベントを開催して、システムの知識や使い方を覚えてもらうというのがあったっけ。でも、今のところ運営から新システムに関する通知とかはないんだよな。

「すみません……私が思うに異界の神は基本的に夢幻人が活躍できる場を用意するだけだと思います。だから思惑と言えるようなものはないのではないかと……」

結局私にはウイコウさんが感じている思惑が何なのかがわからなかった。私にならわかると思ってくれていたとしたら期待に応《こた》えられず申し訳ないが嘘《うそ》を吐《つ》くのはよくない。

「おや？　……ああ、そうか。コチ君は当たり前のようにやっていることだから、逆に気が付かなかったのかな」

「え？」

「ふふふ、コチさぁん。今のこの状況こそがその思惑なのでは～」

はてなマークを浮かべつつ首を傾《かし》げる私にファムリナさんがニコニコしながら六花のメンバーたちを指し示す。

「え、今の状況……ですか？　ただ六花の皆さんがものづくりの技術を学んでいるだ……け、あ！そういうことか」

「気付いたようだね。我々もつい忘れてしまうんだが、夢幻人たちというのは戦闘でも生産でもなにかとスキルに頼りがちな傾向があるようだ」

「はい、そのせいで今の夢幻人たちの間では生産活動が低迷しています」

「うん、異界の神とやらはその状況をよく思っていなかったのかも知れないね。そこへ生産技術が発達していたリュージュ村の危機が重なった」

ウイコウさんは優しく教え諭す教師のように私へと語りかける。さすがに私もここまでくれば言いたいことはわかる。

「つまり、この神託を利用してリュージュ村の人たちを夢幻人たちに助けさせ、ついでに夢幻人たちに正しい生産技術を覚える機会を与える……そういうことですね」

「ま、推測に過ぎないがね」

ニヒルな笑みを浮かべてあくまでも推測だと言うウイコウさんだが、その考えは正しい気がする。運営があえてわかりにくいように仕掛けた生産スキルの罠《わな》、その罠の解除こそがこのイベントだったのではないだろうか。

運営は元々どこかのタイミングでこのイベントを開催して正しい生産スキルの使い方を公開するつもりだった。これだけの規模のイベントを開催するにはかなりの準備が必要なはずだからそれは間違いない。ただ、開催のタイミングがこの時期になったのは、もしかしたら私が【料理】スキルの取得方法と料理の作り方を公開したせいかも知れない。これが広まってしまうと、せっかく準備してきたこのイベントの意義が薄れることになってしまうから。

「それにしても……コチ君の言った『異界の神は夢幻人に活躍の場を用意するだけ』。これはなんとも怖いね」

「え、どういうことですか？」

イベントが怖い？　ウイコウさんが深刻な顔で呟《つぶや》いたその言葉が聞こえた私は思わず問い返す。

「丸投げ、と言えばわかりやすかいコチ君」

「丸投げ？　えっと、つまり……異界の神が夢幻人に活躍の場を用意することが丸投げ」

「そうだね、どちらかと言えば今回の厄災よりは少し前にあった厄災に当てはめればわかりやすいかも知れないね」

私はまだゲームを始める前だったけど、前回のイベントは確かイチノセの街にモンスターの大群が襲撃してくるイベントだったはず。初回のイベントということもあって、ほとんどのプレイヤーが参加し、押し寄せる方向ごとに強さが調整された魔物相手に初心者から攻略組まで楽しめたと高評価だった。

これにウイコウさんの言うことを当てはめると、魔物が押し寄せてくるという状況が運営が用意した夢幻人の活躍できる場になる。それを丸投げ、誰《だれ》に？　それは当然夢幻人たるプレイヤーだ。

……そうか！　そのイベントは多くのプレイヤーたちが参加して問題なく全《すべ》ての魔物が討伐されたらしい。でも、もし運営の想定よりもプレイヤーの参加率が低かったり、プレイヤーのモチベーションが低くてモンスターに対処しきれなかったとしたら？

「……確かに大地人《だいちびと》の皆さんにとっては怖いですね。もし夢幻人が魔物を討伐しきれていなかったらイチノセの街が大きな被害を受けていたかも知れません」

「そういうことになるね。だから今後も異界の神からの神託で厄災が起こるときは、なるべく私たちにも教えてくれると嬉《うれ》しい。もしもの場合があったときの対策を少しでもしておきたいからね。うん、これがわかっただけでも今回パーティに入れてもらえて良かったよ。ありがとうコチ君」

「いいえ、とんでもないです。こちらこそ、夢幻人では気が付きにくいことを教えてもらえて良かったです。確かに今回の厄災も、私たちがカラムさんたちを助けると決めなければリュージュ村の人たちを助けようとする夢幻人はいなかったかも知れません」

「ふふ、コチさんがそういう人だからこそ、わたしたちは一緒に行くことにしたんですよ～」

ファムリナさんがにこにこと微笑《ほほえ》みながら私の腕を抱え込む。

ふぉぉ！　う、腕が埋まるぅぅ！　エステルさんのささやかな柔らかさもいいけど、それとは一線を画する暴力的かつ圧倒的な……（ぞくり）ん？　なんだか背筋に寒気が……まさか、ね。

状況に変化があったのは三時間ほどが経過した頃《ころ》だった。

『コチ、探索組が両方とも村人を見つけたみたいよ』

私の肩をたむたむと叩いたクロが伝えてきた思念は、私が待ち望んでいたものだ。

「状況は？」

『そうね、疲労はしているけど深刻な怪我《けが》とかはしていないみたいね。どうする？　連れて帰らせる？』

アルとミラが今日探索した場所をマップで確認するが、昨日《きのう》モックさんを見つけた場所よりもさらに遠い。この位置への転移はＭＰ的にぎりぎりだし、復路まではまず無理。しかも二か所となれば私たちが迎えに行くのはかえって効率が悪い。

「まずは村の人たちを預けてあるポーションや食料でケアしてもらって、動けるようになったら村人を護衛しつつ帰還するように伝えて」

『…………伝えたわ。ただ、ふたりともご褒美にお酒を要求しているわね』

ん～、昨日アルに酒を渡したのは失敗だったか。村人見つけたらお酒が貰《もら》える的な流れを作られてしまった。まあ、今回参加を見送ったゼンお婆《ばあ》さんから辞退したお詫《わ》び兼アルの操縦用にこっそりと持たされたお酒は、実はそれなりの量があるから一晩一瓶くらいなら余裕なんだけどさ。

「仕方ないからお酒は出す。そのかわりちゃんと村人をここまで護送することと、午後からの探索も手を抜かないことって伝えておいて。帰還中に要救助者に怪我でもさせたらここを出るまでお酒は抜きってことで」

『わかったわ………ふふ、さすがねコチ。ふたりの眼《め》の色が変わったわよ、これならしっかり働いてくれそう』

猫の姿なのに妙に艶《つや》っぽく微笑むクロはどこか楽しそうに見える。クロは元々国一つを惑わせて滅ぼせるような能力の持ち主、そのクロにしてみれば今私がした『馬の鼻先にニンジンをぶら下げる』程度の人心掌握術なんて児戯にも等しいだろう。

でも逆にクロにとっては、その程度のやりとりで気安く動いてくれる私たちの関係性が面白いのかも知れないけど。

さて、今回アルとミラが村人を発見したのは、両方とも昨日モックさんから教えてもらっていた魔物から隠れやすい場所だ。

ということはゲーム的に考えるとモックさんの情報が一種のフラグだった？　もしかしたらモックさんの情報がない状態で、同じ場所に行っても村人を見つけられない可能性もあったかも知れない。

「まあ、でもそんなの関係ない。人の命がかかっているんだから『村人を助けられた』、それでいいか」

『……ふふ、何を考えていたのかは知らないけれど、相変わらずお人よしね』

クロがごろごろと喉《のど》を鳴らしながら楽しげな思念を送ってくるが、別にお人よしというほどのことはないと思うんだけど。

『その顔で、あなたがなんて考えているかはなんとなくわかるけど、いまここにいる夢幻人は……たったの七人よ』

「あぁ……なるほど、そういうことか。他の夢幻人は狩りを主体にしているからね……えっと、クロは私も他の人たちみたいにすればよかったと思う？」

『戦闘バカな赤鳥じゃあるまいし、わたしはそんなこと思わないわ』

「あはは、それは酷《ひど》いなぁ。多分だけどアカもそんなこと言わないと思うよ」

『ふふ、わかっているのなら聞かないことよ』

「あっ」

クロの切り返しにやられたと思って意図せず声が漏れる。見事に一本取られてしまった。

でもそれは同時に嬉しくもある。なぜなら、クロが教えてくれたのは、今回の私がした判断はあえて聞くまでもなく皆が肯定してくれるということだったから。

私はお礼の意味を込めて優しくクロの頭を撫《な》でると、せっかく支持してくれている皆の期待を裏切らないようにこれからの動きを考える。

村人を救出したアルとシロ、ミラとアカのコンビは村人を連れているとは言っても夕方までには戻ってくるだろう。さっきの推測が正しければ助けた村の人たちも何かしらの生産スキル持ちのはず。多分だけどお願いしたらモックさんと同じで六花の人たちへの指導を引き受けてくれると思う。そうすれば午後からは私も素材を探しに周辺の調査に行ける。

私の予測では、ミスラさんを助けるためにはこの森で手に入れることができる新しい素材で、新しい薬を作らないとダメな気がしている。となると、ウイコウさんが今回のメンバーにゼンお婆さんを入れようとしたのはさすがとしか言いようがない。アルのバカが行きたいと駄々を捏《こ》ねさえしなければ、もっと早くにミスラさんを助けてあげられたかも知れない。

でも……弟子としてはゼンお婆さんの信頼を裏切るわけにはいかない。だから絶対にミスラさんを助ける方法を見つける。となれば……

「よし、アルたちが戻ってくる前にちゃっちゃと伐採を終わらせますか」

◇　◇　◇

六花の人たちの指導をしつつ、拠点周囲の木を伐採。それを柵《さく》用に加工し、ウイコウさんの手を借りつつ未設置だった部分にも柵を作る。もちろん今度はちゃんと東西に一つずつ人間が出入りするための扉も完備だ。扉部分だけは柱を数本並べて固定し、出入りする部分の柱を切り抜いてから加工した急造の扉をはめ込むだけの簡単なものだけど、一応内側から閂《かんぬき》もかけられるようにしたので最低限の役目は果たせるはず。

これで急拵《きゅうごしら》えではあるけどカラムさんの家とその周囲の広場が柵で囲まれ、さらに柵から数メートルの範囲から木もなくなった。これでもしモンスターが押し寄せてきたとしても、木を伝って柵を越えられるようなことはない。それに伐採した木はまだ余っているのでうまく使えばいろいろ作ってこの拠点を充実させることもできる。

「おう、今帰ったぜぇ！　っていうか、随分変わったな」

助けた村人を連れてアルがシロと一緒に拠点へ戻ってきたのは、そんなタイミングだった。ただ、比較的早く帰ってきていたミラとアカに比べてアルの到着時間は想定していた時間よりかなり遅れている。

「思っていたより遅かったですね、なにかありましたか」

「いや、特になにかあった訳じゃないんだが、助けた相手の調子があまり良くなくてな。ペースを上げられなかったんだ」

「え、ちょっと、大丈夫なんですか！」

「ん？　あぁ、大丈夫だと思うぜ。ちゃんとポーションも使ったし、食事もできていたからな。多分、心身ともに疲労が溜《た》まっているせいだと思うから、ちゃんとした寝床で休ませてやれば落ち着くんじゃねぇか、なぁそうだろ？」

頭をぼりぼりと掻《か》きながらアルが横にずれて振り返ると、後ろから青白い顔をした妙齢の女性が出てきて頭を下げる。

「ご心配をおかけしてすみません。助けて頂いてありがとうございました」

素朴な感じのワンピースのような貫頭衣は過酷な逃亡のせいか大分くたびれているが、仕立てはとてもよさそうで、胸元に光る緑石のブローチもよく似合っている。だけど一番気になるのは女性の頭にどこかで見たような三角耳があることだ。

「いえ、ご無事でよかったです。ひとまずこの拠点はある程度安全だと思いますので、今はゆっくりと体を休めてください」

「……はい、ありがとうございます。ですが、私はすぐ森に行かなくてはならないので」

女性は強い意志を込めた目をして、再び森へと向かおうとする。

「ちょっと待てって、その体じゃ無理だろうが。せっかく助けたのに死なれちゃ困るんだよ」

アルが慌てて女性の手を握って引き留めるのを見て、得心がいく。

おそらくアルの到着が遅れたのは女性の調子が悪かっただけではない。この女性は何かを捜しながらここへと向かっていたから速度が上がらなかった。そして、その何かは自分の体を無視できるほどに大切なもの……まあ、あの耳を見れば考えるまでもないか。

「か、母ちゃん！　母ちゃんだ！」

「お、おかあさん……」

私の後ろから響く声。やっぱりそうか。

「ラ……ライ、ライル！　ルイも！　あぁ！　無事で良かった！」

「母ちゃん！」

「ママ……おかあさぁぁん！」

三人は凄《すご》い勢いで駆け寄るとしっかりと抱き合う。まるで互いの体温で無事を確かめ合っているかのようだ。

「母ちゃん！　ばか母ちゃん！　俺たちを助けるためだからって今度こんなことしたら絶対許さないんだからな！」

「うん、うん！　ごめんねライル、お母さんもうこんなことしないから。ふたりと離れたりしないからね」

「うあああん、おがぁさぁん！」

今まで気丈にも涙を見せていなかったライくんとルイちゃんが号泣している。強がって明るく見せていてもやっぱりまだふたりは子供だ。本当にお母さんを助けてあげられてよかった。こうなると、絶対にお父さんも助けてあげたい。アルとミラにはさらに探索に気合をいれてもらわなくては。

「や、やだ……ちょっと、もう、やめてよ。こんなの見たら私まで泣いちゃうじゃない」

「ひひ、チヅルちゃんは涙もろいからね」

「ふふ、そういうミルキーも目が潤んでいるぞ」

「うそ！　ロロロ、本当に？」

「（こくこく）」

「ミスティックギアのセンサーは高性能です。あなたのように感度を高く設定しているといつもなら誤魔化《ごまか》せることも誤魔化せなくなります」

「そんなことどうでもいいわ。私たちは何にもしてないけど、こんなシーンが見られるならここに残って良かったわ。エレーナもそう思ってくれる？　うん、ありがとう」

　再会のシーンを離れた位置で見守っていた六花のメンバーも感動している。ここに残ったことを後悔していないみたいでよかった。


ひとしきり感動の再会を終えた獣人の親子だったが、無事に子供たちと会えた安堵《あんど》と極度の疲労からかライくんとルイちゃんのお母さんであるマチさんは、まるで気を失うかのように眠りに落ちてしまった。そんなマチさんを心配そうに見守る子供たちと一緒にマチさんをカラムさんの家へ寝かせ、私たちは広場で現状を確認する。

「あたしが連れてきたトルソのおっちゃんは料理人で、アルレイドが連れてきたライ坊のママさんは裁縫が得意らしいね」

「なるほど……となると、調合はレシピと作製方法さえわかれば後は感覚と経験ですから、親方とファムリナさんが残ってくれれば六花の皆さんの指導はなんとかなりそうですね」

「この後の村人の探索はどうすんだ？」

「……じきに日が暮れます。今日はここまでにしましょう。モックさんから聞いている次のポイントは今からだと少し遠いですから」

アルの問いかけに、少し考えてから今日の探索の終了を伝える。いくらアルやミラたちが強いと言っても夜の森は危険だ。夢幻人なら死んでも復活できるが大地人はそうはいかない。同じ理由で仮に村人を見つけても今日中に連れ帰るのは難しいだろう。

「今日のところは約束通りお酒も出しますし、しっかりと休んで明日またよろしくお願いします」

「にゃ！　やたっ！」

「うひょ！　話がわかるな、コチ！」

明日もふたりにしっかり働いてもらうなら、今日はもう気分よく酒を飲ませて英気を養ってもらったほうがいい。

ただ私は別。この周辺で素材探しをするくらいならまだ時間はある。

「シロ、アカ、クロ。この周辺で素材探しをしたいから護衛をお願いしてもいい？」

『ごめんねお兄さん、ぼくちょっと眠い』

「そっか、昨日今日と走り回ってくれたからね。うん、今日はゆっくり寝てまた明日探索をお願いするね」

『あふ、わかった。お兄さん、枕出してくれる？』

「了解」

インベントリからシロ専用に私が作り上げたふかふか枕を取り出す。これは人間用の枕とは違って頭だけを乗せるものではなく、シロの体全部が乗るくらいの大きさで作られ、その上で丸くなるとなんともいい感じに体が沈み込み、まるで雲の上で寝ているかのような感覚になれるという逸品

（シロ談）だ。

取り出した枕をそっと背中に乗せてあげると、陽当たりのいい場所に枕を設置して丸くなる。シロはああなるとしばらくは起きない。

『わちしも遠慮するわ。この周辺の敵はもう飽きたし弱すぎるから』

「あらら、アカもか。了解、でも明日は今日より奥へ進むはずだから、その時は頼むね」

『それは任せなさい。奥に行くほど魔物が強くなるみたいだからわちしも楽しみですわ』

アカはふふんと鼻？　を鳴らして家の上へと飛んで行ってしまった。相変わらず四彩たちは自由だ。一応私の召喚獣という位置づけだから強制することもできなくはないけど、四彩の皆にそんなことはしたくない。

「クロは？」

『……私は戦わないわよ。それでも良ければこのまま肩にいるけど』

「うん、いいよそれで。クロは優しいから私が本当に危ない時には助けてくれると思うし」

『………………ふ、ふん、それはどうかしらね』

「はは、だよね。なるべく助けてもらわなくても大丈夫なように頑張るよ」

とりあえずクロがいてくれれば護衛としては十分か。本当はアルかミラにもついてきて欲しいところなんだけど……すでに徳利《とっくり》を手に寛《くつろ》ぎモードに突入している。それでも頼めば来てくれるだろうけど、今日は近くを見て回るだけだしね。

「ファムリナさん、ちょっと周辺を探索してきますのでウイコウさんが戻ったら伝えておいてください」

「はぁい、わかりました～。気を付けてくださいねコチさん」

ウイコウさんも柵完成後は周辺の探索に出ているので今は拠点にいない。マップで確認する限り拠点の西側にいるらしいので、私は東側から探索していこう。

「兄ちゃん！」

私が東側にある扉を開けて外に出ようとしたところで後ろから呼ばれた。ここで私のことをそう呼ぶのはひとりだけ。

「どうかしましたか、ライくん？　お母さんについていなくていいんですか」

「あぁ……うん、母ちゃんはまだ寝てるし、それにルイが……」

ああ、なるほど。兄として妹にお母さんを譲ったのか。自分もまだ傍《そば》にいたいだろうに。ちょっと生意気なところはあるけど、家族想《おも》いの良い子だな。

「なぁ、兄ちゃん」

「はい」

「……か、母ちゃんや村の人たちを助けてくれて……ありがとな」

照れくさそうに少し顔を伏せながらもほんのちょっとだけ頭を下げるその姿からは心からの感謝が感じられる。その不器用な真《ま》っ直《す》ぐさは、リアルでは人の本心がなんとなくわかってしまって、裏表のある人間関係に疲れていた私には眩《まぶ》しく見える。ただ救出に関して私はほとんど何もしていないんですけどね。

「私はあまり救出には関わってないので、あとでアルとシロに私から伝えておきますね、とにかくお母さんが無事でよかったです」

「そんなことねぇよ！　兄ちゃんがあのパーティのリーダーだろ。兄ちゃんがカラムのおっちゃんの頼みを引き受けてくれたから、アルの兄ちゃんやミラの姉ちゃんたちが助けてくれたんだ。だから…………ちゃんと感謝させてくれよ」

「ライくん……」

ライくんの言葉に思わず胸が詰まって目頭が熱くなる。私自身は本当に何かをしたと主張するつもりはない。だけど、私がしたひとつの選択に救われたと感じる人がいるのなら、私の判断が間違っていなかったということ……それはとても嬉《うれ》しい。だとしたらその感謝は素直に受けるべきだろう。そのうえで私がライくんの気持ちに応《こた》えようとするなら、これからもその選択に責任を持って全力を尽くすことだ。

「ありがとうライくん。明日からも村の人たちを助けられるように頑張りますね」

「へへ、なんで逆に兄ちゃんにお礼言われてるんだろうな」

「あ、確かにそうですね」

思わずライくんと顔を見合わせてしばし笑い合う。照れくさくも温かい時間だ。

「ところで、兄ちゃん。どっか行くんだったのか？」

「はい、少し周辺を回って薬草や食材がないかを探して来ようと思いまして」

「そうなんだ……あ、じゃあ、俺も一緒に行くよ」

「え、ライくんがですか？　外は危ないですよ」

「大丈夫、この周辺なら兄ちゃんが守ってくれるんだろ。それに俺は【採取】に関しては村の中で一番うまいんだぜ」

ライくんは軽く胸を張ると左手で力こぶを作ってみせる。その左手首でブレスレットに装飾された緑石が陽《ひ》の光を反射する。

なるほど……もしかして、そういうこと、か。

「わかりました、じゃあお手伝いをお願いします。ただし、もし戦闘になった場合はちゃんと私の言うことを聞いて下さいね」

「わかってるよ、しっかり俺のこと守ってくれよな」

私の背中を叩《たた》きつつ私を追い抜いたライくんが柵《さく》の外へと向かうのを苦笑しつつ追いかける。

【鑑定眼】を発動させつつライくんと森に入って素材を探すが、六花の皆さんが言っていたとおり癒草すら見当たらない。私の鑑定眼があればもしかしてと思ったけど、やはりもっと奥に行かなきゃダメか。

「ほら、あったよ！　兄ちゃん！　緑息草《りょくいきそう》」

「へ？　りょくいき？」

そんなことを考えていた私にライくんが自慢げに掲げたのは……初めて聞く名前の見たことのない素材だった。

「すみません、ライくん。それ、ちょっと貸してもらっていいですか？」

「へへ、いいぜ。ほら」

「ありがとうございます」

ライくんから受け取った緑息草は、今まで私が見たことがないものだ。しかもゼンお婆さんから覚えておくように言われた、いずれ採取するであろう薬草毒草のどれとも一致しない。私の記憶違いの可能性も多々あるが……この緑息草に関しては多分間違いない。なぜなら深緑色の葉一枚見ても、その形は風に揺らめく炎のように不定形。だから同じ株なのにどれひとつとして同じ形の葉がない。そんな植物があったら絶対に私の記憶に残っているはずだ。

それに、さっきまでは【鑑定眼】でも見つけることができなかったのに、今はちゃんと『緑息草』が反応している。つまりこの素材はイベント専用のもので、この森で暮らす人から教えてもらわなければ鑑定すらできない素材ということになる。

「この薬草はどんなふうにして使うか知っていますか？」

「え？　兄ちゃんわかんないのか？　【調合】もできるって言うから知っているのかと思ったよ」

「いいえ、私はまだまだ駆け出しなので知らないこともたくさんあるんですよ。是非使い方を教えてください」

「え？　そんなの俺も知らないよ。だって俺、採取専門だもん。薬を作るのはソウカ爺《じい》ちゃんの仕事だからさ。でも確か……『竜命草《りゅうめいそう》』とかと一緒に調合するといろんな薬になるって言ってた気がするけど」

おっと、そうきたか。つまり、新素材を使ったレシピを入手したければライくんから素材を教えてもらったうえで自力開発するか、ソウカという村人を助け出して教えてもらえということか。

せっかく今回のイベントで生産スキルについての情報をオープンにしたかと思えば、新しい知識を得るためにはまた厳しい条件を設定する。相変わらずこのゲームの運営は生産職に優しくない。でもそれだけ生産職が育ちにくい環境ということは、逆に考えれば生産スキルの秘めているポテンシャルが高いということにならないだろうか。逆境で鍛えられた生産職の人たちが、いずれ店売りやドロップ品を遥《はる》かに上回るものをばんばん作り出せるようになる………とかだったらちょっとわくわくする。

とまあ夢見がちな妄想はとりあえずおいておいて、今はライくんに教えてもらって新しい素材を集めておこう。

『コチ、【索敵眼】を発動しなさい。来るわよ』

ライくんに素材探しを依頼しようと口を開きかけた私に念話が響き、クロの爪が肩へと食い込む。その痛みに悶《もだ》える暇もなく即座に【索敵眼】を展開すると、確かに森の奥からこちらへと向かってくる気配がふたつ。

「この速度、スピンビーですかね。ライくん、この木の陰に隠れていてください」

「魔物か、兄ちゃん。わかった、おとなしくしてる」

「ありがとうございます。クロ」

『わかったわ、この子は任せなさい』

「うん、助かるよ」

私の肩から飛び降りたクロがライくんの足元へと移動する。その姿はのんびりと優雅で緊迫感はまるでない。今近づいてきている魔物くらいは問題ないという信頼……と思っておこう。

とりあえずライくんの安全が確保できたので、私自身は少しだけこの場を離れて魔物を待ち受ける。装備は……森の中だし取り回し的に長剣が無難かな。盾もあった方が安全だけど……両手が塞《ふさ》がると魔法が使いにくいから今回はいいか。

『見習いの長剣＋5　ＳＴＲ＋95　耐久：∞』

インベントリから見習いの長剣を出して装備。同時に木々の隙間《すきま》をすり抜けて飛び出してきたスピンビー二体を迎え撃つ。後ろで木に隠れているはずのライくんのところへは行かせたくないので、本当ならガラさんが使う【咆哮《ほうこう》】やレイさんが使う【聖音《ホーリーベル》】などのヘイトを取れるスキルやアーツが欲しいところ。だけど【咆哮】は獣人しか覚えられないし、【聖音】は【神聖剣術】のアーツだけど私はまだ覚えていない。

ということは、純粋にダメージを与えることでタゲを取る（※タゲはターゲットの略。敵からの攻撃対象になること）しかない。

正直なところ虫は苦手なのでサイズが大きいとかなり怖い。でもなんとか動きは見えているので落ち着いて対処すれば問題ないはず。

最初に飛び出してきたスピンビーはちょうど目の高さで襲い掛かってきたので長剣を上から斬り下ろすが、思ったよりも頭部が固い。それでもそれなりの衝撃を与えられたらしく、スピンビーはふらついて地面へと落ちた。一撃で倒すまでには至らなかったけどまあいい。本当なら今のうちにとどめを刺したいところだが、遅れて出てきた一体が少し離れたところを通り抜けようとしているので先にそちらをなんとかしなくちゃいけない。

剣での攻撃は間に合わない、そう判断した私は即座に左手をスピンビーに向け【無詠唱】【並列発動】で『水弾《ウオーターバレット》』二発を同時に放つ。私が放つバレット系魔法の圧縮率はエステルさんのパチンコ玉サイズには到底及ばずせいぜいハンドボール大だが、アル相手に嫌になるほど使い込んでいるので速度と精度はなかなかのもの。ちゃんと狙《ねら》い通りにスピンビーの羽と胴体に命中する。一発の威力はさほど大きくないためこちらも倒すには至らないがヘイト稼ぎとしては十分。それに魔法を受けたスピンビーも地面から再び飛び立つ気配がない。

「よし！」

羽が濡《ぬ》れたら飛べないかもと考え、一発はあえて羽を狙ってみたのが上手くいったらしい。まあ実際は魔法のダメージなのか、濡れたせいなのかはわからない。でも目的さえ果たせたならそれでいい。後はスピンビーたちが立ち直る前にとどめを刺していくだけのお仕事だ。

まず魔法を受けた方に駆け寄って頭部と胸部の間に長剣を振り下ろして切断。ポリゴンの欠片《かけら》に変わっていくのを見届けず、すぐに最初のスピンビーにも同じように長剣を振り下ろして無事に戦闘終了。

どうやら拠点周辺にいるような魔物なら私ひとりでもなんとかなりそうだ。


スピンビーを倒したあとも、何度か魔物と遭遇し戦闘を挟みながら周辺でライくんと一緒に探索を続け、いくつかの新素材をゲットした。

最終的に新たにライくんに教えてもらった素材は緑息草、緑鱗木《りょくりんぼく》、竜命草、竜角木《りゅうかくぼく》の四種類。緑鱗木や竜角木は木といっても見かけはサトウキビのような太めの茎の草らしく【伐採】と【採取】どちらでもスキル効果が発生した。ということは、もしかしたらだけど【木工】と【調合】どちらにも使用できる素材の可能性がありそうだ。

「兄ちゃん、明日も探索に行くならルイも連れて行くといいよ。ルイは【採掘】が得意だからなにか見つかるかも知れないからさ」

帰り道でライくんからそんな話を聞くが、さすがにルイちゃんを今、森の中へ連れて行くのは問題じゃないかな。無事に合流したばかりのマチさんの許可も下りないだろうし。というか、今回のライくんだってちゃんと確認したら絶対に止められたと思う。そう考えるとちょっと軽率だったかも知れない。

ただルイちゃんがいれば鉱石系の新素材が見つかる可能性が高いから、ウイコウさんとアオにも同行をお願いして、それでもだめなら六花の皆さんの力も借りてでも安全を確保すれば許可が出ないだろうか。

「おう、コチ戻ったか。先にやってるぜ」

拠点に戻ると既にアルたちが酒盛りを始めていた。ご褒美のお酒はさっき渡しておいたけど、つまみも無しによくやるもんだと思ったら、チヅルさんが練習で作っていた料理を味見するという名目でおつまみの提供を受けていたらしい。

「おかえりなさい、コチさん。今日はいろいろありがとうございました。おかげでうちのメンバー全員、生産スキルを取得できたし持っていたスキルも死にスキルじゃなくなったわ」

おつまみ提供者としてなのか、いつの間にかアルとミラと仲良くなったらしいチヅルさんはふたりと一緒にお酒を飲んでいた。

「いえいえ、生産スキルが見直されるのは私も嬉しいですから。でも、本当に良い物を作れるようになるためには継続的な努力が必要ですので、少しずつでも練習は続けて下さいね」

「もちろんよ。さすがに商売するところまでは考えていないけど、ゆくゆくは自分たちで使うものは全部自分たちで作れるようになりたいもの」

自分たちのものは自分たちで、か。リイドの人たち全員分の装備や薬、道具を自分たちだけで賄うつもりの私たちと似たような考え方なのはちょっと嬉しい。そんなチヅルさんたちの役に立てたのならよかった。まあ、イベントを手伝ってもらうという下心があったのは間違いないけどね。

「あ、そういやコチ。村人探索中に倒した魔物の素材がそろそろ邪魔臭いんだが、お前んとこで預かってくれよ」

「そうにゃ！　あたしのもお願い」

「あれ？　そういえばさっき私が倒した魔物の素材は……っとそうか。通知をオフにしてたんでしたっけ」

　作業の邪魔になるからアナウンス系の通知を全部オフにしてたんだった。倒した魔物のドロップは基本的に勝手にインベントリに入るから通知がないと忘れがちになってしまう。私たちのパーティでは、一緒に行動しているときのドロップはリーダーである私のインベントリに入る設定だけど、分かれて行動しているときはそれぞれのメンバーのインベントリに入るから捜索中のドロップがふたりのインベントリに入っているんだろう。

「わかりました、じゃあひとまず私が預かりますので全部移してください」

「おう、助かるぜ」

　アルがささっと自分のインベントリを操作したらしく、私の前にアイテム譲渡のウィンドウが開く。表示されていく一覧を見てOKボタンを押そうと思った私の指が思わず止まる。なぜなら、ウィンドウに表示されていたアイテムが想像を遥かに超えて、ずらっと下の方まで続いていたからだ。

「ちょ、ちょっとなんですかこの量は！」

「あ、こっちもお願いねコォチ」

「げ！」

　もうひとつ開いたウィンドウを見て、意図せず下品な声が漏れる。ミラから送られてきたウィンドウにも同じくらいのアイテムが表示されていたからだ。

　トレントの触腕《しょくわん》、フンゴオンゴ茸《だけ》、アグリーエイプの毛皮、アグリーエイプの肉、フォグモンキーの毛皮、フォグモンキーの肉、ハイドタイガーの隠蔽《いんぺい》毛皮、ハイドタイガーの牙《きば》、ハイドタイガーの肉、スラッシュマンティスの鎌、スピンビーの針、クラッシュビートルの甲殻などなど……

「いつの間にこんなに……」

「まあ、シロのサーチと俺のデストロイで」

「あたしのサーチとアカのデストロイ？」

確かにこの面子《メンツ》ならそれくらいはできるだろうけど、今回は村人の探索という目的があるんだからそこまで戦闘はしていないと思っていたのに……それに、よくよくステータスをチェックしてみればイベントポイントであるＥＰも結構なポイント数になっている。

これで村人が見つかってなかったら文句のひとつも言うところなんだけど、しっかりと役目を果たした上で戦闘もしてたのなら苦情は言えない。

「……捜索は疎《おろそ》かにしてないんですよね？」

「あったりまえだろ！　命が懸かってるんだぜ」

「……コォチ、ひっかかれたいの？」

「ですよね。アルとミラがそんなことしないのはわかってます」

ちょっと怒った素振りを見せるふたり。もちろんそう言われるのはわかっていた。人命が懸かっているのに自分の楽しみで戦闘を優先するようなクズがあの街にいる訳もない。となれば、もう褒めるしかないじゃないか。

「ありがとうございました。お詫《わ》びの気持ちも込めて特別にもう一本ずつお付けします」

「「あざぁっす‼」」

ふたりも私が本気じゃないのは勿論《もちろん》承知。体よくせしめた追加の徳利を持って、あっさりと不満の演技をやめて盛り上がろうとするふたりに苦笑しつつも、つくづく頼もしいと思う。

……まあ、ふたりに直接言ってはやらないけどね。

「親方、ファムさん。ちょっといいですか」

「おう、どうした」

「はぁい、なんですか～」

盛り上がる探索担当のアル、ミラたちは取りあえず放っておいて、今日一日指導にあたった六花のメンバーと話をしていた生産担当のふたりに声をかける。

「コチさん、今日は本当に助かった。ドン親方に教えてもらったおかげで【鍛冶《かじ》】の楽しさがわかってきた。感謝する」

「おぉ、コチッち。それならこっちもありがと。ファム師匠と、モックのおっちゃんのおかげで【木工】きたぁ！　て感じだよ。でも一番楽しかったのは竹とんぼだったけどね！」

「キッカさん、ミルキーさんお疲れ様でした。でもミルキーさんは子供たちと遊びすぎですよ。あと、私はなにもしていませんよ。私たちはほんの少しお手伝いをしただけですから」

キッカさんはナイフ、ミルキーさんは小さな本棚を作ったらしく、自分たちが作製したものを大事そうに持っている。同じ道を通ってきたのでその気持ちはよくわかる。最初の頃《ころ》は何かをひとつ作りあげるたびに私も同じ気持ちを抱いていたから。

もちろん今でも作り上げたものに感動がないわけじゃない。でも、ただ作り上げることが目的だったあの頃とは違って、今はよりよい物を作りたいという気持ちが強い。だから今の力で作れる物はさらなる高みを目指すための通過点、指標として見ているので作った物に簡単に満足しないようにしている。って、それって完全に職人さんの思考なんだけど、凄腕《すごうで》の師匠たちに囲まれていると追いつきたくて自然とそうなってしまう。

「で、どうしたんだ」

「ああ、はい。そうでした。実は昨日今日の探索でアルたちが、結構な数の戦闘をこなしていたらしくて魔物素材がたくさんあるんです。確か、ここで得たものは基本的に持ち帰れないはずですし何か使い途《みち》がないかと思って」

まあ、最終的に持っていたものはイベントポイントに変換されるはずだから無理に使う必要もないんだけど。ドロップする以上はなんかしら使い途があるのではないかとも思うんだよね。

「ほう、見せてみな」

「はい」

親方が硬そうな髭《ひげ》をじょりっと撫《な》でるその表情がどこか楽しそうなのは、やはり職人としての性《さが》だろう。

素材全部を出しても仕方がないので、とりあえず種類ごとにひとつあればいいかと、さっき預かったドロップ品を親方の前に並べていく。茸《きのこ》や肉も一応出すが、これらは汚染されているものの食材カテゴリに分類されているので親方やファムリナさんが使うことはないだろうけど、念のため。なんとか食材として使いたいとは思うけど、そのまま調理するのは憚《はばか》られる。

「なるほどな。甲殻系の素材は防具に加工できそうだが他には【鍛冶】に使えそうなもんはあまりないな。そっちはどうだ？」

「そうですね～、いくつかの道具は作れそうですが～……」

素材を手に取りつつ使い方を考えているが、さすがの親方とファムリナさんでもこれだけではどうしようもないか。

「おお！　さすがは夢幻人さんですね。こんなにいろんな素材を集めてこられるなんて」

「ああ、モックさん。トルソさんや、マチさんは大丈夫ですか」

「ええ、勿論。今は落ち着いていますよ、皆さんのおかげで体調も問題なさそうです」

救出してきた料理人トルソさんとマチさんを心配して家にいたモックさんだが、とりあえず中も落ち着いたらしく外に出てきたらしい。

「それは良かったです。で、モックさんはこれらの使い方とかわかるんですか？」

「ええ、この森の素材ですからね。スピンビーの針は釘《くぎ》や裁縫針とかに加工して使えますし、スラッシュマンティスの鎌は加工すると農具や武器になります。毛皮も衣服や防具にできますし、ハイドタイガーの隠蔽毛皮なんかはうまく加工すれば魔物避《よ》けの効果を持たせられますよ。それに食材に関してもトルソがいれば食べられるようにしてくれるはずです」

なるほど、地元の素材は地元の人たちに使い方を聞けということか。これで、食料の問題はなんとかなりそうだし、いろいろな物を作ることもできそうだ。

とりあえず、具体的になにを作っていくかは今日救出した人たちの疲労も考えて明日以降話し合うことにする。

そして今日も今日とて半宴会状態。うちのメンバーは呑気《のんき》だからわかるけど、六花の皆さんも元々ノリがいいメンバーだし、今日は生産活動が楽しかったらしくテンションも高い。なにより美味《おい》しいものが食べられるというのが嬉《うれ》しくて仕方がないらしい。

ちなみに本日の料理はチヅルさんと私の合作。ウイコウさんとアオがゲットしてくれていた魚が主体だったけど、思っていたよりも好評だった。まだいろいろ試行錯誤中だったので一番人気が串《くし》に刺して焚火《たきび》で焼いた塩焼きだったのは今後の課題だ。

あとは村の人たちの表情も意外と明るい。ミスラさんの怪我《けが》は未だに予断を許さないし、まだ行《ゆく》方《え》がわからない人たちもいるけど、少しずつ無事に合流できていることが希望になっているうえに、今回のマチさんとライくんルイちゃんの再会も大きかったらしい。まあ、まだお父さんが見つかっていないのにいいのかなと思わなくはないけど、きっと無事を信じているということだと思う。

「え、いいんですか？　マチさん」

「はい、幼いとはいえルイもこの古《いにしえ》の森を守るリュージュ村にて技術を受け継ぐ者のひとりです。その技は出し惜しみしてはなりません」

そんな食事の最中にライくんがマチさんに、ルイちゃんの探索参加を打診したところ、予想外にあっさりと許可が出てしまった。キリッとした顔のマチさんだけど、理由を聞いてもなぜ了承してくれたのかよくわからない。古の森というのはイベント専用のこの森のことで……あとは技術を受け継ぐか。

確かに村人の皆さんは今のところ何かしかの技術に秀でている。それがこのイベントの重要な要素なんだろうけど、だからといってこんな小さな子を危険なところに連れ出してしまって、本当にいいのだろうか。まあ、すでに二歳しか違わないライくんを連れ出してしまっている私にそんなことを言う権利はないのかも知れないが。

「そ、そういうものですか……でも」

「ふふ、もちろんあなたたちが安全を保障してくれるという信頼があってのことですよ」

真面目《まじめ》な顔から急に笑顔になったマチさんは、この拠点に着いたときの悲愴《ひそう》感が薄れ二児の母で人妻とは思えないほど綺麗《きれい》だ。それにそこまで信頼されてしまえば無理ですとは言えない。

「わかりました。明日はルイちゃんをお借りします」

「お兄ちゃん、ちゃんとルイを守ってね」

「う、うん。私と仲間たちがちゃんと守りますから」

竹とんぼで打ち解けて以来、私に対して硬さが消えて今も隣に座って話を聞いていたルイちゃんが、私の袖《そで》を掴《つか》んで上目遣いに見上げながらケモミミをぴこぴこと揺らしている。もちろん狙《ねら》っている訳じゃないんだろうけど、八歳にしてこの可愛《かわい》さとは……末恐ろしい。

第三章　三日目

「さて、今日も一日頑張りましょう」

三日目の朝を迎えた。今日からはさらに分業して作業を進めていくことになる。

「アル、ミラ。シロ、アカ。今日もよろしく。多分、村の人たちが森で耐えていられるのも今日、明日が限界だと思う。モックさんたちから聞いたポイントはなるべく早く確認してほしい」

「任せとけ、なんだったら今日中に全部回りつくしてやるぜ」

「回るのは問題ないと思うんだけどね、村の人が見つかったら放っておくわけにはいかないじゃない？」

ポイントをたくさん回れば村の人を見つける可能性が上がる。でも村人を見つけたら、放っておくわけにはいかないから拠点まで戻らなくちゃいけない。そうなると他のポイントへの時間が減ってしまう。ミラの言う通りだけど、そこは迷うところじゃない。

「それはもちろん助けた人を優先でお願いします」

「ま、コォチならそう言うと思っていたけどね」

「だな、じゃ行ってくるぜ」

アルたちを見送って、拠点を振り返ると六花《りっか》のメンバー、避難してきた村の人たち、そして親方とファムリナさんたちが、周辺で手に入れた素材と昨日《きのう》持ち込んだ魔物素材の山を前に拠点に必要なものを作製するための話し合いをしていた。

漏れ聞こえてくるところでは、小さな小屋や武器、防具などを作ろうとしているらしい。最終的になにを作ることになるのか気になるところだけど、知らないほうが面白そうだから取りあえず今日一日は放っておこうかな。

そして残った私たちは西門前に集合中。

「じゃあ、ウイコウさん。今日はよろしくお願いします」

「ああ、この周辺の地形などは昨日までに把握したからね。採掘ができそうな場所も確認済みだよ」

さすがはウイコウさんだ。食材の探索と周辺の確認をお願いしていたけれど、どちらもしっかりとこなしてくれている。

「じゃあ行こうかルイちゃん。今日はいろいろ教えてもらうね」

「うん！　いっぱいお兄ちゃんを助けてママに褒めてもらうんだ」

ウイコウさんと一緒にルイちゃんを連れて新素材を探しに行くことになっている。今のところ必ずしも新素材が役に立つという情報はないけど、様々な生産活動に携わる身としては新しい素材と出会える機会は逃したくない。それにイベントも今日が終われば、明日からは折り返しへと入る。そろそろ誰かが何かのフラグを立てて変化が起こってもおかしくないから今のうちにやれることはやっておかないと。

「では、行こうか。西門から出て少し行くと小さな岩丘がある。そこなら何かあるかも知れないよ」

「はい、わかりました。それでは道案内をお願いします」

今日もダンディなウイコウさんに道案内をお願いすると、先頭を歩くウイコウさんの後ろをルイちゃんと並んで歩く。

幸い今日も天気は晴天。森が深くて空が見えにくく爽快感《そうかいかん》はあまりないけど、木漏れ日がところどころから差し込んでいるためそんなに暗くはないし、見様によっては幻想的で綺麗にも感じられる。ただ、道が作られている訳ではないから足元に草が生えていたり根っこがそこかしこから飛び出ていたりで歩きにくいので、ピクニック気分にはなれないのが残念だ。

「ルイちゃん、疲れたらすぐに教えてください。すぐに休憩を取りますので。もし、嫌じゃなければおんぶという手もありますけど」

「うん、ありがとうお兄ちゃん。ちゃんと疲れたら言うね。でも、そこはおんぶじゃなくてお姫様抱っこって言って欲しかったな」

「え？　あ、はは……う、えっと……いたっ！」

『もう！　なに八つの子供にからかわれているのよ！』

八歳の少女の思いがけない大人な言葉に狼狽《うろた》える私を見て呆《あき》れたクロが、爪を肩に食い込ませつつ思念を飛ばしてくる。だから、ＨＰが減るからやめてってば。

「くくくっ、すまなかったね。私たちの弟子はそっち方面に疎《うと》くてね。それなりにうちの女性陣に揉《も》まれているはずなんだが、それでも女心についてはまだまだのようだ。勘弁してやってくれないかい」

「ちょ、ウイコウさん！　なに言ってるんですか」

慌てる私を見てウイコウさんはくっくと肩を震わせている。このオジサマはイケメンナイスミドルのくせに、こんなユーモアまで持ち合わせているから性質《たち》が悪い。まだ積極的にリイドから出て活動していないからいいけど、本格的に外で活動するようになったら世の女性たちがきゃあきゃあ言いまくるんじゃないだろうか。すでにチヅルさんあたりは半墜《お》ちしているっぽいし。

「大丈夫だよお兄ちゃん。少しくらいならルイは気にしないよ、ちょっとずつお勉強してね」

「ははは……ありがとうございます」

あれ、ルイちゃんてこんなにませた子だったっけ……あぁ、そうか。お母さんと無事に再会できて、本来の明るさを取り戻しつつあるのかも。もしそうなら本当にマチさんを助けられて良かった。

「ほら、コチ君。着いたよ」

「あ、はい」

そんなこんなで魔物にも会わず順調に進めた私たちは無事に目的地に到着。ウイコウさんに促されて前に出ると、木々の隙間《すきま》から確かに岩丘が見える。そんなに大きなものではなさそうだけど、【採掘】スキル持ちの私が注意深くその岩丘を見れば。

「確かに採掘ポイントがいくつかありますね。さっそく採掘してみましょう」

インベントリから魔銀鉄のつるはしを取り出した私はポイントに向けてつるはしを振り下ろす。

これは事前の打ち合わせどおりで、まずはルイちゃんの力を借りずに自力で掘ることになっている。

〈鉄鉱石×1を入手しました〉

〈銅鉱石×2を入手しました〉

〈銅鉱石×3を入手しました〉

〈錫《すず》鉱石×2を入手しました〉

〈鉄鉱石×1を入手しました〉

〈銅鉱石×2を入手しました〉

いくつかポイントを掘ってみたけど、やっぱり私では見知った鉱物しか出てこないらしい。そこで一度つるはしを杖代《つえ》わりに背筋を伸ばすと後ろで見学していたルイちゃんへと振り返る。

「ルイちゃん、見ていてどう？」

「えっとね……どうしてお兄ちゃんは、ここをかここを掘らないのかなぁと思ってたかな」

へ？　と思わず声を漏らした私は、ルイちゃんが指し示す場所を注意深く見つめてみる。だけど……駄目だ。どう見てもポイントがあるように見えない。その戸惑う様子を見ていたルイちゃんはくすりと笑って、私に向かって手を伸ばす。

「ちょっと貸して、お兄ちゃん」

「え、親方の作ったこのつるはしは結構重いけど大丈夫？」

「任せておいて、これでもルイはリュージュ村の採掘担当なんだよ」

私の手からすっとつるはしを奪い取ったルイちゃん。しかしその重さに振り回されることもなく、軽々と肩につるはしを担ぐ姿は妙に堂に入っている。【採掘】スキルで補正がかかっているってことなのかな？

「うわ……これ、凄《すご》いつるはしだね。これならきっといい鉱石が見つかると思うよ」

ルイちゃんはドンガ親方が作ったつるはしをにこにこと眺めてから、おもむろに振りかぶって流れるように岩丘に叩《たた》き付けた。

〈石A×3を入手しました〉

〈石B×1を入手しました〉

流れたアナウンスは久しぶりの未鑑定石入手のアナウンスだった。

結局、ルイちゃんが掘り出した新素材の鉱石は四つ。それを受け取って【鑑定眼】で詳細に調べた結果、手に入れたのは緑爪石《りよくそうせき》、緑牙石《りよくがせき》、という薄緑色の鉱石と竜骨石《りゆうこつせき》、竜眼石《りゆうがんせき》と呼ばれる青みがかった鉱石だった。そして、一度鑑定に成功してしまえば採取のときと同じように新しい採掘ポイントも自分でわかるようになった。

「ルイちゃん、この石でどんなものを作っていたかわかる？」

「えっと……お父さんがいろいろ作っていたけど、詳しくはわからないです」

だよね。ルイちゃんのお父さんが鍛冶《かじ》職人ってことだから、助け出せればいろいろ教えてもらえるってことかな。これはもうアルとミラたちがルイちゃんのお父さんと調合が得意だっていうソウカさんって人を見つけてくれることを期待するしかない。

それに、ここまでくればこのイベントのキーとなるものも想像がつく。その辺の話をウイコウさんと答え合わせしたいところだけど、まずはルイちゃんを拠点に送り届けるのが先だ。ウイコウさんがいれば問題ないだろうとはいえ、いつまでも魔物が出てくる可能性がある場所を連れ回す訳にはいかない。

警戒のためにずっと発動していた【索敵眼】にも魔物の反応が近づいているのがわかる。採掘音に引きつけられたのかも知れない。

「ウイコウさん、もうお昼も過ぎましたし、ルイちゃんに教えてもらったおかげであとは私だけでも新しい鉱石は掘れると思いますから一度拠点へ戻りましょう。ちょっとすり合わせしたいこともありますから」

「うん、いい判断だね。それでは戻ろうか。ちょっと急いだ方が良さそうだ、コチ君」

「……はい。ルイちゃん、ちょっと失礼するね」

「え？　ちょっと、お兄ちゃん？　まさか、本当に？」

ウイコウさんの眼《め》に冗談の色はない。私の【索敵眼】ではまだ少し余裕があると思っていたが、想定よりも余裕がないということだろう。

『今は音に引きつけられて寄ってきているだけだけど、もし私たちを感知したら速度は一気に上がるわ』

なるほど。まだまだ実戦での戦闘経験が少ない私には気が付きにくい部分だ。

教えてくれたクロにお礼を伝えつつ、つるはしや武器をインベントリに戻した私は、まだ動揺しているルイちゃんの背中と膝《ひざ》の裏に手を滑り込ませて抱え上げる。お望み通りお姫様抱っこだ。ステータス値が低いとはいっても小柄なルイちゃんくらいなら軽いもの。

「え～～！」

「いくよ、コチ君」

「はい」

顔を赤くしてしがみついてくるルイちゃんを、姪《めい》っこ（いないけど）を見るような気持ちで見ながら、先行するウイコウさんを追いかけて走りだす。足場の悪い森の中での疾走だが、ウイコウさんや私の走りに不安定さはない。これも日々培ってきた修業の成果。だから走りながら普通に会話もできる。

「ここへ来てから周辺の調査を続けているが、日ごとに魔物の数が増えてきているようだ」

「それはやはり、中央からでしょうか」

「そうだろうね。どこかから湧《わ》きだすというよりは移動してきている感じだからね。そろそろ何か動きがあると思っておいたほうがいい」

「わかりました」

ウイコウさんも私と同じようなことを考えていたらしい。となれば本格的な対策をするためにもいろいろはっきりさせていく必要があるかな。


「お母さん、ただいま！」

早めに動き出したこともあり近づいてきていた魔物たちに追いつかれることもなく無事に拠点へと辿《たど》り着《つ》いた。もちろん魔物たちを振り切った時点でルイちゃんのお姫様抱っこも解除済み。あれはあくまでも緊急避難的なもので私の趣味嗜好《しこう》とは一切関係ない、ないったらない。

拠点を囲む柵《さく》の壁が見えてくると、快く送り出してはくれたもののやはり心配していたらしいマチさんがすぐに出迎えてくれた。私たちが帰ってくるのを気にしていたのだろう。

西門を抜けると同時に駆け出して飛び込んできたルイちゃんをマチさんは優しく抱き止める。

「おかえりなさいルイ。ちゃんとできた？」

「うん！」

「マチさん、ありがとうございました。ルイちゃんのおかげでいろいろ助かりました」

誇らしげに頷《うなず》くルイちゃんをよくやったわねと褒めているマチさんにお礼を言うと、私はウイコウさんとその場を離れる。拠点広場はうちのメンバーと六花のメンバー、そして助け出した村人たちが集めた素材でいろいろやっているので、向かうのは家の裏にある貯水池だ。

「お疲れ様アオ、変わりはない？」

『問題ない』

「うん、警備ありがとう」

池のほとりで警備をしつつ甲羅干しをしていたアオを労《ねぎら》うと、お互いに釣り用の腰掛け椅子を取り出して座る。で、どうせ池の近くに座るならと釣り竿《つざお》も取り出して釣り糸を垂らす。

「……ウイコウさん、さっきの話なんですが」

「うん、まずは聞こうか」

「はい」

同じく釣り竿を取り出して糸を垂れたウイコウさんと肩を並べながら、このイベントが始まってから気が付いたことを思い返しつつ口を開く。

「まず、最初に気が付いたのは魔物が汚染されているということです」

「通常よりも少し強化されている可能性があるんだったね」

「はい。おそらくですが、この汚染が原因で魔物たちはリュージュ村を襲撃したんだと思います」

「そうだろうね」

「つまり、この森の中央付近には魔物たちを汚染するような何かがある。これが今回の事件のキーなのは間違いありません」

つまりこのイベントのストーリーを進めていった場合、最終目的はその汚染源をなんとかすることだと考えられる。

「汚染源がもし村の中央にあるとするなら、その事情を知っているのは今も謎の病状と戦っているミスラさんでしょう」

「そして彼女を救うためには……おそらく今回得たこの森特有の新素材、そしてそれを調合することができる知識のある者が必要だろうね」

「はい、森で身を隠している村人たちを助けるタイムリミットは、モックさんが示唆していたことを信じるならあと数日。安全を考えるなら明日をリミットとした方がいいと思います」

「うん、そうすると探索範囲が広がっていることも考えて、今日探索に出ているアルとミラの結果が重要になりそうだね」

「はい」

水面を静かに揺れうごくウキを眺めながらこのイベントについて改めて考えてみる。

本来ならこのイベントは召喚されてきた夢幻人たちで手分けをして取り組むべきものだと思う。単純に思いつくだけでも、探索をする班、村人を助けて拠点へと護衛する班、拠点を強化する班、素材を収集する班みたいに人手があればもっと余裕をもって進めることができたはず。だけど私のグループは私たちと六花のパーティしかカラムさんの依頼を受けていない。

チートじみたリイドの住人と四彩のおかげでなんとかなっているけど、夢幻人だけの二パーティ十二人だったら全員が攻略組に所属しているくらいじゃないとムリゲーだと思う。

「あとはもう少しこの森とリュージュ村の背景を知っておきたいね」

「背景、ですか？」

「ああ、コチ君も気が付いていると思うが、新素材の名前や村の名前。さらに村に恩恵を与えていたという樹《き》。そして村の人たちが身に付けている装身具、全《すべ》てが過剰なくらいに二つのキーワードを示唆している」

これだけあからさまなら、ウイコウさんは余裕で気が付くか。

「はい、ひとつは『緑』。そして……『竜』ですね」

ウイコウさんと釣りをしながら意見のすり合わせをした結果、もう一度村の人たちにしっかり話を聞くということになった。その一番手として私たちが選んだのは召喚者であるカラムさんだ。
あ、ちなみに釣果は私が小さいのが一匹、ウイコウさんがそこそこサイズ三匹だった。勝負をしていた訳じゃないし、【釣り】スキルもレベルがあがったけど、ちょっと悔しい。一応ステータスも確認。

名前：コチ　種族：人間〈Lv13〉　職業：見習い〈Lv20〉　副職：なし
称号：【命知らず】【無謀なる者】【兎の圧制者《ラビットタイラント》】【背水を越えし者】【時空神の名付親】
【大物殺し《ジャイアントキリング》】【初見殺し】【孤高の極み】【幸運の星《ラッキースター》】
加護：【ウノスの加護】【ドゥエノスの加護】【トレノスの寵愛《ちょうあい》】【クアノス・チェリエの信徒】
【チクノスの加護】【セイノスの注目】【ヘルの寵愛】
記録：【10《テン》スキル最速取得者〈見習い〉】【ユニークレイドボス最小人数討伐（L）】
HP《生命力》：　420／420　MP《魔力》：　900／900
STR《力》：20　VIT《体力》：20　INT《知力》：20　MND《精神力》：20
DEX《器用》：20　AGI《敏捷》：20　LUK《運》：107
SP《ステータスポイント》：0
スキル
（武）
【大剣王術4】【剣王術4】【短剣王術4】【盾王術3】【槍王術《そうおうじゅつ》3】【斧王術《ふおうじゅつ》2】【拳王術3】【弓

王術4】【投王術4】【神聖剣術4】【体術9】【鞭術《べんじゅつ》5】【杖術《じょうじゅつ》6】【棒術5】【細剣術5】【槌術《つち》7】
（魔）
【魔力循環5】【魔法耐性7】【神聖魔法5】【火魔法9】【水魔法9】【風魔法9】【土魔法9】
【闇魔法7】【光魔法7】【付与魔法7】【時空魔法1】【時魔法★】【空間魔法★】
【回復魔法★】【精霊魔法3】【召喚魔法5】（蒼輝《そうき》・朧月《おぼろ》・雷覇《らいは》・紅蓮《ぐれん》）
【無詠唱】【連続魔法】【並列発動】【魔力操作】
（体）
【跳躍9】【疾走11】【頑強11】【暗視5】【集中9】【豪力6】
（生）
【採取9】【採掘6】【伐採6】【農業8】【畜産3】【開墾7】【釣り4】【料理9】【調合8】【調合（毒）4】【酒造4】【錬金術5】【鍛冶7】【木工7】【細工6】【彫金5】【裁縫5】
（特）
【罠《わな》設置3】【罠解除3】【罠察知3】【気配遮断6】【鑑定眼8】【索敵眼7】【看破5】
【死中活5】【調教1】（ローズ）【孤高の頂き】【偶然の賜物《たまもの》】

『見習いの長杖《ちょうじょう》+5　INT+63　STR+32　耐久：∞』
『見習いの盾+5　VIT+56　耐久：∞』
『見習いのシャツ+5　VIT+36　耐久：∞』
『見習いのズボン+5　VIT+36　耐久：∞』

『見習いのブーツ＋5　VIT＋12　AGI＋12　耐久：∞』

『軽鋼の籠手《こて》＋3　VIT＋50　DEX＋41　耐久：96』

『銀花のネックレス　INT＋16　MND＋8　状態異常耐性（小）』

『白露《しらつゆ》の指輪　INT＋20　MP＋50　水魔法補正　ストック（×7）　解放』

『欺罔《ぎもう》の指輪　INT＋2　MND－《マイナス》1　ステータス偽装』

『白兎《しろうさぎ》のコート＋2　VIT＋21　耐久64　耐寒（小）』


イベント中はスキルレベルしか上がらないから、あんまり変化はない。

えっと、釣れたのはいずれも鑑定上はギジマスという名前の……ニジマスかな？　こちらは後ほど夕食で美味《おい》しく頂きます。


「カラムさんは私たちがポーションを渡してからずっとミスラさんに付きっきりですね」

「そうだね、ただの知人というにはいささか献身的に過ぎる。つまりはそういうことなんだろうね」

カラムさんは時間経過でHPが減っていくミスラさんに定期的にポーションを使用するため、ほとんどミスラさんの傍《そば》を離れることがない。幸いポーションに関しては、今回のイベントでは私が回復役をするつもりでいたため、それなりの数を持ち込んでいる。その持ち込んだポーションのほとんどをカラムさんに預けてあるのでミスラさんの症状が悪化しない限りは問題ないはず。それに私のポーションは市販のものよりも効果が高いから、ミスラさんにポーションを使用する頻度は二、三時間に一度というところだと思うが、それではまとまった睡眠も取れないだろうし、寝過ごすわけにはいかないというプレッシャーもあって眠り自体も浅いはずで、カラムさんは精神的にも肉体的にも擦り減ってきている。

それでも彼はミスラさんを看病する役目を誰かに任せることを良しとはしなかった。

「なんだか羨《うらや》ましい気がします」

それだけ誰かを想《おも》うことができるカラムさんを見て、思わず漏れた自分の言葉になぜか自分で驚いてしまった。現実では相手の気持ちがなんとなくわかってしまうという能力のせいで、他人とは距離感を遠めに取って生きてきた。例外は姉と、限られた極々一部の人だけ。そのため親友と呼べるような人も、誰かと交際するようなこともなかった。

「心配いらないよ、コチ君。キミならね」

「ウイコウさん……」

お髭《ひげ》のダンディなおじさまは、「なにを」とも、「なにが」とも告げずにぼんやりとしたことを自信たっぷりに肯定してくれた。言葉だけを取れば曖昧《あいまい》すぎてなんの慰めにもならないが、おじさまに優しい微笑《ほほえ》みで力強く言われるとなんだか本当に大丈夫な気がしてくるから不思議だ。私が女だったらマジで落ちていてもおかしくない。

「ありがとうございます」

「うん、では行こうか」

「はい」

私とウイコウさんはふたりで家へと入り、リビングを抜け寝室の扉をノックする。他の人たちは全員、集められた素材を使ってなにかしらの作業をしているので中には私たちとカラムさん、ミスラさんだけ。

「カラムさん、少しいいですか?」

中からカラムさんのどうぞという声が聞こえたのでゆっくりと扉を開け、中へと入る。

「……コチさん。どうかされましたか？」

ミスラさんが横たわるベッドの脇《わき》に置かれた椅子に座っていたカラムさんが、ゆっくりと振り返る。しかし全体的に生気が感じられず、顔を見ても顔色はあまり良いとは言えず、目の下に隈《くま》のような陰りも見えつつある。それなのに表情だけは笑顔を浮かべようとしているので、見ている側としては痛々しく感じてしまう。

「カラムさん、ひどい顔です。少し休んだ方がいいですよ」

「はは……わかってはいるのですが、もし眠っている間に何かがあったらと思うと眠れないんです。むしろ、ここでこうしている方が心やすらかにいられるんですよ」

「……」

「あ！　でも、そう思えるようになったのもコチさんが高品質のポーションをこれだけ準備してくださったからです。このポーションがあるうちは彼女を失わずに済むということなんですから」

「でも！」

今にも消えてしまいそうな儚《はかな》い笑顔を浮かべるカラムさんを、さらに説得しようとした私の肩に後ろから力強い手。振り返るとウイコウさんが首を横に振っていた。

「今は少しでも早く彼女を救うための努力をするべきだ」

「……その方が結果的にカラムさんを早く休ませてあげることができる。そういうことなんですね」

ウイコウさんは静かに頷く。わかっている、ウイコウさんだってそんなことは言いたくないし、本当ならカラムさんに休んでもらいたい。だけど、今のカラムさんを説得することは難しい。だとするならば私たちにできることは、少しでも早くミスラさんを救うことだけだ。

「コチさん？　どうかしましたか」

「い、いいえ、なんでもないです。それよりもカラムさん。少し話をさせてもらっていいですか？」

「え？　あ、はい。構いませんが」

「ありがとうございます」

カラムさんは、今になって改まって話を聞かせて欲しいと言われるのは意外だったみたいだけど、すぐに頷《うなず》いてくれる。

「教えて欲しいのはミスラさんが何を研究していたか、なのですが」

カラムさんから初日に聞いた話だとミスラさんは史学研究をしていたと言っていた。つまりリュージュ村、もしくはこの古《いにしえ》の森の起源のようなものを研究していたのではないだろうか。その調べていた内容が、即イベント攻略に役に立つとは思っていないが、話を聞くことでこれから起こることが少しでも推測できれば対応策も立てやすい。

「ミスラの研究ですか……確か緑竜樹《りょくりゅうじゅ》についてだったと思います」

「えっと……確かこの森の中央、リュージュ村にある木。ですよね」

「よく覚えてらっしゃいましたね。そうです」

イベント開始当初に一度話しただけのことを私が覚えていたことが嬉《うれ》しかったのか、カラムさんは笑みを浮かべつつ頷く。

「その木について、どのようなことを？」

「小さな村ひとつしかないこの森で、大それたことなんて何もないですよ。彼女が調べていたのは、子供にせがまれて母親が枕元で話すような昔ばなしについてでした」

「へぇ、昔ばなしですか！　いいですね、ぜひ教えてもらえませんか？」

昔ばなしというのは教訓などを後世に伝えるための創作だったりもするが、史実が忘れられないように語り継がれやすい物語として作られたものもあるので、私が喰《く》いつき気味に教えてもらおうとするのはただの興味本位だけじゃない。……まあ、今まで聞いたことがないであろう物語に好奇心が止められなかったのも事実だけどね。

「ええ、もちろんいいですよ。これは私たちリュージュ村の成り立ちについての話だと言われています」

小さく微笑んだカラムさんはそう言ってゆっくりと口を開いた。

◇◇◇

むかしむかしのことです。

世の中にとてもひどい飢饉《ききん》がおこりました。

食べるものに困って追い詰められたひとびと。

涙を流しつつもお年寄りや年端もいかない子供たちを深い森の中へ。

森の中に残されたお年寄りと子供たちは食べ物を求めて少しずつ森の奥へと行きました。

お年寄りは僅《わず》かな可能性を信じて知りうる限り生き残るための知識を伝えます。

僅かに得られた食べ物も子供たちへと分け与えます。

そんな過酷な日々の中、お年寄りはひとり、またひとりと減っていきます。

そうしてとうとう最後のひとりとなったお年寄りが立ち上がれなくなったときです。

あなたはだあれ？

やせ細った少女のひとりが何もない場所へと話しかけたのです。
お年寄りはつぅっと涙を流します。
こんな小さな子をここまで追いつめてしまった大人の不甲斐《ふがい》なさが悔しかったのです。
妖精《ようせい》さん？

ところが、また別の子も誰かに話しかけ始めたのです。
しかも見ている場所は同じです。
まさか、そう思ったお年寄りの目にさっきまでは見えなかった光の玉が見えます。

もしかしてドラゴンかな？
そうだ！　きっとドラゴンだよ。

強いドラゴンは大人たちにとっては恐れるものですが、子供たちにとっては憧《あこが》れです。
子供たちが沸き立ちます。それは森に追いやられてからは一度もなかったことでした。

……でも、お腹《なか》すいたね。

しかし、そんな興奮は衰弱した子供たちには一時のものです。
誰かがそう呟《つぶや》いた途端にその場は静まり返ってしまいます。
そんな子供たちのそばを漂っていた光はすっと誘うように動き、ある場所で点滅します。

もしかして、それ食べられるの？
ドラゴンさんありがとう！

子供たちは光が導いた先にあった果実に貪《むさぼ》りつきます。
その様子を薄れていく意識の中で眺めていた最後の年寄りは安堵《あんど》の吐息を漏らしました。
ですが、今日の食事を得ただけでは子供たちが生きていくことはできないのです。
年寄りは最後の力を振り絞って不思議な光へと願を掛けました。

願わくばあの子たちに日々を不自由なく暮らしていけるだけの力を。

年寄りの願いが叶《かな》ったのかどうかは誰《だれ》にもわかりません。

ただ、このリュージュ村にはドラゴンが棲《す》まうという緑竜樹があります。

そしてここで暮らす私たちがいる。それこそがその結果なのかも知れません。

◇　◇　◇

カラムさんが、ほぅと息を漏らし話が終わる。

「なんだかもの悲しい話ですね」

「そうかも知れませんね。でも、私はこの昔ばなしが不思議と好きなんです。生きるために親や子供を森へと送り出すしかなかった者の苦しみ、幼子を守るために身を削り食べ物や知識を分け与え続けた者の慈愛、過酷な現実に負けずにその後を生き抜いたであろう子供たちの逞《たくま》しさ。人間のさまざまな面を教えてくれるような気がしますし、もし自分が極限状態に置かれたときにどう生きるかを考えておきなさいと問われているような気もするんです」

「なるほど……差し詰めカラムさんは、お年寄りの生き方を選んだということですか」

「と、とんでもない！　私は誰かを助けるために体を張れるような人間じゃありません。こうしてミスラを看病しているのだって、私の浅ましい願望に基づいた自己満足に過ぎないんですから」

寝る間を惜しんでミスラさんの看病をするカラムさんを、身を削って子供たちを救おうとしたお年寄りと重ねてみたんだけど、カラムさんにとってはどうも違ったらしい。

「ふむ、私は君の行為がそれほど卑下するようなものだとは思えないのだが」

いままで黙っていたウイコウさんが顎鬚をしごきながらバリトンボイスを響かせる。

「え？」

「好きな相手を助けるために一生懸命看病して……もし治ったら少しは好意を抱いてもらえるかも、と思うのはそんなに浅ましいことかね」

「な！　あ、なん……で」

図星を突かれたらしいカラムさんが羞恥《しゅうち》からか耳まで赤くしてうつむいてしまった。

「私もそう思います。私も男ですから、そのくらいの妄想はしょっちゅうです。でも、妄想はしても実際はそこまで身を削ることはなかなかできません。……愛してらっしゃるんですね、ミスラさんのことを」

「そ、そそそ、そんなことは……私は引き継いだ加護の力も使いこなせないような落ちこぼれですし……ミスラとは……」

うつむいて左手の指輪を握ったままカラムさんが漏らした言葉に、私とウイコウさんは目を合わせると静かに頷く。

これから言うことは……なんだか、カラムさんの動揺に乗じるみたいで後ろめたさはあるけど、カラムさんを元気づけたいというのも本心だ。

「そんなことは関係ないですよ。カラムさんの想《おも》いはカラムさんだけのものです。誰かが否定していいものではありませんし、加護や能力の有無に左右されるものじゃないです。だからカラムさんには、ご自身の想い以外を理由にしてその気持ちを否定することは絶対にして欲しくありません……好きなんですよね」

「…………はい」

カラムさんは無音のままあたふたと表情を二転三転させたあと、静かに頷いてミスラさんへの想いを認めた。

「良ければ聞かせてもらえませんか。ふたりのご関係を……そしてカラムさんの気持ちに水を差そうとする加護について」

自分の想いを肯定してもらえたことが彼の心をいくらか軽くしたのか、カラムさんは幾分生気を取り戻した顔で訥々《とつとつ》と語り始めた。

◇◇◇

私とミスラは俗にいう幼馴染《おさななじみ》というものでした。え？　そんないいものじゃありませんよ。でも、うちの村はなぜか子供が産まれにくくなってきていて同年代の子供は、私とミスラだけでした。

当然意識する相手もお互いしかいないわけですから、私も……そしておそらくはミスラも好意を抱いていたと思います。お恥ずかしい話ですが、いずれは結婚して共に生きていくと自然と思っていました。

そんな関係に変化が起きてしまったのは、加護の継承があってからです。

加護ですか？

私もよくわからないのですが、私たちの村では代々伝わるこの緑色の宝石を村人から村人へと引き継ぐという風習がありまして、私の場合はこの指輪です。

そうです、この宝石を引き継ぐことを『加護の継承』と私たちは言っています。加護を継承するとその宝石から恩恵を受け、その石によっていろいろな能力を得られるようになります。その多くは生きていくために必要な技術で、【鍛冶《かじ》】、【木工】、【調合】などですが、私とミスラが引き継いだ加護は魔法でした。ですが魔法の加護というのは技術の継承とは違って引き継いだ人の才による部分も多いらしくて、あっという間に魔法を使いこなしていくミスラとは対照的に、私はうまく魔法を使うことができなかったんです。

ええ、その通りです。私が継承したのは皆さんをお呼びした【召喚魔法】です。ただ私の召喚魔法はいままで一度も成功したことはなかったんです。だから、なんとなく村に居場所がなくなってしまい、修行という名目でこんなところに居を構えていました。ですが突然現れたミスラが倒れ、村の状況を知って、ぎりぎりまで追い込まれたことで、ようやく皆さんを召喚することに成功しました。

加護がうまく使えなかったがために村やミスラと疎遠になり、加護が使えたがためにコチさんたちを召喚できて村の人たちを救うことができた。加護なんていらないと思っていたのに……なんというか、皮肉なものですね。

◇◇◇

「なんとなくわかってきたね」

カラムさんの話を聞いた私たちは、少し疲れた様子のカラムさんにヒールをかけてから彼にお礼を言って部屋を出た。意外と長く話をしていたらしく、空はすでに茜色《あかねいろ》に染まっていた。

「はい、おそらく村人たちがドラゴンと呼んでいた『なにか』は実在すると思います」

「そうだね。その『なにか』が今回の騒動の原因であることは間違いなさそうだ。問題は今まで村人たちを助けてきたはずのなにかが、なぜ今になって村人たちを襲うのか」

私とウイコウさんは歩きながら拠点の柵《さく》を点検しつつ、カラムさんから聞いた情報を整理していく。

「時間的なものなのか、何かきっかけがあったのか。私たちはそのなにかを元に戻せばいいのか、それとも倒せばいいのか……」

「……異界の神からの神託を見れば『倒せばいい』と読み取れるがね」

ウイコウさんの言う通り、イベント告知メールには封じられし魔物を討滅せよと書いてあった。この封じられし魔物というのが、村人たちの言うドラゴンと同じものという可能性は高い。でも……

「もともとは村の人たちの先祖を助けてくれた存在を倒してしまっていいのでしょうか」

「難しいところだね。村人たちに被害が出ている以上は倒すことは前提にせざるを得ない。それ以外になにか解決策があるとするならば、知っている可能性があるのは今も眠り続けるミスラ女史か……彼女が助手をしていたという史学研究者」

「あ、そういえばいましたね。でもその人って多分今回の事件の中心にいた人ですよね。無事でいるんでしょうか」

「そうだね、その辺りを確認するためにもまずはリュージュ村の【調合】を担当していた人を助け出し、ミスラ女史を回復させることだろうね」

「アルとミラたち次第ですか」

『コチ、そのふたりからほぼ同時に連絡が入っているわよ』

私の肩の上でずっと目を閉じていたクロが絶妙のタイミングで声をかけてくる。

「本当ですか！　表示をお願いします」

『はいはい』

クロが顔を洗いながら尻尾《しっぽ》を振ると、私の目の前に二つのウィンドウが開く。アルとミラに預けてあったクロの幻体からの映像だ。

「コチ、俺の探索範囲は全部見て回った。見つけたのはひとりだ」

「コォチ、こっちも終わったよ。あたしの方も見つけたのはひとりだったけど」

「あ」

「アルレイド、ミラ、それぞれ見つけた人の名前と職業、健康状態を教えてくれ」

ふたりの言葉を聞いたウイコウさんが、私の隣からひょいと顔を出すとふたりに質問を投げかける。割り込むように会話に入ってくるなんてウイコウさんらしくない。きっとウイコウさんもこのタイミングでの連絡になにかを感じたのだろう。

「うお、びっくりした。いきなり出てくんなよ、ウイコウ」

「……確かに心臓に悪いかも」

「……そんなに驚くということは、何か疚《やま》しいことがあると判断するが、いいかね」

ふたりの態度にムッとしたのか、やや不機嫌に髭《ひげ》を撫《な》でるウイコウさんに面白いようにアルとミラの表情が強張《こわば》る。

「にゃあ！　ないない、なんも悪いことしてないってば！　え、えっとあたしんところはハンマっていう鍛冶をしていたらしい獣人のおじさんよ。魔物との戦闘で受けた怪我《けが》が酷《ひど》くて動けなかったみたい。今はコォチの薬で問題ないけど、しばらくは動けないかも」

鍛冶師でハンマ？　それって多分ライくんとルイちゃんのお父さんだ！　生きていて良かった……怪我が酷かったってことは発見が明日以降になっていたら危なかったかも知れない。

「だあ！　だからなんでそうなる！　俺らはちゃんと探索してたっつうの！　俺んところはソウカっていう薬師《くすし》の爺《じい》さんだな。村人に逃げるように言われて森に入ったらしいが、結局体力が保《も》たずにずっと隠れていたらしいぜ」

おぉ！　こっちも待ち望んでいた【調合】担当の人だ。ふたり共お手柄だ。

「ウイコウさん！」

私の呼びかけにウイコウさんは僅《わず》かに微笑《ほほえ》むと力強く頷《うなず》いてくれた。

「だが、要救助者二名の状況と今の時間を考えるとすぐに連れてくるのは得策じゃないだろうね」

「あぁ……確かに夜の森は危険ですね」

私も独り立ちして、早々に夜の森で大立ち回りを繰り広げてしまった経験があるので危険性は十分知っている。

「アルとミラにはある程度の食料と予備の結界杖を渡してあります。一晩休んで明日戻ってきてもらうようにします」

「うん、それがいいだろうね」

「はい」

アルとミラにそのことを説明すると、ふたり共そうなることを予期していたらしく素直に了承してくれた。まあ、また徳利を一本ずつ渡すことになったけど、今回のふたりの働きから言えば正当な報酬だ。

「よし、これでミスラさんが助けられるかも知れない。ミスラさんが助かれば詳しい事情が聞けるだろうし、私たちが本当にやらなくてはならないことも少しははっきりするかも知れませんね」

「そうなるといいね。だが、アルレイドたちが帰ってくるのは明日の午後になるだろうから、その間に私たちもできることをやっておこう」

「はい」

採取や採掘もまだまだ必要になるかも知れないし、拠点では集めたドロップ品などを使っていろいろなものを作る計画も動き出している。なので、私たちが手伝えることはいくらでもある。

こうして、多くの情報を得て大きく事態が動き出した三日目の夜は、私とチヅルさんが作った料理を囲みつつ魔物素材や新素材で何を作るかという相談をメインに今までになく和やかなムードで過ぎていった。

現状を考えると、決して気を抜けるような状況とは言い難いが、人数が増えてきて会話が増えたということもあるし、なによりもライくんたちのお父さんの無事がわかり全員に安堵感《あんとかん》を与えたことがこの和やかさの理由として大きい。

子供たちの手前、毅然《きぜん》と振る舞っていたマチさんがハンマさんの無事を聞いて思わず涙をこぼしていたのがなんとも印象的だった。


明日からの予定について話し合った結果、今ある素材を使って作れるものを片っ端から作っていこうということになった。武器や防具はもちろん、農具や、拠点防衛用の設備、それに人が増えてきたので雨風が凌《しの》げるような簡単な家も計画に挙がっている。

さらには、入手した食材の汚染処理や調理方法をトルソさんに教えてもらって食料の備蓄にも取り掛かったり、イベント後も村の人たちが暮らしていくことを考え、拠点内に畑を作ることも検討中。ここまでくると討伐イベントというよりは村づくりイベントのようだけど……とにかく短い時間でどこまでできるかはわからないが、これから何かが起こることがなんとなく想定される以上はできる限りの準備はしておきたい。


「じゃあ、私たちはもう休むわね」

「はい、お疲れ様でしたチヅルさん」

「…………」

夕食が終わってからもなんだかんだと話をしている他の人たちを眺めながら、一緒に後片付けをしていたチヅルさんが六花のメンバーを呼びに行こうとして足を止めた。

「？　どうかしましたか」

「……コチさんの仲間は凄《すご》いわね」

「え？　あ、はい。自慢の仲間ですよ。皆に比べて私の力がまったく釣り合っていないので申し訳ないですけど」

「私に言わせればあなたも大概だと思うけど……」

小さく息を漏らしながら呟《つぶや》いたチヅルさんの言葉はよく聞き取れなかったけど、なんとなく呆《あき》れたような雰囲気はわかる。ん～、別に嘘《うそ》は言ってないんだけどな。

「ま、いいわ。そうじゃなくて、村の人の探索とか、生産スキルの伝授とか謎の解明とか、全部頼りきりで申し訳ないと思って」

「ああ、いいんですよ、そんなの。むしろ本当は皆で協力してやるイベントを独占しているとも取れますし、こちらこそ申し訳ないです」

「それこそどうでもいいわよ。正直、この辺の魔物と戦ってみて、私たちの実力じゃ森の奥までは厳しいと思っていたし……それに、そんなことに拘《こだわ》って救助が遅れてしまうことを考えたら……ね。ライくんとルイちゃんのご両親を無事に助けてくれて本当に良かったわ」

「はい」

最初に大地人《だいちびと》のことをＮＰＣと言っていたチヅルさんだけど、キッカさんの言っていたとおり、言葉の選択を間違えただけでＮＰＣだから何をしても大丈夫なんて思う人ではなかったのがわかってちょっと嬉《うれ》しい。

「私たちは私たちにできることで協力させてもらうわ。皆もいろんなものが作れるようになってものづくりが楽しくなってきているみたいだしね」

「はい、頼りにさせてもらいます」

チヅルさんは私の言葉に小さな微笑みを返すと手を振って、メンバーのところへ歩いていった。

おそらく明日アルたちが救出した村人をそれぞれ連れ帰れば、いろいろ状況が動き出す。そうなれば今日のようにのんびりとした夜を過ごすことはもうできないかも知れない。でも、私の中のやってやるという気持ちが折れることはない。

「さあ、明日も忙しいぞ」

満天の星を見上げて腰を伸ばしつつ気合を入れた。

掲示板

【狩り尽くせ】イベントを語るスレ【古《いにしえ》の森　Part2】

ここは現在開催中の【古の森】イベントについて語るスレです。不参加者とは倍率が違うため、住人はイベント参加者だけです。【ネタバレ禁止】今回のイベはサーバーごとのランキングも実装されています。ランキングによって賞品があるそうなので、うっかりネタバレして同サーバー民から叩《たた》かれないように注意してください。

・ここはイベントについて語るスレです。
・魔物のデータなどはネタバレにかからないと思われますので積極的に報告を。テンプレのリンクはここ→【××××】
・新アイテムなどもありましたら報告をお願いします。
・ネチケット（笑）を守って書き込みましょう
・次スレは950を踏んだ人がお願いします。

：：：：：：：：：：：：：：：

111：29鯖《さば》　犬獣人
イベントも三日目だけど皆どうよ！

112：71鯖　狐《きつね》獣人
初めて来ました。で、いきなりなんですが、このハンドルネームってどういう意味ですか？

113：82鯖　人

>>111　ひたすら魔物狩り。

114：13鯖　獅子《しし》獣人
３日目にしてすでに飽き気味(；´Д｀)
７日って長くない？

115：51鯖　ドワーフ
>>112　ＨＮは、今回参加しているサーバーの番号と種族です。つまり私は第51サーバーでイベントをしている、ドワーフということです。

116：29鯖　犬獣人
>>113
>>114
だな！　魔物狩るだけ。なんかおもろいことあった？

117：82鯖　人
うちの鯖は中央付近の安全地帯の争奪戦が結構激しかったけど、変わったことと言えばそのくらいか。

118：71鯖　狐獣人
>>115　ありがとうございます。よくわかりました。

119：13鯖　獅子獣人
>>112　お、現在ランキング１位、(ﾟДﾟ)ノ ｽｺﾞｲｽｺﾞｲの鯖民さんじゃないですか。ポイント効率のいい魔物がいたら教えてくださいよ。

120：29鯖　犬獣人

うちのパーティは中央まで行くと連戦がきついからそこまで行く前に野営地を決めたから争わなかったな。

121：71鯖　狐獣人
え？　うちのサーバーってランキング１位なんですか？
私たちのパーティはスタート地点からほとんど動いてないのでランキングとか気にしていませんでした。

122：51鯖　ドワーフ
イベント期間が７日もあって、ただ魔物を狩るだけのイベントだとは思えないんだけどな。

123：29鯖　犬獣人
112さんは初心者さん？　スタート地点付近だと魔物もほとんどいないし、ポイントは稼げないんじゃないの？

124：82鯖　人
っていうか、うちの鯖民は結構高レベルが多くてほぼ全員が中央付近で狩りまくっているのに鯖ランは一桁《ひとけた》がやっとなんだけど。

125：71鯖　狐獣人
>>122　私たちは魔物狩りよりもイベントストーリーと拠点づくりの方に力を入れています。と言っても私のＰＴと、ちょっと変な初心者さんのＰＴだけですけど。
>>123　私たちはプレイ時間はあまり多くないですけど、一応は開幕スタート組です。

126：13鯖　獅子獣人

ｴｯ(ﾟДﾟ≡ﾟДﾟ)　イベントストーリー？

127：29鯖　犬獣人
ストーリー？　そんなのあったっけ。イベント告知を見返しても森の魔物を討滅せよ的なことしか書いてなかったと思うんだけど。

128：82鯖　人
拠点づくり？　セーフエリアを暮らしやすくするってこと？　まあ７日もいるんだからある程度はあり得るかもだが。

129：51鯖　ドワーフ
イベントって……もしかして召喚した人のところにいた人を助けるやつ？

130：71鯖　狐獣人
>>129　(ﾟдﾟ)(｡_｡)ｳﾝ

131：29鯖　犬獣人
そんなのあったのか……

132：13鯖　獅子獣人
ああ……そういえば初日にどっかのＰＴから協力を求められた気がする。

133：９鯖　エルフ
こんにちは！　うちの鯖もそのイベやってますよ。うちはそれなりの数のプレイヤーさんたちで協力してやってますけどなかなか大変です。でもランキングは悪くないのでイベントで得られるポイントは結構大きいかもです。と、敵に塩を送ってみる。

134：82鯖　人
(；ﾟДﾟ)

135：29鯖　犬獣人
Σ(・ω・ノ)ノ！

136：13鯖　獅子獣人
Σ(ﾟ◇ﾟ；)ﾏｼﾞﾃﾞｯ!?

137：１鯖　人
(・∀・) ﾆﾔﾆﾔ
だから、うちの鯖の順位が良かったのか。
うちの鯖には桃色聖女がいたので、リジェネ的なチート級回復魔法で生命維持は余裕だし聖女パーティの氷結軍師が指揮とっていろいろしてたしな。完全に寄生状態だが、１鯖に割り振られた俺、ъ(ﾟДﾟ)ｸﾞｯｼﾞｮﾌﾞ!!
そして即脱出！

138：51鯖　ドワーフ
なるほど……うちの鯖も誰《だれ》かしら取り組んでいる可能性があるな。ちょっとパーティメンバーと相談してくる。

139：82鯖　人
>>137
137に軽い殺意が……ｗ
間に合うかは分からんが俺もいてくる。

140：29鯖　犬獣人
じゃあ、俺も！

141：13鯖　獅子獣人
もちろん俺も！

142：９鯖　エルフ
>>138、139、140、141
どうぞ、どうぞ、どうぞ。
そして、私も去る！

143：71鯖　狐獣人
……あれ、皆さんいなくなっちゃいましたね。
う～ん、今からだと、いろいろ間に合うかどうかは微妙な気もしますけど、頑張ってください。
じゃあ私も作業に戻ります。

第四章　四日目

イベント四日目。結構いろいろあったけどまだ四日目というべきか、もう四日目というべきか。現実で社会に流されるように日々を過ごしていると、あっという間に一週間が終わっていて、その間の記憶がほとんどないなんてことはよくある。だけど、この四日間の出来事は全《すべ》て鮮明に思い出せる。それなのに時間は早く感じるということは、それだけこの世界での一日が濃いってことかな。

身も蓋《ふた》も無く言ってしまえば、それだけゲームにはまっているということになる訳で、まさに運営の思うツボで、本当は良くないのかも知れないけど、すでにそのツボにはまることが不快じゃなくなっているんだからどうしようもない。

「坊主、今日からちょっと気合入れていく。お前はとにかく素材を集めて来い」

朝食後に後片付けを終えた私に声をかけてきたのはドンガ親方だった。

鍛冶《かじ》用のハンマーを肩に担いでゆらゆらと揺らしている親方はなんだか浮かれているように見える。多分、今まで使ったことのなかった素材を使えること、なんでも自由に作れてやりたいようにできるのが楽しくなってきたのだろう。

親方はキッカさんと一緒に、とりあえず甲殻系の素材と革を使って防具の作製に取り掛かるようで、鉱石系の素材を私に集めさせた後は武器の作製をする予定とのこと。この作業に【彫金】担当レイチェルさんと、昨日《きのう》【裁縫】スキルを覚えたロロロさんやマチさんも縫製や装飾で協力するらしい。

ファムリナさんやモックさん、ミルキーさんの木工組は、魔物素材を組み合わせて柵《さく》の強化。さらに柵を作るときに使った台を矢倉に改造して、余裕があれば村人用の仮設住宅まで建てるとか言っていたけど……本当に家までできたら凄《すご》いな。

後は、チヅルさんがトルソさんに汚染食材の処理の仕方を教わって、【調合】担当エレーナさんはポーション作製を練習しながらアルたちが救出した村の調合を担当していた人の帰りを待つ。

「今朝《けさ》アルたちから連絡があって、すでに救助した住民を連れてこっちに向かっているので、戻ってきたらそちらの対応に追われると思います。それまでで良ければ集めてきますよ」

「それで構わん。取りあえずファムから木材の要望が出ている。新素材を中心に木材を先に集めてくれ。そのついでに採掘ポイントがあったら鉱石も頼む」

「わかりました。じゃあ行ってきます」

親方とファムリナさんにも明日あたりからなにかが起こる可能性が高いことは伝えてある。それもあっての要望だと思うので、やりたいことができるだけのものを準備するのは私の役目だろう。

にわかに活気づいている拠点を嬉《うれ》しく思いながらクロを連れて拠点を出ると、拠点の周囲を囲む柵から均等にスペースができるようにもう一回り木を伐《き》り、伐採した木を拠点内に置く。ほぼ伐ったままの状態だけど加工は木工組がいれば充分。

伐採を終えると今度はライくんとルイちゃんに教えてもらった新素材を意識して、範囲を少しずつ広げながら探索しなおしていく。新素材の方は見つけられる人がいなかったからかそれなりに集まる。本当はついでにポーションを追加するために癒草《いやしそう》なんかも集めたいところなんだけど、拠点の周囲はミスラさんの治療のためにカラムさんが取り尽している。

「まだ少しは手持ちがあるけど、ミスラさんの治療薬を調合するときに必要になる可能性を考えると今は使えないしな」

『どうやら、猫娘の方はもうすぐ帰ってくるわよ』

肩から聞こえたクロの声に空を見上げると、いつの間にか太陽が天頂を越えていた。採取なんかのために意識を下に向けたまま森の中にいると時間経過がわかりにくい。

まあ、チュートリアル後に解禁された時計《とけい》機能を使えばいいんだけど、その機能がない状態のまま一年近くリイドで生活していたから太陽の位置で時間を計る癖がついちゃっている自分がちょっと悲しい。

「ミラってことはライくんたちのお父さんか。到着する時には私も拠点にいたいかな。アルはあとどのくらい?」

『あっちは同行者を背負いながらだから夕方になりそうね』

「そうか、確かお爺《じい》さんだったっけ。じゃあ、一度拠点に戻って食事を取りつつミラを待って、それからもう一度素材集めに行こうかな」

『そうしなさいな』

「そうするよ。教えてくれてありがとう、クロ」

情報提供してくれたクロにお礼を言うと、取りかけだった緑息草《りょくいきそう》を採取してインベントリに入れてから腰を伸ばしたあと拠点へと向かう。

「そう言えばミラたちの帰還自体は問題ないんだよね」

『赤鳥が付いているのだし、問題はないんじゃない? それに助けた村人もそれなりに戦えるようよ』

「それは良かった、それなら子供たちにも無事にお父さんを助けられそうだって教えてあげてもよさそうだね」

一応昨日の段階でハンマさんが無事だったことは伝えていた。だけど、今の森では道中何があるかわからないので、本当に喜ぶのは再会してからにしてくださいと伝えていた。

「よし、そうと決まれば早く拠点に戻って教えてあげよう」

マチさんやライくん、ルイちゃんが喜ぶ姿を想《おも》うと自然と足が早まる。

『あなたの家族でもないのに、おかしなものね』

「いいんです、家族が引き離されるというのは辛《つら》いものですから……ライくんたちにそんな想いをさせなくて済むと思うだけで私は嬉しいです」

『……そんなものかしらね、わたしには家族なんていないからわからないわ』

「なに言ってるんですか。私は四彩やリイドの皆、全員家族だと思っていますよ」

『え？　……そ、そうなのね。じゃ、じゃあ、わたしも引き離されないようにしっかりと、つ、掴《つか》まっておかないといけないわね』

「はい、走りますから離れないでくださいね」

『…………なんか、それは違う気がするわ』

◇　◇　◇

「あなた！」

「マチ！　ライ！　ルイ！」

「父さん！」

「パパ！」

ひっしと抱き合う家族を見て、本当に間に合って良かったと胸をなでおろす。僕も両親が生きていたころは姉さんと四人で楽しい毎日だったっけ。残念ながら小学生の頃《ころ》に死別してしまったけど叶《かな》うことなら僕も、もっとたくさん両親との時間を過ごしたかった。

だからこの光景を見られたことが本当に嬉しい。


「あ〜、疲れた」

「ミラ、お疲れ様。はい、約束のお酒」

猫耳をしんなりさせて疲労をアピールしていたミラが、私の出した徳利《とっくり》を見てピンと耳を立てる。本当に現金だ。

「やたっ！　コォチ、つまみ！　つまみは！」

「はいはい、どうぞ。今日はもうなにもしなくていいですからゆっくり休んでください」

インベントリから昨日釣った魚を焼いてほぐした後に、濃い目の味付けで炒《いた》めた野菜を混ぜたものを渡す。

「にゃはは、頼まれても今日はもう、はったらかな～い」

徳利とつまみの載った木皿を両手で持ちながら、機嫌よく尻尾《しっぽ》を振って立ち去るミラを見送ると、パタパタと飛んできてクロとは反対側の私の肩に止まったアカに視線を向ける。

「アカもお疲れ様。本当に助かったよ、しばらくゆっくりしておいで」

『奥の方はまああ楽しめたし、別にいいわ』

アカが楽しめたってことはやはり森の中心付近の敵は強くなっているってことか。もしその辺の魔物がここまで来るようだと私や六花の皆さんには厳しい戦いになるかも知れない。

『でもせっかくだし、ちょっと休むわ。いい敵が現れたら呼んで頂戴《ちょうだい》』

「はは、了解」

バトルジャンキーのアカもさすがにちょっとは疲れたらしく、くぁ、と小さな欠伸《あくび》をもらすと屋根の上へ飛んでいった。

「あの、コチさん」

「はい。なんですか、チヅルさん」

再会の場面を堪能し、ミラとアカを見送った私に背後から声をかけてきたのは六花のリーダーチヅルさんだ。

「お昼の料理にこの森で取れた食材を使うために、トルソさんにいろいろ聞いたんだけど教えてくれなくて……」

「あ、そう言えば汚染食材の処理の仕方を教わるんでしたね……って教えてくれないんですか？」

「教えてくれないっていうか……取りあえず来てもらえる？」

「はい」

困り顔のチヅルさんに連れられて、初日に私が設置してからそのままになっている簡易キッチンまで行くと日に焼けた大柄な体を誇示するかのように腕を組んだトルソさんが待っていた。その風格は料理人というよりは鉱山夫のようだ。

「トルソさん、こんにちは。ハンマさんと合流できたこともありますし、美味《おい》しい料理を作ってあげたいんですけどこの森の食材の料理の仕方を教えてもらえますか？」

「……」

声をかけるとトルソさんは静かに腕組みを解き、アグリーエイプの肉を手に取り調理を始める。包丁の背で肉を叩《たた》き、肉を検分したあと一部を切り取って廃棄したり、何かの葉を敷いた鍋《なべ》に入れ、鍋ごと湯煎《ゆせん》したり……あぁ、これはあれか。見て覚えろ的なやつだ。

「チヅルさん、これってどうやら見て覚えて欲しいってことみたいですよ」

「やっぱり？」

「はい、見ている限りだとこの森の食材は毒抜きのような処理が必要みたいですね」

おそらく戦闘時に確認した汚染というのが関係していて、その処理をしないと食材として認識されないらしい。でも、それが技術として確立しているということは、汚染が始まったのはこのイベント開始時じゃなくてもっと昔から汚染はあったということになる。これは覚えておこう。

「でも、それを教わっていたらお昼ご飯が遅くなるわ」

「ですね、では私も手伝います。トルソさんはこの森の食材、チヅルさんは私が持ち込んだ食材で料理を進めて下さい。私は両方を確認しつつサポートしますので。その間にこの森の食材の下処理方法を覚えたらチヅルさんにもお伝えします」

「……そうね、それで行きましょう。でないとうちのメンバーが、特にミルキーがうるさく騒ぎ出すと思うから」

　ミルキーさんか、あの人はチヅルさんを困らせることが楽しくてしょうがないみたいだからなぁ。でも、それってきっと……

「甘えん坊なんですね」

「え？　……ふふ、よくわかるわね。ミルキーはリアルだととってもしっかりしているんだけど、その反動なのかここではあんな感じなの。私たちは長い付き合いだし、あの子の事情も知っているから、見た目ほど困らされている訳じゃないのよ。だからといって騒がれたいわけでもないからさっさと始めましょう」

「そうですね、ではトルソさんもお願いします」

「……」

　それからこの森の食材の処理の仕方について学びつつ調理を続けた結果、結局準備に小一時間ほどかかってしまい、ミルキーさんが騒ぎ出してチヅルさんが辟易《へきえき》していた。

　お疲れ様です。


「おう坊主、ちょっとこれを見てみろ」

　食事を終えて、後片付けをしつつチヅルさんに汚染食材の下処理方法を教え終わった私に親方が持ってきたのは革の服の胸や肩、肘《ひじ》部分に黒光りする何かを張りつけた上半身用の防具だった。

「早いですね、もうできたんですか？」

「ふん、こいつは新素材を使ったわけじゃないからな。特に今までのものと作業工程は変わらん。むしろ指導しながらだった分だけ時間がかかったほうだ」

言われてみれば確かに見た目は普通の軽鎧《ライトメイル》。親方にかかれば手間取るような物じゃない。でも、それならなぜわざわざ私に持ってきたのか……【鑑定眼】で見ればわかるか。

『黒蟻の軽鎧《ブラックアントアーマー》　VIT《体力》＋23　MND《精神力》－2《マイナス》　耐久：210／210
古《いにしえ》の森に生息する巨大な黒蟻の硬く発達した甲殻を使用した軽鎧。軽くて動きやすい。
素材が汚染されているためMNDにマイナス補正。
ただし汚染獣の攻撃に耐性（弱）を持つ。』
作製者：ドンガ

「親方！　これって！」

「ああ、随分と面白れぇもんができた。おそらくこの森の魔物に対してのみ効果がある防具ってやつだ」

なるほど、この森で得た物で作製した装備にはイベント限定の特効が付くってことか。ということは集めた新鉱石の使い方をハンマさんに教えてもらって武器を作れば……

「親方！」

「ああ、こいつは忙しくなりそうだ。つっても坊主は装備できねぇけどな！」

腕まくりをしながらガハハと笑う親方。確かにその通りだけど、私だってたまには見習い装備以外を装備してみたいときだってあるんだけどな。

「ま、いいですけどね。それより親方、多分特効装備はあればあるだけ後で役に立つと思います。

うちのアルたちが必要だと言えば優先でお願いしたいですけど、多分いらないって言いそうな気がするので、まずは六花の皆さんに武器と防具をお願いします。その後は作製できる範囲でいろいろな武器防具を作れるだけ作ってください。充分な素材が集まって手が空けば私も手伝いますけど」

「いや坊主、取りあえず素材集めは午前の分でもういい。これからはお前も鍛冶《かじ》に回れ。足りなくなりそうなら素材の収集は子供たちに頼めばいい」

「え？　でもライくんやルイちゃんにそこまでお願いする訳には」

「坊主、夢幻人《むげんびと》の常識じゃどうだか知らんが、獣人は早熟な種族だ。あのくらいの歳《とし》ならそんなに心配することはないぞ」

「ですけど……」

親方の言っていることはわかる。獣人の身体能力が高く設定されているというのも、ファンタジー設定だと常識。だけど、ふたりの愛らしい姿を見ているとだから大丈夫だとはなかなか言えない。

「なあに、さすがに俺も子供たちだけに任せろと言っている訳じゃない。ウイコウとミラに護衛をさせりゃあいい。それでも心配ならアカやアオにも頼め」

「確かにウイコウさんやミラが護衛に付くなら安心ですけど、そこまでして私が生産に回る必要が？」

「ない！」

「へ？　な、ないんですか！」

てっきり私の力を必要としてくれているのかと思っていたら、親方は力強く「ない」と言い切ってるし。じゃあ私が素材探しをしてもいいんじゃ。

「ふん、だがお前や嬢ちゃんたち、夢幻人の発想ってやつは馬鹿にできん。この前作った穴掘りの道具だってそうだ。坊主の技術も勿論《もちろん》必要だが、今欲しいのはその発想ってやつだ」

ドンガ親方の鍛冶の技術は疑うべくもないが、リイドでの時間が長かったのも事実。その間はまともな素材が得られなかったため、その時間をひたすら技術の向上に注《つ》ぎ込んでいたと聞いている。だから親方はもしかしたら自分の発想が凝り固まっているのではと思っているのかも知れない。親方の弟子として指導を受けてきた私からしたらまったくそんなことはないと思うけど、せっかくイベントに参加したのに開始されてから素材集めばかりしていたのも確か。ここでイベント素材を使った物を作ってイベントに参加している気分を感じるのも悪くない。

「なるほど……わかりました。私の発想がそれほど役に立つとも思えませんけど、お手伝いします」

「ああ、よろしく頼む。じゃあ早速始めるからついてこい」

「はい」

せっかちな親方らしく、そのまま拉致《らち》されるように鍛冶スペースへと連れていかれると、そこでは一心不乱に鉄を打つキッカさんとそれを見守るハンマさんがいた。

「ん？　おお、来たな！　改めて礼を言わせてくれ。私も含めた家族たちを助けてくれてありがとう」

「え、いや、もうお礼は十分ですから頭を上げてください」

顔を合わせた途端に大柄で鍛えられた体を窮屈そうに屈めながら頭を下げるハンマさんに慌てて声をかける。拠点に戻ってきたときにもうお礼は言ってもらっているし、村の人たちを助けたのはこちらの都合もあるから、何度も頭を下げられるのは逆に申し訳ない。

「そうか？　君がそう言うならわかった。だが、覚えておいてほしい。凶暴化した魔物たちから子供たちを逃がすために、盾や囮《おとり》になってはぐれた私たちが全員無事に再会できた。その恩は何度頭を下げても返せるようなものじゃないんだ。これは私たち家族に限ったことじゃなく、他の村人たちにとっても同じだ。私たち加護を受けている者はこいつを次の世代に引き継ぐために魔物たちに殺されるわけにはいかないからな」

緊張感を漂わせた表情でハンマさんはベルトのバックルに付いた緑石を撫《な》でる。

「もしかして、他の村人たちは」

「ああ、私たち加護者を逃がすために村に残って戦ってくれたはずだ。勿論玉砕するつもりではなく、時間を稼げるだけ稼いでいよいよ危なくなれば地下に作られた避難所へ逃げ込む手筈《てはず》になっている」

村というくらいだからもっと人数がいてもおかしくないと思っていたけど……他の人たちは避難所にいたのか。良かった。ということは村の人たちがうまく避難していてくれれば全員を助けることができるっていうことだ。

「食料はあとどのくらいもつのかな」

「え？　ウイコウさん？　いつの間に、それに食料って……あ！」

そ、そうか！　村の近くから魔物が湧《わ》いているとすれば、村の人たちは避難所から出られない。出られないなら備蓄の食料が尽きたら……いや、そもそもカラムさんがミスラさんから話を聞いたから私たちが召喚された訳で、本来は加護者を逃がせても助けがくるような予定はなかったはず。じゃあ、避難所に逃げ込んだところで村の人たちに希望なんて……

「私はよくは知らないんだが、大体十日分くらいを目安にしていたはずだから準備用の仕掛けが作動してなかった場合……引き延ばしてもあと五日というところだろう」

「……なるほど、ここで次の期限が出てくるわけか。どういうことかわかるかい、コチ君」

今のやりとりから導き出される答えを考えていると、いつのまにか背後にいたウイコウさんに対して突っ込みを入れる余裕がなくなる。

「つまり神託期間中に村を解放できなければ……」

「村で避難生活をしている人たちを助けることはできないだろうね」

森の中へ散ってしまった村人たちに関しては、もうすぐアルが連れ帰ってくるひとりが最後だと確認が取れている。なんとなくその他の村人についてはいないと思い込んでいたけど……仮にも村というくらいなんだから人口が十人かそこらしかいない訳はなかった。

「ここを守っているだけじゃ駄目ってことですか」

「村の人たちを助けるならそうなるね。ただ、そのためには強くなっていく魔物たちを退けて森の中央部まで辿《たど》り着《つ》き、助けた村人を連れてここまで戻ってくる必要がある」

「それは……」

うちのメンバーと四彩なら中央でも戦えるし、私も支援職としてついていくなら問題ない。だけどたくさんの村人を連れたまま帰ってくるのはかなり難しい。

「ハンマさん、村に避難している人たちは何人くらいですか？」

「全員が無事に避難できていれば三十人くらいだが、君たちが気にする必要はないし、ましてや危険を冒す必要もない。カラムの呼びかけに応《こた》えて私たちを救ってくれただけでも既に感謝しかない」

いやいやいや、そうじゃないでしょう！　そんな言葉が思わず口をついて出そうになるが、表向きは平静を装っているハンマさんの目は村の人たちを助けられないことに対する自身への憤りがあるのを感じて思いとどまる。

そうだよ、村の人を見捨ててもいいなんて思うような人がライくんやルイちゃんのようないい子を育てられるはずはない。ハンマさんが一番村に近い場所で救出されたのも、子供たちを逃がすために囮《おとり》になった後、なんとか村の人たちを助けられないかと戻ろうとしていたからだろう。そして、村付近の状況を身を以《もっ》て知っているからこそ、私たちを危険から遠ざけるために気にしなくていいと言ってくれている。できればなんとかしてあげたいけど……

「……」

「コチ君、もうすぐアルレイドも戻るだろうし、どうするかは今日の夜にでも話そう。今はやれることをやればいい」

「そう……ですね。わかりました」

私の葛藤《かっとう》などお見通しなウイコウさんが優しい声で私を諭してくれる。確かに今焦っても仕方がない。助けに行くにしても全員でしっかり準備をしてからじゃないと動けないし、これからアルが連れてくる人からミスラさんを助けられるような物がないかを確認しなくちゃいけない。ミスラさんが助かれば村について詳しく聞くこともできるはず。

「話は終わったか坊主。じゃあハンマ、新素材について説明を頼む」

「ああ、わかった。助けてもらった礼には不足だが、私にわかることならなんでも教えよう」

私たちの話が一段落つくまで待っていたのか、静かにしていた親方がもう我慢できないとばかりに口を挟む。どうやらハンマさんがここにいたのは偶然ではなく、親方の要請によるものだったらしい。

「ウイコウさん、拠点にはミラとアカがいますのでアオを連れて子供たちと一緒に素材集めをお願いできますか。もちろん子供たちに危険がない範囲で構いません」

「了解した。安全第一で行ってくるとしよう」

「はい、お願いします」

ウイコウさんは笑って手を振ると、拠点内でマチさんに自分たちが作った竹とんぼを見せて実演している子供たちの方へと向かって行った。せっかくお母さんと遊んでいるところを申し訳ないけど、あとで独楽《こま》でも作ってプレゼントするので勘弁してほしい。

「この緑鱗木《りよくりんぼく》と竜角木《りゆうかくぼく》は削って磨くと綺麗《きれい》な色に仕上がることから装飾に使われることも多いが、鍛冶師は触媒として使う」

私がウイコウさんに依頼をしている間にハンマさんによる新素材の使用法講座が始まっていた。

「ほう、続けてくれ」

「ああ、緑鱗木を使って火を熾《おこ》せば竜骨石《りゆうこつせき》や竜眼石《りゆうがんせき》を他の金属と合金にすることができるし、竜角木を使えば緑爪石《りよくそうせき》、緑牙石《りよくがせき》を合金にすることができる。鉄と合金にした前者を竜鋼、後者を緑鋼と呼んでいる。緑鋼は硬度があるのに柔軟性も兼ね備えているから防具に適した性質を持ち、竜鋼はとにかく硬いため成形も難しく防具には向かないが武器にするには適した素材になる」

そんな使い方があるなんて……これは教えてもらわないとわからない。自分たちだけで使用法を探していたらイベント期間中には間に合わなかっただろうな。

「ふん、面白れぇな。そういうことか、坊主、手伝え！　まずは試作だ」

「はい！　親方」

インベントリから自前の槌《つち》を取り出すと親方と一緒に鍛冶セットへと向かう。その前で一心不乱に槌をふるっていたキッカさんの作業もちょうど区切りがついたようだ。

「師匠、どうだろうか？」

キッカさんが自ら打った鉄の剣を親方へと差し出す。その剣を親方が見ている間に私は炉の準備に入る。親方がすぐに作業に入れるように、魔力を流して炉の温度を上げていく作業だ。

「おう、できたか、貸してみろ」

親方は無造作に剣を受け取ると、その剣を爪で弾《はじ》いてキンキンと音を鳴らす。私にはまだわからないけど、親方はこの音で剣身の出来がわかるらしい。

「ふん、いいだろう。まだまだ粗いが最低限のものは作れるようになったな。あとは自分で研鑽《けんさん》しな」

「そ、そうか！　ありがとう師匠」

「おいおい、喜んでるんじゃねぇぞ。俺に言わせりゃ、お前はようやく鍛冶を始めるための準備ができただけだ。これからが鍛冶の面白《おもし》れぇところなんだからな」

懐かしいな……私も初めてひとりで一本打てた時に似たようなこと言われたっけ。親方は自分で研鑽しろとは言っているけど、本当に困ったときや行き詰ったときに頼るとぶっきらぼうだけどしっかりと相談に乗ってくれる。

「勿論だ。師匠の名を汚すようなことはしないと誓おう」

キッカさんが目をキラキラさせながら力強く頷《うなず》いている。もともとキッカさんも職人肌な部分があったんだろう。妙に親方とウマが合うらしい。

「へ！　俺に汚れるような名前なんかねぇから心配はいらん。好きにやれ。だが、俺たちはしばらく手が離せなくなるから他の奴らを手伝ってやれ」

「あ……私も見学させてもらっていいだろうか？」

「……まあ、いいだろう。見るからにはしっかりと見ておけよ」

「ああ！　もちろんだとも師匠！」

嬉《うれ》しそうに返事をしたキッカさんに小さく鼻を鳴らした親方は、炉の調整をする私のところへと来て黙って炉の中を覗《のぞ》き込む。

「……よし、いい温度だ。まずは緑鱗木を使って竜鋼を作って、一本仕上げるぞ」

「はい！」

親方に炉の前を譲ると、脇《わき》に積んであった素材の中から鉄鉱石と竜骨石、竜眼石を親方の前に置いてから緑鱗木を炉に投げ入れる。

「あ……炎が緑に」

緑鱗木は樹皮が鱗《うろこ》のようにも見える緑がかった木材だ。炎色反応だと銅を燃やせば緑色になるけど、この木材に銅成分が入っているとは思えない。それなのに炉に緑鱗木が投げ込まれた瞬間に炎が鮮やかな緑色へと変化した。

「ほう……なるほどな。行くぞコチ」

「はい」

親方は嬉しそうに口髭《くちひげ》を揺らすと次々と炉の中へ鉱石を投げ込んでいく。このゲームの鍛冶では鉱石を投げ込んだ炉の中へやっとこを入れれば、中の物を引き出すことができる仕様なので、素材を必要な分だけ投げ込めばいい。ただし今回のように合金を作り出すときはその分量は自分で最適解を探さなくてはならないので、本当なら自分が求める特性を持つ合金を作るのはなかなか大変な作業だ。だけど、親方は長年の経験と鍛え上げられたスキルのせいかほぼ一発で合金の作製を成功させてしまう。

「……ここだ！　し！」

ポンポンと無造作に投げ込んでいたように見えた親方だが、最後は調整するように竜骨石をちょっと砕いて中に放り込むと、おもむろにやっとこを炉に突っ込んだ。ここからは私も集中だ。


「し！」

カァン！

「は！」

カン！

「し！」

カァン！

「は！」

カン！


私と親方の気を吐く音と常よりもやや甲高い槌音が続く。親方の相槌を打てるようになったのはリイド卒業の間近になってから。今でもほんの少し気を抜けば親方から叱責が飛んでくる。キッカさんやハンマさんの前でそんなみっともない姿は見せたくない。


「し！」

カァン！

「は！」

カン！

「し！」

カァン！

「は！」

カン！


雑念を払い、一心不乱に槌を振り下ろす。振り下ろしているうちに親方の手元の金属はみるみる形をあらわにしていく。親方が新しい素材や工程を試すときにまず一本といったら打つのは一般的な長さの片手直剣。親方にとってはこれが基本にあるらしく、これを作ればその出来で試した素材や工程にどんな効果があったのかがわかるらしい。


「し！」

カァン！

「は！」

カン！

「…………」


親方の動きに変化が出たら相槌は終了。あとは親方が最終点検と調整をする。親方はやっとこで掴《つか》んだままの出来上がった剣身を水桶《みずおけ》の中に浸けて焼き入れをすると、布で拭《ふ》いて確認してから再度、緑炎の炉に入れ軽く焼き戻し。最後に調整で槌を何度か振り下ろすと刃部分を研いで完成だ。

出来上がったのは、うっすらと緑がかった剣身が綺麗なオーソドックスな長剣。

『竜鋼の長剣
STR《カ》：＋112　MND：−3《マイナス》　耐久：350／350
古《いにしえ》の森の鉱石を用いた合金で作製された長剣。軽くて丈夫。素材が汚染されているためMNDにマイナス補正。ただし汚染獣に対し特効（中）を持つ。』
作製者：ドンガ

鑑定してみると、さっきの『黒蟻の軽鎧』と同じように汚染獣に対しての効果が付いていた。おそらくこの森の魔物と戦うときに威力を増すのだろう。

「……悪くはないな。合金としてのポテンシャルは高いし、現状俺らが入手できる素材のなかじゃ上々だ。だが、長く使う武器にはならねぇな。何かを犠牲にするような装備をうちのやつらに使わせるなんざ鍛冶師《かじ》の名折れだからな。ほれ」

親方は出来上がった長剣をいろんな角度から眺めて確認作業を終えると、完成した長剣を私に渡してくる。

「えっと、これどうします？」

「うちの奴らには必要ない。嬢ちゃんにでもくれてやれ。それともう少しこの合金について確認するついでに装備を作ってやるから必要な物を聞いておけ」

親方はぶっきらぼうにそう言うと、再び炉の炎の調整作業へと入る。

「だ、そうですのでこれはキッカさんが使って下さい。STRは112ですけど、この森の魔物に特効が付くので悪くはないと思いますよ」

「は？　いやいや、ちょっと待ってくれ！　強化前の状態でSTRが三桁《けた》？　そんな武器は攻略組の一部がボスドロップやダンジョンから入手したものくらいしか！　そんなもの私が貰《もら》う訳には……は！　そ、そうだ、そんな武器なら一緒に作製したあなたが使うべきだ」

私が差し出した長剣を一応手に取ってはみたものの、なにかぶつぶつと呟《つぶや》きながら急におろおろとし始めたキッカさんが、おそるおそる長剣を返そうとしてくる。

「いえ、私には装備できませんし、近い性能の武器を持っていますので遠慮しないでください」

「へ？　だが、そんな」

私が装備できる武器は見習い装備だけだし、見習いの長剣＋5のSTR値は＋95なので嘘《うそ》ではない。それに次の強化用素材を集めて強化値が＋6になれば、計算上はその倍くらいになるはずだし。

「だから気兼ねなく使って下さい。親方もそのつもりで作ったみたいですから。あと、他の皆さんが使う武器なんかについても希望を教えてくださいね。どんどんやっちゃいますから」

「そ、そうか……わかった。あ、だが！　作ってもらった分については後で対価を支払うからな！　こんな装備に見合うだけの対価をすぐには準備できないかも知れないが、ちゃんと支払うので安心して欲しい」

「は、はあ……えっと、その辺はあとで要相談ということで」

「ああ、それで構わない。それじゃあ私はメンバーに確認してくる」

嬉しそうに長剣を抱きかかえながら他のメンバーの下へと向かうキッカさんの背中を見送りつつ苦笑。一緒にイベントをしている仲間だし、素材もほぼここで取ったもの。特に費用はかかってないし、こちらは別に対価なんていらないんだけど、なんとも生真面目《きまじめ》キャラっぽいキッカさんらしい。

「坊主！　次行くぞ。何か気が付いたことがあればどんどん言え」

「はい！」


その後も親方と協力して新素材を使った装備を作り上げていく。性能としてはどれもキッカさんに渡した長剣と似たようなものだけど剣、槍《やり》、短剣、杖《つえ》などの武器から、緑鋼を使用した手甲、脚甲、胸当て、盾などの防具までさまざま。そのいずれも六花のメンバーに渡して使用感を確認してもらうために拠点周辺の魔物を少し狩りに行ってもらったけど、その効果は絶大だったらしい。まあ、元々の装備がＳＴＲ＋５０前後のものだったというのもあると思うけど、明らかに特効効果が出ていて手応《てごた》えが全然違ったようだ。

ただ、武器と防具であまり幾つも同時に装備するのはＭＮＤ値の低下が積み重なって魔法攻撃に対する耐性が下がってしまうので、武器を持つなら防具は選択して装備した方がいいらしい。

その辺りでウイコウさんとライくん、ルイちゃんが追加で集めてくれた物も含めて新素材はほぼ使い切ってしまったので、鍛冶は一旦《いったん》そこまで。日が暮れてきて周囲も暗くなりつつあるのでいいタイミングかも知れない。親方も久しぶりに思う存分に槌を振れてご満悦だった。

だけど……心配ごとがひとつ。

「クロ、アルはまだ着かない？」

鍛冶の最中は肩から降りて地面で丸くなっていたクロに声をかける。

『そうね……大丈夫。もう着くわよ。背負っていた高齢者の体力的問題でさらに移動速度が落ちていたし、時間がかかっているのはそのせいよ。心配いらないわ』

「そっか、よかった。じゃあ、転移で迎えに行く必要はなさそうだね」

『……あなたが食事の支度をしているうちに着くんじゃないかしら？』

ゆらゆらと尻尾《しっぽ》を揺らすクロを見てなんとなくクロが言いたいことがわかってしまって思わず笑いがこぼれる。

「あ、ごめんごめん、お腹空《なかす》いたよね。すぐに作るよ」

『ちょ！　そ、そんなこと言ってないじゃない！』

顔を赤くして否定するクロ。まあ、立派な黒い毛並みで顔が赤いかどうかはわからないけどね。でも、幻体を出しっぱなしにしているとクロも消耗し続けるので、態度には出さないけど昨日《きのう》からの長時間使用で大分消耗しているはずだった。

「クロ、昨日からありがとう。無理させてごめん、今美味《おい》しいもの作るから昨日の焼き魚でも食べて待っててね」

昨日釣ったギジマスを焼いたものを木皿に載せてクロの前に置く。

『……わたしは無理なんかしてないけど、あなたがそこまで言うなら頂くわ』

爪を使って器用に小骨を取りながら焼き魚を食べ始めたクロの背中をひと撫《な》でしてから、トルソさんとチヅルさんに声をかけて簡易キッチンに向かう。

今日はうちのメンバー六人、六花のメンバー六人、四彩が四体、村の人が八人と大人数になる予定だからたくさん作らないといけない。いまここには料理のできる人が三人いるから、手分けして作業した方がいい。

「じゃあ、私はシチューもどきを作ろうと思います。シチューなら大量に作れますし、具材を小さめにすれば胃にも優しいと思うので」

アルが連れ帰ってくる人が高齢だということなので、移動の疲労も考えて食べやすいものがいいだろう。イベントに持ち込んだ牛乳や、野菜のほとんどを使ってしまうことになるけどイベントも今日を終えればあと三日。ここで取れた食材でも十分やっていける。もともと空腹値を回復させるだけなら店売りの携帯食料を齧《かじ》ればいい。このイベントに参加したプレイヤーはほぼ全員がそうしているだろうし、連日バトル三昧《ざんまい》でアドレナリン出まくりの人たちは気にならないのかも知れない。でも美味《おい》しくない食事はモチベーションを下げるので、戦闘控えめな私たちには美味しい食事は大切だ。

「あ、じゃあ私はお好み焼きに挑戦してもいいかな？　コチさん小麦粉持ってましたよね」

「ああ、はい。それはたくさん持ってきたので使って下さい」

ゲーム内の正式名称は違ったと思うけど、用途は小麦粉なのでそれで通じる。いざというときのために小麦粉は多めに持ち込んでいるのでどんどん使って欲しい。

「……」

トルソさんは黙って何かの肉の塊をキッチンに置く。えっと……これは肉料理を作るってことでいいのかな？

「じゃあ、各自で始めましょう。皆さんお腹を空かせていると思いますので早さと量を重視で」

「了解」

「……」

それぞれ食材を持って作業に入る。私はシチュー担当なのでまずは野菜を切るところから。

ニンジン、玉ねぎ、ジャガイモ的なものを取り出してマイ包丁でどんどん皮を剝《む》いていく。皮を剝いた後は当然切っていくんだけど、リイド産の野菜は現実のものと比べると結構大きいので切るのは注意。美味しく作るためにはここで妥協せず食べやすい大きさより少し大きいくらいに形を揃《そろ》えるんだけど、その前に野菜全体にかるく包丁を滑らせて隠し包丁を入れておく。こうしておくことで煮込んだ時に火が通りやすくなるし、具材が溶け込みやすくなるのでコクが出る。リイド産の旨味《うまみ》の強い野菜だとこの差は大きい。

お肉は汚染抜きしたハイドタイガーを使用。少し臭みがあって固いけど、牛乳で煮込めば臭みも固さも解消され程よい歯ごたえと旨味が活《い》きる。やや小さめに切って、こちらも隠し包丁を入れておき、先にフライパンで火を通す。

火が通ったら水を張った寸胴に肉を入れて煮込む。灰汁《あく》が出たら取りつつ柔らかくなったら野菜と牛乳を入れてひと煮立ちさせ、塩胡椒《しおこしょう》で味を調えて味見をしたら……うん美味しい。よし、完成。

「ああ！　腹減ったぁ！　コチ、めしくれぇ！」

アルめ、完成するのを待ち構えていたかのように帰ってきたな。

とはいえ、アルの後ろにはマチさんとモックさんに肩を借りるようにして椅子に腰を下ろそうとしているお爺《じい》さんがいる。

疲労困憊《こんぱい》な感じのお爺《じい》さんを見れば、アルの道中が決して楽な道のりじゃなかったことがわかる。

それでもしっかりと役目を果たしてくれたんだから少しは労《いたわ》ってあげてもいいか。

「仕方ない、今回は優しくしてや……」

「お、うまそうなシチューじゃん。ちょっともらい！」

「あ！」

お爺さんたちを見ながらそんなことを考えていた隙《すき》に匂《にお》いに引き寄せられたのか、アルがいつの間にか近寄っていて完成したてのシチューのおたまを手に取り、おたまごと口へ。

『水弾《ウォーターバレット》』『土弾《アースバレット》』『水弾』『土弾』『水槍《ウォーターランス》』『土弾』『水弾』『土弾』『水弾』『土槍《アースランス》』『水弾』『土弾』『水弾』『土弾』『風槍《ウインドランス》』『水弾』『土弾』『水弾』『土弾』『土弾』『土弾』

「ぬぐぁぁ！　なんだてめぇ、コチ！　しっかりやることとやって帰ってきた俺になにしやがる！　くっ？　うわ、待て！　しかもお前、間にランス混ぜてんじゃねぇ！」

「うるさい！　これから皆で食べるものをおたまでつまみ食いするとか、行儀が悪いだけじゃなく、衛生的にも許せません！」

せっかく大人しくしていれば味見と称して先に食べさせてあげたのに、自分で自分の立場を悪くするとは。イベントに来てからちょっと働いたからって甘くしすぎていたか。どうせならここでしっかり気を引き締め直させてやる。

「くそ、おめぇがその気なら！」

「反撃したら夕飯は抜きです！」

「な、なんだとぉぉぉぉ！　ぐぉぉぉぉぉ！」

相変わらずうまく逃げながら、腰の剣に手を伸ばそうとしたアルをキラーワードで抑え込み、しばらく初級魔法（たまに中級魔法）を撃ち続けてやった。

途中でちょっとやりすぎたかと思わなくもなかったけど、必死の形相で逃げ惑うアルの様子が面白かったのか、ライくん、ルイちゃん始め村の人たちも楽しそうに笑っていたので問題はないだろう。

◇　◇　◇

『いただきます！』

夢幻人勢だけでなく、私が広めたリイドのメンバー、そしてここで何度か食事をしているうちに覚えた村のひとたち。皆でいただきますを斉唱すると各々で食卓へと手を伸ばす。

人数が増えたため新たに作った食卓の上には、私が作ったシチューとトルソさんが作った各種お肉の照り焼き。そしてチヅルさんが作ったお好み焼きとサラダ、後は大量のパンが積まれている。


「うま！　うま！」

「お父さん、これ美味しいね」

「ほう、これは……」

「チヅルちゃん、この世界観でお好み焼きって」

「うるさい、嫌なら食うな！」

「あ～ん、取っちゃやだぁ！」

「師匠、お注ぎします」

「お、おう、すまんな」

「……」

「ミラ姉ちゃんもよく食うなぁ」

「にゃはは！　強くなりたいならライももっと食べな」

なかなかに賑《にぎ》やかな食卓だけど、私たちが作った料理を皆で美味しそうに食べて楽しそうに語らう。とてもいい光景だと思う。

こんな当たり前だけど幸せな光景をこのゲームの中でも失わないように、最後まで全員を助けられるように頑張ろう。差し当たっては、ミスラさんを助ける鍵《かぎ》となるだろう薬師《くすし》のソウカさんだけど、思った以上に疲れていて先に私のシチューを食べて既に休んでいるため、ミスラさんの治療薬の調合について相談するのは明日にせざるを得なかった。

そのことで、少しでも早くミスラさんを助けたいカラムさんが不満を感じないか心配だったけど、逆にカラムさんは今までにないくらい明るい表情だった。

「ソウカさんまで連れて来ていただけたんです。解決策がないまま過ごす一時間より、この先に希望がある一晩。後者の方が全然楽ですから」

そう言ったカラムさんの言葉に嘘《うそ》はなく、今日はしっかりと夕食も口にしてくれていたし、顔色も僅《わず》かだが良くなっている気がしたので少し安心した。あとは明日私とソウカさんでミスラさんの症状を改善できるような薬を調合できればいい。

『お兄さん、もう少し肩の力を抜いたら』

「シロ？」

ひとり考え込んでいた私に声をかけてきたのは、私の足元でシチューに浸したパンを美味しそう

に頬張《ほおば》っていたシロだ。

『そんなに力んでいたら、よく眠れないよ』

「えっと……そんなつもりはないんだけど」

『ぼくたち四彩はお兄さんを手伝うよ、もちろんリイドの勇者たちも。それでも心配？』

「…………いや、四彩やリイドの皆がいてくれたら心配なんて裸足で逃げ出します」

『うん、そういうこと』

頼もしい顔ぶれを脳内に浮かべただけで、なんとなく肩が軽くなった気がする。どうやらシロの言う通り、本当にちょっと気負っていたのかも知れない。ミスラさんや他の村人を助けたいと思うけど、私ひとりでやる訳じゃない。皆がいればきっとうまくやれる。

「ありがとう、シロ」

『あふ……いいよ、別に。じゃあぼくは寝るね。枕、お願い』

今さっき私を案じてくれていたにもかかわらず、素っ気ない返事をしつつ小さな欠伸《あくび》を漏らすシロ。昨日《きのう》は野宿でゆっくり眠れなかっただろうし、お腹《なか》も膨れたから眠くなったは嘘ではないのだろうけど……ちょっと照れてる？　その可愛《かわい》さに思わず内心でによによしつつ、インベントリから預かっていた枕を出して渡す。

受け取った枕を背負って、このイベント中の寝床と決めたらしい場所に向かうシロを見送ると大きく息を吐き、両手を上げて背筋を伸ばして空を見上げる。

「明日も晴れそうだ」

そこには今日も綺麗《きれい》な満天の星が広がっていた。

第五章　五日目

翌朝、日の出と共に目を覚ました私が差し込む朝日の中大きく伸びをしてから周囲を見回すと、昨晩も酒盛りをしながら寝ていたうちの男性メンバーが焚火《たきび》跡の近くで寝ている。少し離れたところにあるテントは六花《りっか》の皆さんのもので、こちらもまだ夢の中らしい。

「結構遅くまで飲んでいたみたいだからなぁ」

昨日《きのう》は持ってきたお酒を多めに放出した。もしかすると今日以降はのんびり飲んでいる余裕がなくなるかも知れないし、後半戦に向けて皆の士気を上げるのに必要だと思ったからね。

「ほっほ、お早いですな」

「あ、ソウカさん。もう体調は大丈夫なんですか」

軽く体をほぐすように体操をしていた私の背後から声をかけてきたのはロッジの中で寝ていたはずのソウカさんだった。昨日はアルと一緒に帰ってきてからは、少し挨拶《あいさつ》をしたけどかなり疲労していたソウカさんに無理をさせるわけにはいかず、ご飯を食べてもらった後はすぐに休んでもらっていたのでちゃんと話すのはこれが初めてだ。

「お陰様での。村の衆に逃げさせてもらったのはいいが、この歳《とし》では逃げるに逃げられんでなぁ。村の近くに隠れるしかなかったんじゃが、この老骨には野外で何泊もするのはしんどかったようじゃよ」

八十歳は超えてそうな見た目のソウカさんが、ろくな装備もなく森の中で何日も過ごしたのに一晩しっかり寝たらしゃきっとするだけで十分元気だと思う。

「あの、話は聞いているかも知れませんが」

「ああ、聞いておる。というか、カラムは今もつきっきりじゃからな。今、ミスラの症状も確認してきたわい」

それだけ元気ならと早速ミスラさんの治療について聞こうと思ったら、事情はすでに確認済みだったらしい。

「なんとかなりますか？」

「……おそらくの」

「本当ですか！　カラムさんもこれ以上は限界だと思っていたので良かった」

「安心するのは早いかも知れんぞ、若いの」

ソウカさんの答えにホッとして思わず声が大きくなる私に向けて、細い腕を上げたソウカさんの表情はあまり芳しいものではない。

「それは……どういうことでしょうか？」

「採取自体はしてあるということなんで、治療自体はなんとかなるはずじゃ。おそらくミスラは助かるじゃろう。だが、あの症状は儂《わし》らの間では呪《のろ》いの一種として扱われている」

「呪い……ですか？」

ソウカさんは小さく頷《うなず》きながら歩くと、出しっぱなしになっている食卓の椅子へと腰を下ろす。

「あれは竜樹様の力で傷付いた者の症状なんじゃ」

「……竜樹？　村にあるという大きな緑竜樹という木のことですか？」

「そうじゃ、あの木は村を救ったドラゴン様が木へと化した姿での、今でもドラゴン様は村を守ってくださっておる。だが、竜樹は恩恵であると同時に呪いでもある。儂もこの村で生まれ育ってきたゆえ事実は知らんが、儂が引き継いだ知識だとこの森には余所《よそ》では見られない草、木、鉱石がある。そして魔物さえも本来のものではない……そうじゃな？」

「はい」

確かにこの古《いにしえ》の森では、リイドの薬師《くすし》であるゼンお婆《ばあ》さんですら知らなかったであろう植物があり、ドンガ親方ですら知らない鉱石があった。そして魔物の汚染と変異。魔物の汚染については、中央の村にあるという緑竜樹がなんらかの影響を及ぼしているという予想はできていたが、ソウカさんの話が正しいのならば新素材がこの森にあることまでが全《すべ》て同じ要因によるものだったということになる。

「人間の寿命はせいぜい数十年、その程度であれば問題はない。じゃが、百年、二百年と竜樹様の影響を受け続けると……」

「呪いを受ける、と」

「まあ、呪いというのは大袈裟《おおげさ》かも知れんがの。おそらくこの森が閉じられた空間になっていることも原因なのじゃろうな。竜樹様の力が拡散せずにこの森に蓄積し続けた結果生態系に変化があったということじゃな」

「でも、それではなぜミスラさんは……その竜樹様の呪いを？」

ソウカさんは毛の無いつるりとした頭を撫《な》でた後、胸まで伸びた白髭《ひげ》をしごく。

「問題はそこじゃ。ごく稀《まれ》に変異した魔物の中に強く竜樹様の影響を受けたものが現れることがある。その魔物に傷を負わされた村人が、やはりミスラと同じような症状になり命を落としたという記録がある」

「そんな魔物がまた発生した……ということでしょうか？」

「わからんのう。ただ、儂はそうではないと思う。ミスラは滅多に村の外に出ることはない。仮に出る用事があったしても安全対策を施されたところだけじゃし、そこへの移動手段も魔物に遭遇する危険のないものじゃった」

えっと……なんとなく回りくどい言い回しだけど、とにかくミスラさんは魔物と出会う危険性のないところにいたってことか。

「それなら何故《なぜ》、ミスラさんはそんな傷を」

「……考えたくはないが、考えられるのは竜樹様の力が最も強いものから直接与えられた傷。つまり」

「緑竜樹そのものから攻撃を受けた？」

「しかり！　まあ、推測にすぎんがの」

可能性としては高かったけど、やっぱり緑竜樹がイベントのキーになっているってことは間違いないらしい。まあ、このままだとキーどころかラスボスも兼用しそうな勢いだけど。

「まあ、なんにせよ、答え合わせはミスラを治療して、本人に聞けばよいじゃろ。若いの、調合をするから素材をくれるかの」

「あ、はい。私も勉強させてもらいます」

新素材を使って調合をするとなれば、もちろん私も手伝ってやり方を学ばないと。まずは、いままで使い途《みち》がわからずインベントリの肥やしとなっていた緑息草《りょくいきそう》と竜命草《りゅうめいそう》を出す。それを見てうむうむ言っているソウカさんを横目に、ここだとちょっと希少価値すら出そうな癒草《いやしそう》や浄花草を並べていく。

「うむ、十分じゃ。これから作るのは竜樹様の影響を中和する薬になるんじゃが……コチと言うたかの。あんたの調合したポーションを見させてもらったが、素晴らしい腕前じゃった。あのポーションは、ごく当たり前の材料をこの上もなく丁寧にかつ無駄のない処理を重ねに重ねて、最後に運にまかせるような工程の先に完成するものじゃろう？」

「はい、調合を習っていた環境もそうですけど、師匠が凄《すご》く厳しい人だったので」

リイドでの修業中は素材が貴重だったから一欠片《かけら》も無駄にしないように最小の素材で最大の効果を発揮できるようにならなきゃいけなかったし、ゼンお婆さんもそれくらいできて当然というスタンスだったからな。というか、あのポーションってあそこまで大変な工程を重ねて作るのに最後は運任せだったってこと？　じゃあ、私のＬＵＫ《運》さんが仕事のできない子だったらもっと苦労していたってことか。うわ……ま、でもいまさらそんなこと考えたくないし、ＬＵＫさんグッジョブってことでいいか。

「うむうむ、良い師匠に恵まれたようじゃな」

「はい、それに関しては疑いようもないです」

どの師匠も私にとってはもったいないくらいの最高の人たちであることは間違いない。アルは除くけどね。

「よし、あんたがおればあれが作れるじゃろう」

「あれ？　ですか」

ソウカさんは卓に出された素材をひとつひとつ手に取って仕分けながら呟《つぶや》く。

「そうじゃ、中和の効果と回復の効果を合わせた薬を作る。この緑息草と竜命草を使った調合は時間をかけると効果が落ちていくんじゃ。ふたつの効果を持たせた薬を作るにはどうしたってひとりでは難しいんじゃが、腕のいい薬師がふたりいればそれも可能となる」

「……それは、私の腕を見込んでくれているってことですよね。わかりました、やります。やらせてください」

「うむ！　頼りにさせてもらうぞ、まずは全ての素材を濡《ぬ》れた布で軽く拭《ふ》き取ってくれ」

「はい！」

◇　◇　◇

「……完成じゃ」

それからソウカさんとの共同作業で続けられた調合は、完全に陽《ひ》が昇って皆が起きてきてからも続いた。もちろん私とソウカさんは手が離せないから、申し訳ないけど朝食はチヅルさんとトルソさんに任せた。

その後はウイコウさんの指示や、それぞれの判断で必要だと思うことをやっていたらしいけど、集中して作業に没頭していた私たちにはわからなかった。

その結果、目的の薬が完成して、トルソさんが疲れ果てた声を漏らしたのは、太陽がもう天頂へと差し掛かろうとする頃《ころ》だった。トルソさんが時間との勝負と言っていた割に時間がかかったように思うかも知れないけれど、ふたりで協力してやっとこの時間だった。

トルソさん曰《いわ》く、ただ短時間で簡単に完成させるだけなら別の方法もあったとのこと。だが、それだと素材の量の割に作れる数も少なく、不味《まず》いうえに効果も最低限で無駄の多いもので、薬師としては本来受け入れがたい物になってしまうらしい。その点今回完成したものはトルソさんも満足のいく出来だったようだ。

「このやり方のいいところは一度の作業で大量に作れるところじゃな」

「ですね、驚きました」

「まぁ、それだけ緑息草と竜命草の効用が強すぎて、薄めなくてはならないということじゃ。竜樹様の力が絡まなければそうそう使うものでもないが、使用するときは気を付けるがよい」

「はい、勉強になりました」

大きな鍋《なべ》一つ分にもなる『緑竜水』を小瓶のひとつに移し替えているトルソさんの言葉に頷《うなず》く。

実際この新素材たちはとてもデリケートな素材で今まで散々やってきた調合の下処理よりも遥《はる》かに繊細な作業で多くの工程をこなす必要があった。『緑竜水』自体はイベント限定の薬だと思うけど、この処理の仕方を覚えておけば、多少の試行錯誤は必要だが今までの調合方法で作るよりもより効果の高いものが作れるようになれる可能性は高い。

「さあ、これをカラムに渡してやってくれ。さすがに今回の調合は老骨にはこたえたわい。儂は少し休ませてもらうとしよう」

「わかりました、ゆっくり休んで下さい」

私はソウカさんを労《ねぎら》うと緑竜水の瓶を受け取り小走りにロッジへと向かう。これでミスラさんが回復すれば、カラムさんも安心して休める。そこまでやって初めてここにいる村の人全員を助けたことになるはず。

「カラムさん！　薬ができました！」

「……コチさん？　ほ、本当ですか！」

ロッジへと駆け込み、寝室へと早足で向かい、ノックもそこそこに扉を開けるとカラムさんへと緑竜水を示す。自分で思っていた以上に大きな声が出てしまったのは、困難な調合をやり遂げたことや、やっとカラムさんやミスラさんを助けられるという思いがいろいろ溢《あふ》れてしまった結果なのでそこは大目に見て欲しい。

「はい、これをミスラさんに飲ませてあげてください。ひと瓶で足りなければまた持ってきますので遠慮なく使ってください」

「あ……ありがとうございます。コチさん、本当に……こんな何もない状態から……」

「カラムさん、この薬は私だけの力で作ったものじゃありません。お礼ならミスラさんが治った後に皆さんに言ってあげてください」

感極まり涙ぐみながら私にお礼を述べるカラムさんだが、私がやったことなんてちょっと素材を集めて、調合のお手伝いをしたくらいだ。改まってお礼を言われるようなことはしていない。

「確かにそうでした。わかりました、皆さんへのお礼はミスラが治ってからひとりずつ回りますので、今はこちらを優先させてもらいますね」

カラムさんは受け取った緑竜水を手に寝たきりのミスラさんの枕元へと移動。小瓶の蓋《ふた》を開けると、その瓶を慎重にミスラさんの口元へと運ぶ。意識のないミスラさんが薬を飲み込んでくれるかどうかが少し心配だったが、傾けた緑竜水の小瓶は小さく波打ちながらミスラさんの口の中へと入っていき、ミスラさんの喉《のど》がこくりと震える。

そして、ゆっくりと減っていったその中身が空になったころ。ミスラさんの体が僅《わず》かに淡い緑色を発したが、すぐにその光も消えた。それを見たカラムさんがミスラさんの右手の包帯を外してみると、黒い痣《あざ》のようになっていた肌と傷は消えていた。

ソウカさんと調合した緑竜水は無事に効果を発揮したらしい。後は私たちにできることはなにもない。ミスラさんが目を覚ますのを待つのみ。

「……」

「…………」

しばし、緊張感のある沈黙が続く……が、すぐにミスラさんの瞼《まぶた》がぴくぴくと動いてゆっくりとその瞼が開いていった。

「ミ、ミス……ラ」

「……カラ……ム？　わた、し」

「ミスラ！　良かった！」

目を開けたミスラさんは、現状をうまく把握できていないみたいだったけど、カラムさんはもう我慢ができなかったらしい。寝たままのミスラさんを掛け布団ごと覆い被《かぶ》さるように抱きしめている。

「えっと……そうか、私は……」

「大丈夫かい！　キミはひどい傷を負ってここへ逃げてきたんだ。もう……もう、助からないかと……」

感極まっているらしく、カラムさんの目からはぼろぼろと大粒の涙がこぼれている。自分の好きな人が生死の境を彷徨《さまよ》っているのをずっと見続けてきたのだから無理もない。

「カラム……ごめんなさい。心配をかけてしまったのね……」

そんなカラムさんを見て、いろいろ察したのかミスラさんがカラムさんの頭を優しく撫でる。その表情はとても慈愛に満ちているように見える。この場面だけを見たらふたりの間にカラムさんが言っていたような確執はないように思える。

「いいんだ、キミが無事に目を覚ましてくれたなら……何日も目を覚まさなかったキミがこうして……」

「え！　ちょっと待って、カラム……何日も？　私があなたの所に来てからどのくらい経《た》ったの！」

「え？　え、ど、どど」

突然目を見開いたミスラさんが上体を起こしてカラムさんの体を揺するが、今度はカラムさんが状況を把握できていないようなので代わりに口を開く。確か、私たちが召喚されるまでに二日が経っていて、召喚後五日目だからミスラさんがここに来てから今日は……

「七日目です」

「七日！　ってあなたは？」

どうやら私が部屋の中にいることにも気が付いていなかったらしいミスラさんが、初めて見る私に厳しい視線を向けてくる。閉鎖した村の中で、知らない人に会うなんてことはないだろうから、不審に思う気持ちはわかる。

「私はコチと言います。夢幻人《むげんびと》です」

「……あぁ、夢幻人ね。えっと、つまりカラムが加護の発動に成功したということになるのかしら？」

「そういうことになると思います」

「そう……今の状況を簡単に説明できる？」

「私のわかる範囲でよければ」

ということで私は今までカラムさんから聞いたことと、召喚されてからのことをミスラさんに簡単に説明する。その間にミスラさんに抱き付いていたカラムさんは、眠りに落ちていた。ミスラさんが倒れてから七日間ほとんど寝ていなかったことを考えれば無理もない。今まで見たことも無い穏やかな表情で眠るカラムさんを見られて本当に良かったと思う。

私からの状況説明を聞いたミスラさんは、そんなカラムさんの髪をゆっくりと撫でながらも厳しい表情で何事かを考えていたが。

「……まずいわね、あれから七日。もう手遅れかも知れない」

「え？　ちょっと待ってください。手遅れって、もしかして他の村人たちのことですか？」

ミスラさんの聞き捨てならない言葉に思わず声が大きくなりかけるが、せっかく眠りについたカラムさんを起こしたくないため声を抑える。

「他の？　ああ、そのことも知っているのね。そっちは大丈夫よ、村の人たちに逃げるように伝えたのは私だし、避難所に逃げ込んだ後は消耗を抑えるための仕掛けをしてあるから。あと数日は問題ないわ……苦し紛れの策だったけど、カラムが加護を使ってくれたおかげで皆を助けられる可能性が無じゃなくなったわ」

「それって……どういうことですか？」

意味深な言葉にさらに突っ込んで聞こうとした私の肩に後ろから手が置かれる。【索敵眼】で近くにいるのはわかっていたけど、今回はここで出てくるんですね。

「コチ君、それは皆で聞くことにしよう。それにちょうどお昼時でもあるし、彼女も長いこと寝たきりでお腹《なか》が空《す》いているんじゃないかな。消化に良いものを準備してあげるといい。それにカラム氏もちゃんと横になって休んでもらった方がいいだろう」

「確かにそうですね、いいですか？　ミスラさん」

「ええ……もちろんよ。それに……言われてみれば確かにお腹がぺこぺこみたい」

くすっとお茶目に笑うミスラさんはとても可愛《かわい》らしい。寝ているときも美人だと思っていたけれどやっぱり表情があった方が何倍も素敵に見える。そう考えると現実の私は人の悪意を恐れて誰《だれ》とも距離を取っていたせいで、きっと表情に乏しくてとっつきにくかったんだろうな。当然そんな人に好意を向けてくれる人なんてそうそういる訳ないし、逆に不快に思う人の方が多かったはず……その想《おも》いをまた私が感じ取って人を避ける。そんな悪循環が現実の私の心を疲労させていた。この【C・C・O】での暮らしがそんな当たり前のことに気が付かせてくれた。

「コチ君？」

おっと、つい考え込んでしまった。

「あ、はい、大丈夫です。それでは、外へ行きましょう。スープとパンをお出しします。食べられそうなら昨日《きのう》のシチューもまだありますから」

「それは嬉《うれ》しいわね。ご馳走《ちそう》に、ぁ……なるわ」

元気になったミスラさんのお腹が小さな音を立てたのは聞こえなかったことにしてあげるのが紳士というものだろう。


それからウイコウさんの手を借りて、ミスラさんの代わりにカラムさんをベッドへと寝かせると彼女を外へと案内した。七日ほど寝たきりだったので体力的に心配だったけど、お腹が空いている以外は特に問題ないらしく、普通にひとりで歩いていた。

外に出ると、薬が完成したことを知らされたこの拠点のメンバーが全員集まっていて、村人たちを中心に喜びの声が上がった。私のパーティメンバーと六花のメンバーはその様子を一歩離れたところから見守り、この五日間やってきたことを互いに称《たた》え、満足げに振り返っていた。

「これでミッションコンプリートかしらね、コチさん」

私の隣で一緒にその様子を眺めていたチヅルさんもやや興奮気味だ。

「まだまだ、これからが本番って感じですね。あ、そうだ今日の食事、朝も昼もお任せしてしまってすみませんでした」

「なに言っているのよ、私だってトルソさんだって料理が好きでやっているんだから気にしなくていいわ。それに今はここでの料理が楽しくて仕方ないし、イベント中はスキルレベルが上がりやすいみたいで【料理】がもうレベル3まで上がったの」

「それは凄《すご》いですね！　他の人もそうですか？」

「そうね、確かキッカの【鍛冶《かじ》】が3、ミルキーの【木工】も3、エレーナの【調合】、レイチェルの【彫金】、ロロロの【裁縫】が2ね。皆楽しそうに作業しているわ、本当にありがとうコチさん」

「いえ、皆さんが頑張った結果ですから」

チヅルさんたちにきっかけを作ったのは私たちであることは間違いないけど、その後頑張ってスキルレベルを上げたのは間違いなく六花の人たちの努力の結果。そんなかしこまってお礼を言われるようなことをした訳じゃない。

「惜しげもなく技術を教えてくれるのは、感謝されるに値すると思うんだけど。あ、それに作ってもらった装備も今日試してきたけど……凄いわね、あれ」

「ああ、そうでしたね。どうでしたか、感触は」

チヅルさんは腰に差した薄緑色のレイピアを抜くと軽く一振りして戻す。

「はっきり言って、今までの装備とは別格ね。能力値が高いせいもあるけど、この森の魔物に対しての特効が凄いの。この森の中ならレベル以上の働きができるわ」

「それは良かったです。じゃあ、もし戦いになったらお願いしますね」

「……もちろんそれは構わないんだけど、本当にこれ、貰《もら》ってしまっていいの？」

「構いませんよ、イベント中に手に入れたアイテムは原則持ち帰れないことになっていますし」

「それは……そうなんだけど」

とは言いつつ、実はこの原則というところが引っかかっているんだよね。原則があれば例外がある訳で、今回のイベントが生産スキルに関係している部分が多いというのも加味すると、イベント中に自力で作製したアイテムなら場合によっては効果の一部とかを修正される可能性はあるけど、持ち帰れる物もあるような気がしている。だけど、六花の人たちから対価を貰うつもりがないのは変わらないし、あえて伝えないけど。

「じゃあ、そういうことでいいじゃないですか。それより、あっちも一段落しそうですから昼食にしましょう」

「そうね、でも改めてお礼は言わせてね。ありがとうコチさん。ドンさんは恥ずかしがって聞いてくれないからちゃんとドンさんにも伝えておいてね」

「親方らしいですね。わかりました、しっかり伝えておきますね」

◇◇◇

「なにから話せばいいのか……でも、そうね。まずは今回の魔物たちの暴走がどうして起こってしまったのか、かしらね」

　昼食を終えお茶を飲んで一息つくと、自然と会話がなくなり、全員の視線がミスラさんへと集まったのを感じたのかミスラさんは話し出した。

「結論から言うと、魔物の暴走は竜樹様が力を制御できなくなったからよ」

「ちょっと待ってください、ミスラさん。そんなこと言っても今まで竜樹様にそんな気配はなかったはずですよ」

　ミスラさんの言葉にモックさんが疑問を投げかける。

「これについては謝るしかないわ。竜樹様が長年溜《た》めこんできた悪い気を大量に吐き出すようになってしまったのは、私が助手でついていたシビル先生の研究内容に原因があります」

「ほう、シビルの研究のう……なんじゃったかいの」

「先生の研究は加護水晶の作製です」

　ソウカさんの質問にミスラさんが簡潔に答えると、この場にいる村人たちの間に緊張が走った。

加護水晶というのは、ここの村の人たちが身に付けている様々なアクセサリに付いている緑色の綺《き》麗《れい》な石のことだ。

「加護水晶は先祖代々村に伝わるものだけだ。新たに作るなど無理に決まっている」

　腕を組んだまま重々しく断言したハンマさんに頷《うなず》きを返しながら、ミスラさんが一口お茶を口に運んで唇を湿らせると再び口を開く。

「そうね、普通ならそうよ。でも先生は古い歌と過去の出来事の記録からその力の源が竜樹様だということに気が付いたのよ。先生は、常日頃《つねひごろ》から加護水晶を引き継いだ人とそれ以外の村人たちの間で待遇に違いがあることを問題視していました。だから先生は、いつか村人全員が加護水晶を持てるようにしたいと……そのための第一歩として竜樹様から力を抽出しようとしました。でも、すでに竜樹様は私たちに九つもの加護を与えてくれています。そしてそれは竜樹様自身が全《すべ》ての能動的活動を放棄しなければならないほどの恩恵だったんです」

「……つまり、竜樹が力を制御するために必要だった最後の力をシビルという人が知らずに抜き取ってしまったということでしょうか？」

「そういうことになります。その結果として、竜樹様は制御を失いその力を撒《ま》き散《ち》らしているので魔物たちが凶暴化しているんだと思います。実行に移したのはシビルですが、私も助手として彼を止めなかったのは事実。皆、本当に迷惑をかけてごめんなさい」

私の問いかけにはっきりと答えたミスラさんは、村人たちに向かって深々と頭を下げた。その肩が少し震えているのは泣いているのか、それとも村人たちの断罪を恐れているのか……いずれにしてもミスラさんだけを責めるような話じゃない。竜樹の力がそこまでギリギリだったなんて誰にもわからなかったんだから。ミスラさんを誰かが非難しないようにそれを伝えるため立ち上がろうとした私よりも先にマチさんが席を立ち、ミスラさんの後ろから肩を抱きつつハンカチを渡した。

「……ミスラ、頭を上げて。確かに私たちは危ない目に遭って、命の危険に晒《さら》されたりもしたけど、今こうして家族が全員元気でここにいるわ。だから私はあなたを責めたりしないわ」

「マチさん……ありがとうございます」

「そうだよ、ミスラ姉ちゃん。俺たちの村は皆家族みたいなもんじゃんか。こんなところで暮らしているんだし、こういうことがあるかもってことは全員が覚悟してたしな」

「ライルくん……」

ライくんの言葉に村人全員が笑みを浮かべつつ頷いている。それを見たミスラさんは感極まったのか、マチさんから受け取ったハンカチに顔を沈めた。

「ありがとう……」

良かった。閉鎖された地域で協力し合っていた彼らの絆《きずな》は私が思うよりもずっと強かったらしい。

でも、今のライくんの言葉で私も大事なことを思い出してしまった。

「すみません、ミスラさん。ハンマさんから聞いたんですが、村で避難生活をしているはずの他の村人たちについては何か知らないですか」

本当はもう少しミスラさんが落ち着くまで待ってあげたいところなんだけど、村の人たちに時間がどれだけ残っているのかがわからない以上のんびりしている訳にもいかない。

「は、はい……それに関しては、一度様子を見にいきたいとは思っていますが身の安全については問題ないはずです」

「それはどういう？」

マチさんのハンカチで目元を拭《ぬぐ》いながら顔を上げたミスラさんの言葉に私は首を傾《かし》げる。

「それは、私の加護の力です」

「そう言えば、ミスラさんの加護って」

「私の加護は【時空魔法】なんです」

「え？」

ミスラさんが左耳のピアスに触れながら告白した加護に思わず間抜けな声が漏れる。

「あまり他の村人にも知られていませんが、私のその加護で村を離れる前に避難所自体の時間を停止してきました。ただ、あの時は傷を負っていましたし、急いでいたので一度確認には行きたいと思っています」

確かに【時魔法】に対象の時間を一時的に停止する妨害呪文《デバフじゅもん》はある。だけどあくまでも敵単体が対象で効果時間は一秒にも満たない一瞬の隙《すき》を無理やり作る呪文でしかない。ただ【空間魔法】が使用できるなら呪文の効果範囲を拡張する呪文があるので範囲を広げて時間停止することもできなくはないか……【時空魔法】が使えるってことは、当然ミスラさんも修得条件である【時魔法】と【空間魔法】を覚えているんだろうし。

「もしかして、魔道具をお使いですか～」

「あ、はい。私たちの村は過去にも何度か魔物に襲われたことがあったようで、それを教訓にして、村に脅威が迫った時のために避難場所を作ってあります。ですが、長期の避難生活は村人の心身に負担がかかるため、いっそ避難中は備蓄の食料などの節約も兼ねて避難所自体の時間を停止することになって、効果の増幅と維持ができるように魔道具が置いてあります」

「なるほどぉ、ちょっと興味がありますね～」

ファムリナさんが楽しそうに微笑《ほほえ》みながら目を輝かせている。ファムリナさんは本来【彫金】と【木工】を得意としているけど、ここの結界杖を作ったように【付与魔法】も使えるから魔道具の作製もできる。だから自分が知らない技術が使われているかも知れない魔道具に興味があるのだろう。

「ミスラさん、村まではどうやって行くつもりですか？」

ミスラさんが逃げてきた状況や加護の内容から答えはわかっているが一応確認しておく。

「はい。『転移』を使います」

「やっぱり使えるんですね……参考までに聞きますけど、ここから村まで『転移』するとして連れていける人数や使用できる回数はどのくらいですか」

「そうですね、村までに限らずこの森の中なら大抵どこにでも転移できますが、一度に連れていけるのは六人でしょうか。六人連れて転移した場合は距離に限らず一日に二往復が限度だと思います」

なるほど、つまり一パーティ分の六人が限度。二往復なのはミスラさんを助けるイベントに参加したのが二パーティだったからかな？　ということは、ミスラさんを助けるために拠点付近で活動するしかなかったパーティを救済するための移動手段なのか。これは一度体験しておいた方がいいな。時間停止の状況によっては村の人たちに物資が必要な可能性もある。

「ミスラさん、村に行くときには私も同行させてください」

「それは構いませんが……村の辺りはかなり危険だと思います。私ひとりなら危なくなったら魔法を使って脱出ができますけど」

ぐ、確かに中央付近は魔物が強いはず。【時空魔法】の加護があるミスラさんがひとりならなんとかなるというのも嘘《うそ》じゃないだろう。自分自身に加速系の支援魔法《バフ》をかければ安全な場所に逃げてから『転移』するのも簡単なはずだ。でも私ひとりだとミスラさんを守り切れないどころか自分の身も危ないかも知れない。

「コチさん、わたしも行きます～」

「ふむ、それでは私も同行しよう」

「おっと、速攻で解決した。ウイコウさんとファムさんが同行してくれるなら問題ないですね、よろしくお願いします」

「あ！　あの、わ、私も一緒に行ってもいいでしょうか？」

「チヅルさん？　……あぁ、そういうことか」

急に手を上げて同行を申し出たチヅルさんを思わずまじまじと見てしまったが、伏し目がちに顔を赤くしつつ、ちらちらとウイコウさんを見ているのを確認して納得。ウイコウさんは一応フリーだと思うけど、なかなか堅物なイメージなので気付いてもらうだけでも苦労しそうな気がする。でも、邪魔はしません。

「勿論《もちろん》大丈夫ですよ。むしろ、一緒にやってきた六花のリーダーであるチヅルさんにも同じものを見てもらった方がいいですから」

「う、うん。確かにそうよね。コチさんたちがずるいことするとは思わないけど、後で変な疑問が出ないようにしておいたほうがいいわよね」

「ですね、それではよろしくお願いします。という訳でミスラさん、四名が同行しますがいつごろ出発しますか？　怪我《けが》も治ったばかりですし、無理はしなくて構いません」

「頂いた薬で怪我も治りましたし、睡眠も十分。体力は少し落ちているかも知れませんが、美味《おい》しい食事で元気も出ましたしすぐにでも」

「ミスラ！」

これからすぐにでもと告げるミスラさんに、それならと頷こうとしたその時、ロッジの扉が勢いよく開かれ、カラムさんの声が響く。カラムさんは必死の形相で周囲を見回し、ミスラさんの姿を確認すると安堵《あんど》の表情を浮かべ、へなへなと崩れ落ちた。目が覚めたらミスラさんがいなくて不安になってしまった、そんなところだろうか。

「もう……相変わらずしょうがない人ね。コチさん、すみません。ちょっとカラムを落ち着かせてきます。それが終わり次第出発ということでお願いします」

大きな溜息《ためいき》を吐きつつも、どこか嬉《うれ》しそうに微笑むミスラさんに頷くことで返事をするとミスラさんは小さく頭を下げてからカラムさんのところへ小走りで向かっていった。どうやら、取り乱したことをミスラさんに叱《しか》られているようだが、カラムさんもなんだか嬉しそうだ。

「なああ、コチの兄ちゃん！　これ見てくれよ。ファム姉ちゃんに教えてもらって俺が自分で作ったんだ」

「へえ、よくできているじゃないですか！　凄いですねライくん。でも、ちゃんと飛びますか？」

ミスラさんたちを眺めていた私に、うきうきとライくんが見せてきたのは先日教えた竹とんぼもどき。この世界に娯楽が少ないせいか、随分と喜んでいると思っていたけど、まさか自分で作っていたとは。でも、感心なことに削り出しや成形が甘いなりにしっかりと竹とんぼになっている。

「あ～！　馬鹿にすんなよな。勿論飛ぶさ、見てろよ兄ちゃん！　ほら！」

ライくんが自作の竹とんぼの軸部分を両手で挟んで勢いよく手を摺《す》り合わせ、竹とんぼを上へと放る。放たれた竹とんぼは回転しながらふわりと宙に浮き、ゆらゆらと揺れながらも数メートル先にゆっくりと着地する。

「お～、凄《すご》い！　よく飛ぶじゃないですか」

「凄いだろ！　へへ、ルイ！　お前も見てもらえよ」

「うん！　お兄ちゃん、見ててね」

「え？　ルイちゃんも？」

「え～い！」

「おぉ……」

いつの間にか私の隣でスタンバっていたルイちゃんが可愛《かわい》らしい声と共に竹とんぼを放つ。ライくんの竹とんぼよりも小さく作られたらしいそれは、ライくんの竹とんぼに劣らない見事な飛びっぷりを見せる。

「ふたりとも凄いね。僅《わず》か数日で作れるようになるなんて……もしかしたら。ライくん、ルイちゃん、ちょっと鑑定させてもらってもいいかな？」

「ん、鑑定？　別に兄ちゃんにならいいぜ」

「ルイもいいよ」

「ありがとう、じゃあちょっと見るね」

もしやと思いふたりに許可をとって【鑑定眼】を発動。勝手に見るのは失礼になるので、あまり人に対しては使わないんだけどね。あまり関係ない部分は見ないようにして、ふたりのステータスを確認すると、あった。

「あ、やっぱり。おめでとうふたり共。【木工】スキルを取得したみたいだよ」

確かにここ最近、空いた時間にふたりがファムリナさんと何かをしていたのは知っていたけど、まさかスキルを覚えるまで頑張っていたとは。「好きこそ物の上手なれ」とはよく言ったものだ。

「おお！　よくわかんないけどやったなルイ！」

「うん！」

「よし、ルイ。今度はどっちが長く飛ぶか勝負だ！」

「いいよ、負けないんだから」

「あ、あの……」

尻尾《しっぽ》をぶんぶんと振りながら駆けていく二人を温かく見送っていると、その様子を近くで見守っていたマチさんとハンマさんがなんとも言えない表情で話しかけてくる。

「はい、なんでしょうか？」

「今、あの子たちが【木工】スキルを覚えたと……」

「はい……あ！　すみません、勝手に子供のステータスを覗《のぞ》かれたら嫌ですよね。ふたりだけじゃなくマチさんとハンマさんにも許可を取るべきでした」

失敗した、ふたりは未成年なんだから、むしろ許可を取るべきはご両親であるマチさんとハンマさんだった。

「い、いいえ！　それは別にいいんです。それよりも……本当なんですね？」

「え？【木工】スキルですか？　はい、もちろんです。きちんと取得されていましたよ。結構集中して取り組まないと、覚えられないはずなんですけどよっぽど竹とんぼが気に入ってくれたみたいで教えて良かったです。それが、何か？」

「……いえ、なんでもないんです。ありがとうございました、コチさん。あなた、行きましょう」

「ああ」

ぺこりと頭を下げたマチさんがハンマさんを連れて子供たちのところへと向かう。子供たちが【木工】スキルを覚えたことが嬉しかった……というよりも戸惑っているようだった気が……

「コチさん、お待たせしました。ようやくカラムが落ち着いたので、行きましょう」

そこまで考えたところでミスラさんが戻ってきたので、装備の点検をしていたファムリナさん、ウイコウさん、チヅルさんに視線を向けると、三人とも準備完了らしい。

「はい、では行きましょう」

「では皆さん、私の周りに集まってください」

言われた通り、ミスラさんを囲むように立つと彼女が『転移』を発動するのを待つ。

『やっぱりわたしも行くわ』

直前で私の肩に乗ってきたクロにちょっと驚いたが、彼女がいてくれた方が頼もしいので感謝を込めて頭を優しく撫《な》でていると、転移特有の浮遊感に包まれた。

◇　◇　◇

転移後はいつもＭＰ大量消費による倦怠《けんたい》感があるのだが、今回は自分の『転移』ではないので目の前の景色《けしき》が切り替わるのをしっかりと見届けられてなんとなく新鮮な気分だ。

「な、なにこれ……」

しかし、そんな気分も一瞬だけだった。

転移を終えた私たちの眼前に広がった光景にチヅルさんが思わず声を漏らし、さりげなくウイコウさんの腕にすり寄る。わざとではなさそうだが、なかなかやり手だ。

なんていう冗談はさておき、この光景はチヅルさんじゃなくても戸惑う。ミスラさんの『転移』が失敗したのでなければここは村の中のはず。だけど、目に入ってくるのは、まずそこそこ離れているにもかかわらず、見上げるほどに大きな木。そして、そこから伸びる大量の木の根だった。

「木の根が村を……」

おそらく竜樹だと思われる木から伸びてきたであろう大量の根が村全体を覆い尽くしつつあった。道や家屋、畑など、すべてが根にびっしりと張りつかれ、まるでジャングルの中で何百年も放置された遺跡のようになっている。

「いけない、思ったより侵食が早い。長居は危険です、急いで避難所を確認しましょう」

ミスラさんが私たちに声をかけ、根の隙間を縫うように走り出したので私たちも後を追う。

「ここです」

到着したのは小さな小屋で、この周囲には竜樹からの根が不自然なくらいに伸びてきていない。ただ、避けているというよりは……近づけないでいる？　それに、この大きさの小屋では何十人もの村人が入れるとも思えない。

しかし、ミスラさんは私が疑問を投げかける間もなく、小屋の扉を開けるとずんずんと中に入っていく。

「この中に地下の避難所に繋《つな》がる入口があります。そこに魔道具を設置して避難所全体の時間を止めているのですが、その影響がこの小屋にも出ているので根の侵食もゆっくりになっているんだと思います」

なるほど、そうするとこの小屋周辺は『時間遅延《スロウ》』が掛けられた状態に近いのかも知れないな。

ミスラさんに続いて私たちも小屋に入るが中には何もないし、勿論村人もいない。

「ここを開けると階段があります」

小屋の中央でしゃがみこんだミスラさんが木の床に取り付けられた取っ手を引き上げると確かに下へと続く階段がある。

「暗いので気を付けてください」

「あ、それなら私が明かりを。『光灯《ライト》』」

階段の先に向けて【光魔法】の光を生む魔法をかける。これで足下が見えやすくなるはず。

「ありがとうございます。確認したい場所は下りてすぐのところです」

「いえ、せっかく来たんですから少しは役に立ててよかったです」

「っていうか、コチさんって【光魔法】も使えるのね、しかも今、詠唱した？　【採取】に【採掘】、

【料理】【木工】【調合】【鍛冶《かじ》】【裁縫】、あと従魔がいるんだから【調教《テイム》】？　も持っているわよね。一体幾つスキルを……装備は完全に初心者なのに不自然すぎるわ」

後ろでチヅルさんが困惑している呟《つぶや》きが聞こえるけど、説明できないので聞こえなかったということにして、階段を下りる。

階段を下りると小さな小部屋になっており、突き当たりに両開きの扉がひとつ。その両脇に台座に置かれた水晶玉のようなものがあった。ミスラさんはその水晶玉に触れてなにかを確認している。同時に反対側の水晶玉をファムリナさんが「あら」「まぁ」とか言いながらぺたぺたしている……別にドジっ子属性は無いんだけど、ファムリナさんはおっとりしているから落としそうな気がしてちょっと怖い。気を付けてね。

「やっぱり、力が弱い……」

「どうでしたか？」

「あ、はい。あんまり覚えてなかったんですが、やっぱりあの時の私は大分ギリギリだったようで、最後の『転移』を使えるだけの魔力を残したらこの部屋の中を維持する分の力がほとんどなかったみたいです」

カラムさんの話では、到着とほぼ同時に意識を失ったらしいから確かにギリギリだったんだろうな。その状態でも他の村人を全員避難させたんだから凄いと思う。

「なにか手伝えることはありますか？」

「そうですね……幸い効果は正常に発動していますので、魔力の補充だけお願いできれば」

「わかりました、じゃあさっそくあっちを」

「あ、こっちはやっておきましたよ～、コチさん」

ファムリナさんがふんわりした笑顔を浮かべながら手を振っている。うん、さすが。多分、時間停止系の結界を張るであろうあの魔道具の解析もあらかた終わっているんだろうな、そうでなきゃ勝手に魔力を込めるなんて危なくてできない。

「ありがとうございます。じゃあ、こっちは私がやります。ミスラさんは帰りの『転移』もありますから魔力は温存しておいてください」

「すみません、お願いします」

申し訳なさそうに頭を下げるミスラさんだけど、勝手についていきて負担を増やしたのはこちらだし、お手伝いするのは当然。というわけで、指示に従いつつ魔力を注いでいき、MPを５００ほど注いだところでストップがかかる。やっぱり時空系は消費が重い、私のMPの半分以上だ。

「ありがとうございます。これでしばらくは大丈夫だと思います。でも、結局は私たちが竜樹様をなんとかしなくては同じことなんですけど」

「竜樹から得た力を返せば鎮まるという可能性は？」

「……少なくともシビル先生が抜き取った分は、直後に彼が取り込まれてしまった時点で竜樹様へ戻っていると思います」

「なるほど……」

地下から戻る道すがら解決策を検討するが、ミスラさんの表情は暗い。壊れる前の堤防を補強するならまだしも、決壊してしまった堤防はこぼれた水の一部を戻したところで元には戻らない。そういうことか。

「コチさん、ちょっといいですか～」

「はい、いいですよ。ファムさん」

「ここに来て確信しましたが、あの樹《き》は樹精の一種だと思います～」

「樹精？」

「樹の精霊の一種ですねぇ。樹木を依代《よりしろ》とする精霊です～」

精霊魔法の達人でもあるファムリナさんが言うなら、あの竜樹が精霊の一種であることは間違いない。問題はどうやって鎮めるか。

「ファムさんなら、あの状態からでもなんとかできますか？」

「……ん～あそこまで肥大化した上に飢えで狂ってしまったとなると正気に戻すのは無理だと思います～。ただ、依代がある分だけ倒すということならば普通の精霊相手よりはやりやすいかと～」

つまり、このイベントの最終目的としてはあの巨樹を倒せということか？　まあ対象が木の魔物と考えれば物理も魔法も効果はあるだろうし、イベントに参加している夢幻人たちなら可能なんだろう。小屋から出て大樹を見上げる。

でも、あの大樹はおそらくカラムさんから聞いた昔ばなしに出てきたドラゴンだったもののはず。森に逃げてきた生きる力のない子供たちを助けるために力を尽くしてきてくれたであろう存在をただ倒してしまっていいのだろうか。

『おかしなのが来るわね……』

「コチ君！　なにかがおかしい。木の根が一斉に動き始めてこちらに向かってきている」

「え？　なんで？」

クロのうんざりしたような思念に被《かぶ》せるようにウイコウさんの警告とチヅルさんの困惑の声がして、すぐに周囲を見回す。すると、さっきまではじわじわと伸びつつ領域を広げてはいたものの、周囲に均等かつ無作為に伸びていたはずの木の根が、今は明確な意図を持つかのように蠢《うごめ》き伸長しながらゆっくりと人が歩く程の速度で私たちの方へと向かってきている。

「取りあえず村から離れる方向へ」

どういう状況かを考えるにしてもこのままでは木の根に飲み込まれる。今はこの場を離れるのが先決だ。

「ミスラさんもこっちへ！　それから、いつでも『転移』が使える準備をお願いします」

「え、そんな……どうして、でもあの姿は」

しかし、逃げ出そうとして振り返った先で、何故《なぜ》か驚愕《きょうがく》に目を見開き、口を手で押さえた状態で固まっているミスラさんがいた。

「ミスラさん？」

声をかけてみるが反応が鈍い。ミスラさんがそんなに驚くようなもの？　ミスラさんの視線を追うようにもう一度振り返ってみる。

「え……あれは人型？」

そこには、蠢いた木の根が寄り集まり人の形を成していた。だけど人であるはずがない。大きさは私の二倍はありそうだし、捩《ね》じれつつ束ねられた根が筋線維のように見えなくもないが、質感はどう見ても樹皮。ただ……人の頭部にあたる部分だけは百日紅《さるすべり》の樹皮のようにつるりとした質感でその形状は……それはまるで。

「人の顔？」

「シ……シビル先、生」

「え！」

見習いの長剣を抜いてミスラさんの前で構えてはみるが、後ろから聞こえてきた名前は無視する訳にはいかない。確か、ミスラさんと一緒に史学研究をしていたという人だったはず。でも木の根があの人型になる過程を見ていたので、あの中にその人がいないのは間違いない。

「コチ君、あれは人の形をしているだけだ。惑わされてはいけないよ」

「は、はい」

騎士剣を持って私の右隣にウイコウさん。

「多分ですけど、取り込んだものの情報の中から使いやすいものを使用しているだけだと思います～。この状態になるということは、その方を助けるのはさすがに難しいかと～」

「く……わかりました」

短めのステッキを持ち、私の左隣に立つファムリナさん。

「その証拠に見たまえ、コチ君」

「あ……増えた」

ウイコウさんに促されて視線を移すと、いつの間にかそこにも同じような形をした人型の根が発生していた。よくよく見てみれば私たちに向かってきていない根の中にも人型を取りつつある根があり、竜樹の根は徐々に村の外へと向かってその範囲を広げているようだった。

「……ウイコウさん、このままだと戦力が足りなくなります。ここは一度引きましょう。戻って対策が必要です」

「うん、素早い判断だね。だけど、せっかくの状況だ。先を見据えるならもう少し情報がほしいところではないかね」

ウイコウさんは白い髭《ひげ》を揺らしながらそう言うと、自らの剣に炎を纏《まと》わせる。軍師にして魔法剣士でもあるウイコウさんの魔法剣。ウイコウさんはその剣を腰だめに構えると、低い軋り声を上げながら迫ってくる人型の木、樹人に対して一気に踏み込み左下段から右上段へと斬りあげた。

「す、すごい……格好いい♡」

……チヅルさんの目がハート形になっている気がするけどまあいい。でも、確かにウイコウさんの一撃は見事としか言いようがない。しっかりと振り抜かれた炎の剣は樹人を綺麗《きれい》に二分し、斬り離された方は激しく燃え上がりながら消えていった。

「なるほど、やはり多少の抵抗があるね。これが汚染の影響ということかな。チヅル君、その武器を貸してくれるかな？」

「は、はい！　どうぞ」

「うん、ありがとう」

ウイコウさんは素早く戻ってきてチヅルさんから薄緑色のレイピアを借り受けると、まだ残っていた樹人の下半分をさらに斬りつけて細切れにした。うあ、突くのが目的の武器なのにあそこまで見事に斬り刻んじゃうんだ。

「軽い……確かに新素材で作られた武器は効果がある、か。次は、頼む」

「はぁい」

『四元の精霊よ、彼《か》の敵を滅せ』

ウイコウさんの言葉と同時に前に出たファムリナさんが目を閉じてステッキを掲げ精霊語を紡いだ後、その先をもう一体の樹人へと向ける。すると、ファムリナさんの力ある言葉に反応した精霊たちがその言葉とそこに込められたイメージに従って力を具現化させていく。樹人の頭部は燃え、胸元は切り裂かれ、胴体は水の弾で貫かれ、下半身は地面から生えた土の槍《やり》で貫かれている。

今回ファムリナさんが選択したのは火、風、水、土の四元素の精霊たちの力。驚くことに異なる属性の精霊たちに力を借りる複数種同時発動だ。

「魔法は効きが悪いですねぇ。それに元々が樹精であるせいか【精霊魔法】は更に効きにくいかも知れません～」

あれで効きにくいのか……ふたりが凄《すご》すぎてよく基準がわからない。どちらにしろ、現状【精霊魔法】を実用レベルで使える夢幻人はいないか、いても数えるほどだろうからそこは問題ない。問題なのは物理耐性と魔法耐性がそれなりにあるだろうということ。

「うん、十分だね。これ以上の長居は危険だ、コチ君」

「は、はい。クロ、奴らを寄せ付けないで。ミスラさん、準備お願いします」

『やれやれ、仕方ないわね』

「わ、わかりました」

しばらく呆《ほう》けていたミスラさんだが、ウイコウさんとファムリナさんが淡々と撃破し、その実態が本当に木の根であることを理解してからは落ち着きを取り戻しつつはある。しかし、それでも『転移』をするにはある程度の集中する時間が必要だ。その時間をクロの幻術に確保してもらう。

「…………行けます！　皆さん、こちらへ。すぐにカラムの家へ『転移』します」

ミスラさんの声に従って、全員が集まる。転移が始まる前に周囲を見回すが、既に周りは複数の樹人が徘徊《はいかい》していた。その動きは不規則であるように見えるが、全体の傾向としてある一定の方向へと向かっているように感じられる。それは村から森の外縁へと向かう方向……すなわち、私たちのいる拠点へ。

嫌な確信と共に私たちは『転移』してその場を離脱した。

〈シビル・トレントを初討伐しました。【1／499】〉
〈EP50を取得〉
〈初討伐報酬として『小竜鋼の長剣』を入手しました〉
〈緑鱗木《りょくりんぼく》を入手しました〉
〈シビル・トレントを討伐しました。【2／499】〉
〈EP50を取得〉
〈緑爪石《りょくそうせき》を入手しました〉
〈竜角木《りゅうかくぼく》を入手しました〉

◇◇◇

無事に拠点へと戻ってきた私たちには、それぞれ体を休め、気持ちを落ち着かせ、考えをまとめる時間が必要だった。そのため、本格的な話し合いは夕方からということにして、まずは休養とそれぞれのグループに情報の頭出しをしておいてもらうことにした。つまりミスラさんは村の人たちへ、チヅルさんは六花のメンバーへ、そして私はリイドのメンバーへ。

とは言っても、うちに関しては一緒に行ったウイコウさんとファムリナさん以外のメンバーには今、詳しい事情を話したところであまり意味は無い。ドンガ親方はともかくアルとミラだからね。

彼らには夕方からの打ち合わせに参加してもらえば十分だろう。

「さて、どうやら異界の神とやらの趣味の悪い趣向もそろそろ全貌《ぜんぼう》が見えてきたようだが、何かあるかいコチ君」

「特には……ようは私たちにこの森の異変を解決させる。ということですよね」

「そうだね……ただ、単純かつ物理的に竜樹を討伐して終わりでいいものなのかね」

「ウイコウさん？」

確かにウイコウさんの言いたいことはわかる。私も村で考えていたことだから……竜樹は元々精霊の一種、本来そこには善も悪もない。きっとドラゴンだと勘違いされた精霊は子供たちの純粋な好意が嬉《うれ》しかったんだと思う。だからお願いを聞いてあげたくなっただけ……だから力を貸し与えた、しかも自分の限界すら忘れてしまうほどに。

「ん？　いや、これはすまない。ちょっと意地悪なことを言ったかも知れないね。気にすることはないよ」

私が何かを考え込んでいることに気が付いたのだろう、ウイコウさんが温かい微笑《ほほえ》みを浮かべながら気遣ってくれる。でも……これに関しては気にするべきだ。だって他の誰かじゃなく、私自身が何とかしたいと思っているんだから。

「もしかしてなんですが～」

「なんですか、ファムリナさん。今は少しでも情報が欲しいので気が付いたことがあったら教えてください」

ファムリナさんが一瞬駆け抜けた風に飛ばされそうになった麦わら帽子を押さえながらにっこりと微笑む。

「短時間でしたし～、観察できた範囲も狭いので確実ではないですけど、先ほどの村でのトレントや根の動きに方向性があった気がします～」

「方向性……ですか？」

最初は無作為にただ周囲へ領域を増やしているようにも感じたけど……ファムリナさんが言うならやっぱりそうなんだろう。方向性についても今回は向かう先に目的とするものがあるという仮定があるので、結論も自然と導かれる。

「ちなみにどこに向かっていたかはわかりますか？」

「村にいた私たちと～……あとはざっくりと南です～」

「ということは……決まりですね」

「初日からやってきた拠点化の作業は無駄にはならなかったね、コチ君」

「はい」

そして、さっきまでの悩みももしかしたら解決するかも知れない。グッジョブですファムリナさん！

掲示板

【狩り尽くせ】イベントを語るスレ【古《いにしえ》の森　Part4】

ここは現在開催中の【古の森】イベントについて語るスレです。
不参加者とは倍率が違うため、住人はイベント参加者だけです。
【ネタバレ禁止】今回のイベはサーバーごとのランキングも実装されています。ランキングによって賞品があるそうなので、うっかりネタバレして同サーバー民から叩《たた》かれないように注意してください。

・ここはイベントについて語るスレです。
・魔物のデータなどはネタバレにかからないと思われますので積極的に報告を。テンプレのリンクはここ→【××××】
・新アイテムなどもありましたら報告をお願いします。
・ネチケット（笑）を守って書き込みましょう。
・次スレは950を踏んだ人がお願いします。

：：：：：：：：：：：：：：：

832：19鯖《さば》　人
なんかイベント発生した？
シビル・トレントってのが大量発生したんだけど！

833：88鯖　エルフ
どこも同じタイミングっぽいですね。
しかも結構強いです。物理も魔法も効きにくいからかなり大変ですし。でも、一体でイベポが50なので、上手《うま》く倒せれば効率はいいかも？

834：22鯖　人
アナウンス的には500体くらい出てくるみたいだから全部倒せば25Ｋ？
ランキング上位も狙える。

835：71鯖　狐獣人《きつね》
私たちの鯖だと、トレント達は最初の召喚場所に向かってくる傾向があるんじゃないかって話になってます。

836：39鯖　ドワーフ
>>834　なんという皮算用。やつら異常に硬いから魔法組のＭＰ消費も激しいし連戦は厳しい。他のパーティと連携しないときつい。連携したらパーティごとに頭割りされていくからそれほど美味《おい》しいわけでもない。

それよりも倒した後に出てくる素材の方が気になる。どれもレシピがないから作れる物がない。イベ後の交換ポイント要員か。

837：69鯖　半エルフ
ぐおぉぉぉ！　死に戻った！　しかも、最前線のポイントを登録してたのに最初のスタート地点まで戻された！　(#゜Д゜)y-~~ｲﾗｲﾗ

838：42鯖　人
>>837　それな！　どうやらあの根っこに覆われてしまうとセーフティエリアとして機能しなくなるらしい。死に戻りでの初期地点戻しが嫌なら、少し戻った場所に登録を移しておいた方

がいい。

839：55鯖　犬獣人
>>835、837　ということは最初の召喚場所までが全部根っこに覆われたら？

840：13鯖　獅子《しし》獣人
>>839　ｷｬ━━━━(ﾟ∀ﾟ)━━━━!!

841：39鯖　ドワーフ
おそらく全部のセーフティエリアを奪われたらイベント失敗なんだろうな。ということは、いつまでもパーティ単位で好き勝手やっている場合じゃないかもな。

842：71鯖　狐獣人
うちは初期地点を拠点化しているのでいくらか守りやすそうです。柵《さく》とか堀とか矢倉？　的なものまでありますし。
>>836　新素材を使って武器や防具を作ると森の魔物に効きやすい装備がつくれるみたいですよ？

843：19鯖　人
>>842　Σ(ﾟ◇ﾟ;)ﾏｼﾞﾃﾞｯ!?
レシピは？

844：42鯖　人
新素材で装備？　っていうかレシピ以前に設備ががが。

845：71鯖　狐獣人
うちは簡易生産セットをほぼ全種持ち歩いている人がいたので

それを使って作ってましたけど……最近、召喚者の人に言えば最低限の設備は貸してもらえるらしいことに気が付きました。

846：13鯖　獅子獣人
…………おいおい、初期地点の重要性がここにきて急上昇やないか。

847：19鯖　人
>>845　だからレシピは？

848：88鯖　エルフ
最近【料理】で生産系にレシピは必要ないって話がありましたよね。

849：71鯖　狐獣人
>>848　(ﾟдﾟ)(。_。)ｳﾝ
レシピはあってもなくてもいいみたい。手作業なら手順を踏めば一から何でも作れます。

850：69鯖　半エルフ
どうせ初期地点に死に戻ったし、シビル・トレントも残機が設定されている以上、っていうか499っていう中途半端さから絶対に500体目にでかいのがくるだろうから、死に戻る前にゲットした素材でなんか作ってみるか……スキルなんもないけど。ＤＥＸ高めのドワーフがいてくれたのが救いか。

851：42鯖　人
>>849　それマジだったのか……
俺達はどうするかな。このまま戦いつつセーフティエリアを後

退させていって、どこかで初期地点に戻って集めた素材で装備に挑戦かな。他のパーティが先に生産始めててくれれば装備を作ってもらえる可能性もあるし。

852：９鯖　エルフ
こんにちは！　うちの鯖は村人救出イベで生産スキル持ちの村人を助けたので素材さえ持ち込めば作ってもらえるのでラッキーです。

853：１鯖　人
うちも桃色聖女と氷結軍師がしっかり村人救出の指揮を執っていたから初期地点はかなり充実してる。すでにトレント戦も組織だって防衛戦を展開してるしな。マジで１鯖《さば》に割り振られた俺、ъ(ﾟДﾟ)ｸﾞｯｼﾞｮﾌﾞ!!

そして即オチ！

854：71鯖　狐獣人
うちも村人さんイベントは結構いい感じだと思うんだけど、他と比べてどうなのか気になるかも。あ、そろそろ会議が始まるので落ちます。

855：55鯖　犬獣人
>>853　過去スレでもちょいちょい出てきて自慢だけして即落ちしているな。正直イラッとするんだが。それだけ桃色聖女と氷結軍師が凄《すご》いということなんだろうが。
>>854　あ、乙です。それに比べてこっちの人はいつも有益な情報を惜しげもなく出してくれて感謝しかない。

856：22鯖　人
>>855　確かに(笑)。
さて、私たちもどうするかを検討してきます。今後ボス戦とかの可能性がありそうなら一旦《いったん》引いて装備を検討するのも手ですしメンバーと要相談です。

857：42鯖　人
あ、しまった。854さんに装備のレシピを聞いておけば良かった。
他の鯖人でも、もし装備作製に成功したらここにアップしてもらうことって出来ます？

858：69鯖　半エルフ
>>857　いいですよ。
一部の鯖以外は生産系出遅れているみたいですし、イベントもあと二日ですから。

859：19鯖　人
それは助かる！　もちろんうちも見つけたら協力する。

860：88鯖　エルフ
うちも乗ります！

861：９鯖　エルフ
>>857、858、859
私も協力しますよ、では早速さきほど完成したのがこれ
『竜石の長剣　ＳＴＲ：＋52　ＭＮＤ：－2　耐久：200／200』
森の魔物に効果があると説明には明記されてますから854さん

の情報が正しいことは確実です。

862：42鯖　人
>>861　あ(・∀・)り(・∀・)が(・∀・)と(・∀・)う！

863：69鯖　半エルフ
>>861　感謝(＾人＾)

864：19鯖　人
>>861　m(_　_)m　さっそくすまぬ。

865：88鯖　エルフ
>>861　助かります！

第六章　六日目

「じゃあ、行ってきます。ミスラさん、お願いしますね」

「はい、戦闘では役に立てませんがしっかりと皆さんをお連れします」

「どうやら竜樹の侵食は陽光のない夜間は著しく遅くなるみたいなので、転移先にも注意して……とにかく気を付けて行ってきてください。無理はしないで、危なくなったらすぐ皆さんと一緒に戻ってきて下さい」

　ここに来てから初日以外はほとんど見たことがない完全装備のチヅルさんたち。今日は前線の様子見も兼ねて、新装備がどれほどシビル・トレントに通用するかを確認しにいくことになっている。倒せるようなら新素材も集まるので竜鋼、緑鋼装備を増産できる。

「コチっちは心配性だなぁ、親方たちが作ってくれた装備があれば大丈夫だって！」

「ミルキー……油断は良くない」

「エレーナも心配性だったか。でもエレーナが作ってくれたポーションも実用レベルになったし、ロロロの【回復魔法】だけだった時より継戦能力も上がったっしょ」

　エレーナさんの言葉も全くミルキーさんには届いていないようだ。でも六花《りっか》のメンバーはそんなミルキーさんに肩をすくめつつも、私たちが気を付ければいいと気を引き締めているようなので、それでちょうどバランスが取れているのだろう。

「では、行ってくる。素材が集まったらまた師匠の鍛冶《かじ》を見学させてもらう」

「ふん！　怪我《けが》なんかするんじゃねぇぞ」

少し離れたところではキッカさんが親方に出発の挨拶《あいさつ》をしている。鍛冶師としての親方にすっかり惚《ほ》れこんだらしいキッカさんはイベント終了後も教えを請いたいらしいけど、親方は基本的にリイドの工房から出ないのでなかなか難しそうだ。

くいくい
「ん？　ああ、ロロロさん。ヒーラーであるロロロさんは特に気を付けてくださいね。せっかく可愛《かわい》らしくできたポンチョが壊れないように立ち回るといいかも知れませんね」

こくこく
私の裾《すそ》を引いていたのは、身に付けた【裁縫】スキルで縫製した可愛らしいポンチョを身に付けているロロロさん。ポンチョは装備じゃなくて効果のない装飾品だから耐久値も低い。そのポンチョを破損しないように気を付ければ、自然と魔物と距離を取って立ち回れるかも知れない。人見知りで無口な彼女はあまり話すことは得意じゃないみたいだけど、意外と感情はわかりやすい。今も、ちょっと顔を赤くしながら嬉《うれ》しそうに頷《うなず》いている。

「ロロロがここまで男性に拒否感を示さないのは珍しいわね。【裁縫】を覚えて自信もついたみたいだし、感謝します」

「あ、レイチェルさん。私は何もしていませんよ、頑張ったのはロロロさんですからね」

「ふふ、まあいいわ。あなたがそういう人だからこそこの子も……あら」

なにかを言おうとしたレイチェルさんは眼鏡《めがね》の奥の目を楽しそうに細める。どうしたのかと思ったら、ポンチョのフードに顔を隠したロロロさんがいつの間にかレイチェルさんの背中をぽかぽかと叩《たた》いてた。

「ふふ、ロロロは可愛らしいわね。わかりました、余計なことは言わないわ」

うん、多分レイチェルさんはSよりの人だ。


「行ったかね」

「はい、昨日《きのう》の話し合い通り六花とミスラさんは前線付近に『転移』して竜樹《りゅうじゅ》の侵食状況の確認と素材集めに行きました」

六花を見送った私の所に周辺の見回りをしていたウイコウさんが戻ってくる。

「村の人たちは説得できそうかな」

「……正直わかりません。私は彼らや、彼らの御先祖様がどんなふうに生きてきたのかを知りませんから」

昨日、この拠点にいるメンバー全員で話し合った内容はそう多くない。総括すれば現在私たちが置かれている状況を全員が認識するための情報の共有だ。情報の柱は二つ。一つは竜樹の目的。そしてもう一つは、どうやって竜樹を倒すか。

「迫りくる竜樹を倒せば村人を救うという目的は達成できる」

「……はい、確かにそうなんですけど」

ウイコウさんの言う通り、竜樹を倒せば村に迫った危機を退けたことになるだろう。そして、倒すことはできる。しかも、四彩が本来の姿で戦えばアルやミラたちの助けすらいらないかも知れない。でもどうしても納得しきれない部分がある。

昨夜の会議で私はファムリナさんの感じたことから推測したことを根拠に村人たちにあることを提案した。でも、村の人たちは誰ひとりそれを承諾してくれなかった。

◇　◇　◇

「以上のことから、竜樹は皆さんの加護の証《あかし》である精石を求めていると考えられるんです」

精石というのは精霊の力を結晶化したもので、純粋な意志ある力の塊である精霊にとっては生命の欠片《かけら》ともいうべきもの。竜樹と化した樹精はシビルの実験により、自らを御する最後の力まで失ってしまったことで一種の飢餓状態になっていると考えられた。

だから精石を持ったミスラさんが村に現れたことで、その力を求めて活性化。自分の根とシビル・トレントをミスラさんと、この拠点がある南へと伸ばした。

「それなら、それを竜樹へとお返ししませんか？」

だから、もし精石から加護を得ている村人たちがその精石を竜樹へと返還したら、力を取り戻した竜樹が元に戻るかも知れないと考えた。でも、精霊に詳しいファムリナさんは一度狂った精霊は二度と元には戻れない、と悲しげな表情を浮かべながら言って首を横に振った。でも、たとえ倒すしかないにしても飢えに苦しんだままではあまりにも可哀想《かわいそう》だ。

「……それは、できない」

しかし、腕を組んで目を閉じていたハンマさんが口にしたのは明確な拒否だった。他の人はどうかと全員の顔を確認するが、モックさんもマチさんも、トルソさんもソウカさんも、ライくんとルイちゃん……はよくわかってないだけかな？　そして、ミスラさんとカラムさんまでがハンマさんの言葉を肯定していた。

「すまんの、儂《わし》らは加護の力があったからこそ、この森で生き抜いてこられた。村全体でこの力を失わぬようにしてきたのじゃ」

「時間を稼いだ後、他のみんなが、救出されるかどうかもわからない避難所に素直に入ってくれたのも、私たちを優先して逃がしてくれたのも、すべてこの力を守るためなんです」

「ソウカさん、モックさん……ですが！」

「コチさん、私たちは捨てられた民です。生きていくためにどうしても村の中から住人を減らさなければならないとしたらどんな人間が選ばれると思いますか」

思わず声が大きくなりかけた私をカラムさんが手で制して静かに問いを投げかけてくる。

「え……それは……そんなこと考えたくはありませんが、生きていくということを前提に単純に考えれば……働けないお年寄りや、小さな……子」

「そうですね、ほぼ正解です。ただ、もう一つ大きな条件があるんです」

「もう一つの条件ですか？　それはどんな条件でしょうか」

カラムさんは悲哀を湛《たた》えた目で頷くと、自らの左手に填《は》めている精石の指輪を撫《な》でる。

「それはスキルです」

「え？」

「スキルが覚えられなかった者が優先的に選ばれます」

そうか、この世界ならスキルさえあればライくんや、ルイちゃんのように子供でも役に立つことができる。同じ体格の五歳の男の子がふたりいたとして、ひとりは【採取】スキル持ち、もうひとりはスキルがなにもないとなればスキルのある方を選ぶ。そういうことか。

「私たちは才能が無かった人たちの末裔《まつえい》なんです。この森で暮らしていくためには加護の力が必要なんです」

「でもスキルはあくまでも補助であって、知識と経験さえあれば……」

「コチ君、彼らにもいろいろ考える時間が必要だろう。その件は明日にでもまた話せばいい」

村人たちの表情が暗く沈んでいるのを見て思わず言葉が止まってしまった私の肩に手を置くウイコウさんに、私は小さく頷くことしかできなかった。

◇◇◇

「【採取】スキルはなくても、薬草の知識と根気があれば癒草《いやしそう》は採取できるし、正しい手順の知識と集中力があれば【調合】スキルがなくてもポーションは作れます。でも、たくさんのスキルを取得している私には説得力がないんですよね」

「私はそんなことはないと思っているがね。それにスキルを取得できるかどうかに才能は関係ない。覚えやすさはスキルの種類によって多少の向き不向きはあるが、最終的にはどれくらい真摯《しんし》に努力をしたかだよ。その証拠があそこにいるふたりだろう、コチ君」

「そうですね」

ウイコウさんが示す先には自力で【木工】スキルを取得してどんどんオリジナルの竹とんぼを作製して遊んでいる獣人の兄妹《きょうだい》の姿があった。

「さて、こちらもそろそろ始まりそうだ。まずはやるべきことをやろう」

ウイコウさんが腰の剣に手を添えながら拠点の外へと視線を向ける。

「はい」

私の【索敵眼】にもちらほらと森からこちらに向かってくる魔物の反応が出始めている。竜樹の根が侵食を続けていることで、森の魔物たちが追いやられてきているということだろう。

「アル！　ミラ！　そろそろ来るよ。拠点の外に出て対応を」

「おう、任せろ」

「にゃは、楽勝だし」

どうせじっとしていられないふたりは下手《へた》に細かい指示をするよりも、拠点の外で自由にやってもらった方がいい。ふたりがウキウキと拠点の外へ向かうのを見送って、ピロピロとドロップの報告が入るようになったのを確認してから近くにいた四彩の皆にも声をかけていく。

「シロ、アカ、序盤は待機で構わないけど、数が増えてきたら対処をお願い。あと一応よっぽどのことがない限りは顕現モードはなしで」

『あふ、いいよ』

『別に最初から普通に戦ってもいいのよね』

「どうしても出て欲しい時は私から頼みますけど、それ以外はお任せします」

私の言葉を受けてシロは丸くなって目を閉じ、アカは拠点の矢倉の屋根の上へと飛んでいく。

「アオは拠点に侵入されそうになったら防衛をお願いします」

『諾』

「クロはどうする？」

『わたしはいつも通りよ』

つまり、私の肩の上ですね。

「ウイコウさんはこのまま私の近くにお願いします」

「確かに見た目だけではやや貫目が足りないかも知れないが、コチ君なら上手《うま》くやれると思うがね、

「承知したよ」

　ウイコウさんの信頼は嬉しいが、完全に見た目が初心者の私の言葉に耳を傾けてくれる人はそうそういないはずだ。

「ファムリナさんは結界杖の点検と、村の人たちのケアをお願いできますか」

「わかりましたぁ、点検しつついろいろお話聞いてみますね」

イベントも六日目に入り、結界杖の耐久値がそろそろ尽きるはずなので魔力の補充、点検をお願いしつつ、村人に昨日の話について心の内を聞いてみてもらいたい。おっとりとしたファムリナさんなら村の人たちも話しやすいだろう。

「親方は鍛冶場で武器をお願いします」

「そりゃ構わねぇが、素材はもうすぐなくなるぞ」

「私の読みが当たれば、ある程度はなんとかなると思います。その後は打ち合わせ通りに」

「ふん！　手抜きの仕事なんか職人の恥だが、状況に応じた仕事をするのも職人の腕の見せ所ってやつか」

ここまで狂ってしまった精霊は元には戻れないというファムリナさんの言葉から考えて、村の人たちを説得したとしても今回のイベントボスである竜樹を倒さずにイベントクリアをするのは無理だろうと私も思っている。だけど、どんな経緯でどんな倒し方をするのかくらいは悪あがきしたい。でもそれに拘《こだわ》って誰かが犠牲になってしまうようなことになるのは問題外。だからしっかりとイベントボスを倒せるだけの対策はしておく必要がある。

そもそもこのイベントは一つのサーバーごとに百人前後の参加者がいる。だから運営は参加者が全員で戦わなくてはならないようなイベントボスを用意しているはず。当然ユニークレイドボスを少数で倒せるような四彩やリイドの人たちのような規格外の存在は想定していないだろう。それなら、イベントに参加している夢幻人《むげんびと》たちと協力すればボスは絶対に倒せるということだ。私が親方に頼みたいのは、それを確実にするための準備だ。

「ん？　どうやら来たようだよ、コチ君」

「あ、はい」

ウイコウさんに声をかけられて思わず体が緊張で強張《こわば》る。現実では極度の人見知りのような状態になってしまうけど、ここでなら六花の皆さんともうまくやれたし大丈夫なはず。


「だぁあ！　死んだぁ！」

「だから、もう少し早く撤退しましょうって言ったじゃないですか」

「それにしても、戦っているうちに数が増えていくなんて」

「武器も魔法も効きにくいのに最後は五体だもんな。そりゃ無理だ」

「ていうか、撤退してセーフエリア登録しなおすって言ってたのに無理するから、初期地点じゃねえか！」

「仕方ねぇだろうが！　お前らもシビル・トレントうまーとか言ってただろうが」

拠点広場の中央に出てきていきなりがやがやと煩《うるさ》いパーティは、登録してあったセーフエリアを竜樹に侵食された後に、新たにエリアを登録しなかったために全滅後死に戻りポイントが初期地点であるここになったパーティだ。この知識は六花の【調合】担当の魔法使いで無口な狐獣人《きつね》のエレーナさんが教えてくれた。私は活用したことがないけど、イベント専用の掲示板があって、いろいろ情報交換がされているらしい。私がアルたちと討伐に行かずにここに残っている理由もその情報があったからだ。

「すみません、この森の魔物に対して特効が付く武器や防具があるんですが、興味はありませんか？」

「マジか！　……って、お前みたいな初心者がそんなもん持っている訳ないだろうが！　冷やかしに付き合っている暇はないんだよ」

パーティのリーダーらしい人族の戦士が一瞬目を輝かせるが、私の装備を見て露骨に眉《まゆ》を顰《ひそ》める。

「おい、行こうぜ。すぐに前線に復帰しないとボーナスタイムが終わっちまう……ていうか、ここ何処《どこ》だ？」

「なに言ってるのよ、エリア更新しなかったんだから初期地点に決まっているでしょ……えぇ？」

重戦士風の男の人と魔法使い風の女の人が召喚されたときとはあまりに違うこの場の光景に気が付いたらしい。柵《さく》に矢倉、生産設備に耕しかけの畑、作りかけの家まであるこの拠点は既に開拓中の村と言えるレベルになりつつある。

「さて、この場所をここまでにした私たちの話を少し聞いてみる気はないかね？　もし彼の言葉が本当だったとすればここから前線に戻る時間が多少遅れたところで十分巻き返しができると思うのだが？」

「ぐ、う……確かにそうかも知れねぇけど、本当なのか？」

落ち着いた雰囲気で威圧感などないにもかかわらず、どこか耳を傾けざるを得ないようなウイコウさんの言葉にリーダーらしき男も話を聞く気になったらしい。これが人としての魅力の差なんだろうな。ウイコウさんだってそんな高級な装備をしているようには見えないはずだからね。

「勿論《もちろん》だとも。では時間もないようだしすぐにでも見てもらおうか。これが何かわかるかい」

ウイコウさんが懐から取り出したのはここに来てから手に入れたスピンビー針だ。

「ああ、この森の蜂が落とす針だ。使い途《みち》は知らないが後でポイントになるって話だから俺たちも持ってる」

「うん、そうだね。それじゃあこれをここに置くから、今ある剣で斬ってみてくれるかい。おそらくそんなに力はいらないはずだから手応《てごた》えを感じる程度で構わない」

ウイコウさんは三十センチはある針を、少し離して置いた石と石を両端にして載せる。

「……いいぜ」

男は抜き放った長剣を構える。ざっと見る限り鋼素材の二段階強化品くらいだろうからなかなか良い物を持っている。この剣なら確かにさほど力を入れなくても針を斬ることができるだろう。

男がややゆっくりと長剣を振り下ろすと、予想通りキンッと甲高い音を立てて針は切断された。

「お見事、では今度はこちらを使ってみてくれるかな」

「へぇ、なんだか綺麗《きれい》。翠《みどり》がかった剣なんだ、もしかして属性剣？」

ウイコウさんが差し出したのは、シビル・トレント初討伐報酬で貰《もら》った『小竜鋼の長剣』。ドンガ親方が本気で打ったものよりは劣るけど特効を確認するだけなら十分だ。

「残念ながら属性は付いていない。だが、この森の魔物への効果が高い武器であり我々が交渉を持ちかけたいと思っている種類の武器になる」

「なるほどな、じゃあ試させてもらうぜ」

リーダーの男はウイコウさんから小竜鋼の長剣を受け取ると、再度置かれた針にさっきよりもゆっくりと振り下ろした。しかし、その長剣は先ほどのような音を立てることはなかった。

「な……音がしないどころか、手応えすらほとんどない。こりゃすげえ」

よし、今だ。

「今なら素材の提供と少しのお時間を頂ければ格安で同種の武器をご用意できます」

結局、先ほど来たパーティはシビル・トレントから出たドロップを全《すべ》て提供した上で、一本一万Gという破格の値段設定をした武器を近接攻撃をするメンバー分の分だけ買って拠点を飛び出して行った。正直お金は貰《もら》わなくてもよかったんだけど、六花のメンバーからそれはやめた方がいいと強く反対されたので少しだけ貰うことにした。理由をいろいろ説明してもらったけど、結局わかったのはしっかり対価を取らないと際限なく搾取され兼ねないということらしい。

本当ならあと十倍でも安いらしいが、イベント限定だし素材持ち込みなら私たちは構わない。持ち込んでもらった素材で親方がまた装備を作製できるしね。ただ、親方が本気でやると時間も手間もかかってしまうので作ってもらうのは、質は落ちるが早く完成する俗にいう数打ち品。それもあっての値段。まあ、親方としては手抜きと変わらない武器を卸すことに職人として思うところはあるみたいだけど、現在の状況などを考えて了承してくれた。

これで、特効武器を持った夢幻人がある程度増えてくれればシビル・トレント戦や、竜樹との戦いを有利に進められるはず。死に戻りを待つだけだと効率が悪いけど、前線でその武器の効果を六花の人たちも実践してくれているし、聞かれたらここで販売していることも伝えてもらうようにお願いしているから、興味を持ったパーティがいればここまで買いに来てくれるはず。それまでは私は私の仕事をする。

今日の私の仕事は拠点に戻ってきた夢幻人たちに装備の営業をすることと、料理方法が広まり始めてきたばかりで美味《おい》しいものを確保しづらい現状に加えてイベント六日目という時期から考えて、前線にいた夢幻人が舌もお腹《なか》も飢えている可能性から、魔物素材を使った料理を作って販売することだ。

イベントも佳境に入ってきているのにこれでいいのかと思う気持ちがないではない。でも、私がやりたいのはバンバン魔物を倒して、ポイントをがっつり稼いでイベント上位に入ること……ではない。やりたいのは、このイベントで出会えた村の人たちの力になることだ。

そのためにはこの拠点が魔物に襲われたら困るし、ボスを倒せなくても困る。だから夢幻人の底上げのために特効武器を手に入れやすい条件で売るし、全力で戦えるように料理も売る。満足した夢幻人たちはまた森の奥へと向かう、そしてその道中で出会った魔物を倒してくれるだろう。それは竜樹の侵食により住処《すみか》を追われた魔物たちが拠点に殺到する可能性を下げてくれるはずだ。

ピロン

既にいろいろ料理を始めてくれているトルソさんと合流して下拵《したごしら》えをしていると、私にメールが届く。フレンド登録数が少ないうえに、イベント中は同サーバー内でしかやりとりができないので、いま私にメールを発信できるのはパーティメンバー以外は六花のメンバーの人だけ。メニューを出してメールを確認すると、案の定ミルキーさんからだった。

『コチきゅん！　うちらは快調にトレント討伐中～。あとうちらの武器に喰《く》いついた前線組に説明しておいたから、調達のために死に戻りするパーティがいくつか出そうだよん』

相変わらずの軽い口調に六花の調子がいいことが見て取れる。それなりに楽しんでいたとはいえ、せっかくのイベントで生産活動ばかりをしていたのには少しストレスを感じていたのかも知れない。

短い文章なのに楽しんでいる雰囲気が伝わってくる。でも今は彼女たちが楽しんでくれたその結果が、私たちの目的には必要なので存分に堪能して欲しい。でも呼び方だけは何とかしてくれないだろうか。

「ウイコウさん、親方、次が来ます」

「おう、こっちも在庫分はもう完成する」

「仕方がないね、交渉は私がしよう」

ウイコウさんは私に交渉も任せたいみたいだったけど、いちいち初心者扱いされて時間を無駄にする必要はないと思ってくれたらしい。

◇◇◇

その後は前線や掲示板で情報を得たこのサーバーの夢幻人が、死に戻りや徒歩で次から次へ拠点へと帰ってきた。その人たちから新素材を譲り受け、それを材料に装備品を作って売り、さらに料理に関しても食材アイテムを引き取りつつ調理したものを販売して過ごした。その結果、六花から報告されてくるシビル・トレントの討伐数上昇のペースは時を追うごとに速くなっていき、お昼を過ぎて三時間もしたころにはなんとか想定していた形で今日を終えることができそうだと思っていた。

『コチさん、シビル・トレント規定数撃破です。でも、ウイコウさんの予測どおり500体目が出てきそうです。シビル・トレントを倒しても侵食は止まらなくて、かなり拠点に寄せられてしまいました。シビル・トレントに繋《つな》がっていた根が一斉にどこかへ移動し始めたので、500体目はどこかで集結して今までの奴《やつ》より大きくなりそうです。なので、私たちは無理をせずに根の集結場所と、ある程度の姿を確認したら転移で戻ります』

やっぱりきたか。チヅルさんからのメールはある程度想定済みだった。シビル・トレントを倒したときの討伐数のアナウンスの残機表示が４９９とか明らかに含みを持たせた数字だったからね。

「ウイコウさん！　もうすぐ六花が戻ってきます。戻ったら話を聞いておいてください」

「わかった、引き受けよう」

もうすぐ戻ってくる六花から本当の中ボスの情報を教えてもらって、もし他の夢幻人たちが手こずるようなら被害が大きくなる前に協力して倒す必要がある。

「アルとミラを一度呼び戻すか……」

もし倒しに行くなら、パーティで動いて確実に倒しておきたい。そのために脳筋のふたりを今のうちに拠点に呼び戻したい。ただ、あのふたり調子にのって動き回っているらしく、ふたりが倒した魔物のドロップの中に普通にシビル・トレントを倒して得た物も交じっていた。それは拠点に向かってくる魔物を倒すという役目を勝手に拡大解釈して最前線まで足を延ばしているということだ。

『アル、ミラ、大事な打ち合わせがあるので、十五分以内に拠点に集合』

今はどの辺りにいるのかは知らないが、村の近くで戦うという約束を守っていればふたりなら余裕で戻って来られる時間を設定してパーティチャットを飛ばす。

『ちょっと無理だな、一時間したら戻る』

『にゃは、あたしもその位で戻れるかな』

すると、僅《わず》かな時間を置いてふたりからの返事がくるが、その内容はある意味予測どおりだった。

『わかりました』

『へへ、悪いな。なるべく早く戻るぜ』

『あたしも！』

『違います、ふたりが約束を守らずに拠点から遠く離れていることがわかったという意味です。十五分遅刻するたびに一週間禁酒させますのでごゆっくりどうぞ』

『んな！　馬鹿、そんな横暴なことあるか！』

『ふにゃあ！　そんなのズルい！』

横暴でもズルくも無い。ちゃんと作戦も推測も伝えてあって、遠くに行かないように言い聞かせていたんだから。アルたちなら魔物を狩ってお金を稼ぐのは難しくないだろうし、彼ら自身が手持ちのお金を使って街でお酒を飲むのまで止《と》めるつもりは無い。ふふん、ただしリイドでゼンお婆《ばあ》さんや私が作ったお酒は絶対に渡さない。リイド産のお酒に慣れたふたりが、今の街で買えるようなお酒で満足できるかどうかは私の知ったことじゃない。

「ふむ、ということは逆に捉《とら》えれば遅刻が十五分以内なら見逃すということになるのかな？　コチ君らしいね」

「な！　……ウイコウさん。ふたりは気が付いてないんだから言わないでくださいね」

「ふふ、わかっているよ。ふたりへのお灸《きゅう》としては絶妙のラインじゃないかな」

ウイコウさんはくつくつと笑っている。あう……普通に見破られてしまうと、なんだか照れ臭いんですよ、ウイコウさん。そこは言わないという優しさもあると思うんですが？

「一時間って言っているなら、ふたりが本気を出せば半分で戻って来られると思います。戻ったらどうするかを検討しますので、よろしくお願いします」

「ああ、ちょうどチヅル君たちも戻ってきたようだ。こちらは任せておきたまえ」

ミスラさんの『転移』で全員が無事に戻ってきたのを確認してから、簡易キッチンをトルソさんにお願いし、その場を離れる。

「親方、ひとまず鍛冶《かじ》はそこまでで大丈夫です。あと三十分ほどで集まって欲しいのでお願いします」

「おう、こいつで一段落するから問題ねぇぞ。あらかた行き渡っただろうし、予備もいくつかできたからな」

親方の傍らには竜鋼製と緑鋼製の装備がいくつか置かれている。しかも、いつの間に作ったのか骨組みだけの棚が作られ、しっかりと飾られた状態で置いてあるので緑っぽい見た目と相まって非常に見栄えがする。

「棚はファムリナさんですか？」

「ふん、そいつはファムリナの指導のもと、ライ坊とルイ嬢ちゃんが作ってくれたもんだ。なかなかのもんだろ」

実は子供が好きだと思われるドンガ親方は鼻の下を指で掻《か》きながらも、どこか嬉《うれ》しそうだ。

「はい、親方の作品も喜んでいるみたいです」

「そ、そうか！　そうだろうな、がははは！」

上機嫌の親方と別れ、ファムリナさんを探す。ファムリナさんは結界杖に魔力を補充した後は村人と話をしていたはず。

あ、いた。溜《た》め池《いけ》のところでマチさんと話をしてくれていたみたいだけど、ちょうど終わったらしくマチさんが離れていくところだった。

「ファムリナさん、あと三十分ほどしたらアルたちが戻りますのでちょっと相談させてください」

「わかりましたぁ。風の精霊たちが慌てて逃げ惑っていますから、なにかあったんですね」

「さすが、わかるんですね。はい、それの件についての話になります。村の人たちはどうですか？」

「……皆さんとお話ししてみましたけど、やはり加護を失うことを異常なほどに恐れています。才能がないから捨てられた者の子孫だということに強い劣等感があるのだと思います……そのことに心が深く傷ついています。代を重ねてもなお残り続ける傷……その痛みは想像できません」

ファムリナさんは麦わら帽子のつばをつまむと、表情を隠すようにつっと下げた。状況は違うが、同じようにリイドという閉鎖された場所にいたファムリナさんですら彼らの想《おも》いを汲《く》みきれないということか。

「でも、だからこそこのままじゃ駄目ですよね。私たちがここに滞在できる期間もあと僅《わず》か、脅威だけを排除しておしまいにはしたくないです。私たちがいなくなった後もここの人たちが幸せに暮らせるようにしたいです」

たとえイベントの間だけしか会えない人たちだとしても、その後どうなってもいいなんて思えない。むしろもう会えないからこそ安心してお別れができるようにしたい。

「ふふ……」

「ファムリナさん？」

麦わらの下に隠れたファムリナさんから小さな笑い声？

「コチさぁんは変わらないですねぇ。旅立つ夢幻人を見送るだけのわたしを気遣って全財産をはたいてマグを買ってくれたあのときからずっと……」

「え？」

ファムリナさんが大きな胸に挟み込むように私の腕を抱え込むと、私を見上げて微笑《ほほえ》む。

「わたし、そういうコチさぁんのこと好きですよ」

「え、え？」

「ふふ、それじゃあわたしはウイコウさんのところに行ってますね」

ファムリナさんの行動と言葉に困惑している間にファムリナさんはすっと腕を放し、大きな胸を揺らしながら小走りに行ってしまった。

「……………えっと、仲間として……ですよね」

危ない危ない、うっかり勘違いしてしまうところだった。ファムリナさんみたいな女性が、そんなことある訳なかった。きっと家族に対する親愛みたいな？　頼りない弟を放っておけないみたいな感じ？　うん、そう考えるとしっくりくる。いまはただ、かわいいファムリナさんの姿を見られたことと、まだ残っているこの腕の感触を喜ぼう。

アルとミラが拠点に戻ってきたのは私たちの予想通り三十分が経過するぎりぎりだった。やれやれ、そのお酒とか美味《おい》しいものとかに対する情熱をもっと他のものに活《い》かせばいいのに……と思わなくもないけど、そうでないふたりをまったく想像できない時点で私も無理だと理解しているということなんだろう。

「ちぇ、なんだってんだよコチ。気持ちよく狩りまくってたのによ」

「そうだそうだ！　酒質《さけじち》を取るなんて酷《ひど》いよコォチ！」

いやいや、あんたら拠点を守るために近くで戦っている予定だったでしょうに。

パン！

「さて、時間もあまりないし方針を決めてしまおうか」

ウイコウさんは手をひと打ちすると、ぶちぶちと文句を言っているアルとミラを一蹴《いっしゅう》する。

「はい！　お願いします」

目にハートが浮かんでいるのではないかと思うほど熱い視線をウイコウさんに送るチヅルさんの妙に歯切れの良い返事。

「では、まずは六花の方たちが持ち帰った情報を」

「はいは～い！　ミルキーちゃんが報告するよ～」

しゅたっと手を上げて立ち上がったミルキーさんは、その軽い口調からは考えられないほどしっかりとした報告をしてくれた。軽いキャラを演じてはいても、現実ではやっぱりしっかりとした社会人なんだなって普通にわかった。それはこのイベント中に、六花の皆から何度も感じたことだ。きっと六花の人たちも現実世界ではいろいろな嫌なことやストレスを抱えているはず。それでもちゃんと、大人としてしっかりやっているんだろうなっていうのが伝わってくるんだ。だから僕も、いつまでも縮こまって生きていくのはやめなきゃならない。そう思えるだけの強さを僕はこの【C・C・O】の中で、リイドでの生活や出会った人々から教わったような気がする。

「ちゃんと聞いてる？　コチきゅん」

「ああ、すみません。聞いてます。でも『きゅん』はやめましょうね」

一応成人男性なのできゅんで呼ばれるのはちょっと恥ずかしい。っと、とにかく話を戻すと、ミルキーさんの報告はシビル・トレントの最終形態と思われる魔物について。おそらくこのイベントの中ボスのこと。

「今、報告にあったとおり無数に発生したトレントが夢幻人に全て倒されたと同時に、その根が一か所に集結してきている。移動中の根は攻撃しても再生してしまうため、集結後に倒す必要があるということになる」

というのが私たちの推測だ。その上で私たちが決めたいのは、それを倒しに行くかどうか、という

　おそらく、この仕様はシビル・トレントを倒すのに散っていた夢幻人たち全員が中ボスと戦えるようにするためだろう。移動する根を追えば出現地点はわかるし、移動している時間は夢幻人にとっても集合と準備の時間になる。

「私は無理に倒しに行く必要はないと思います。出現位置は村とこの場所の中間点よりも近いということですが、夢幻人が集まって対処すると思いますので遠からず討伐されるはずです」

「おいコチ！　ここまで雑魚《ざこ》ばっか相手してきてるんだ。俺たちも参加しようぜ」

　アルの意見もわからなくはないけど、私はランキング上位を目指している訳じゃない。今となっては少しでも多くの村人たちが無事な状態でイベントを終えることが私の目的だ。それなら強敵の相手は余所《よそ》に任せて私たちは拠点の防衛に残った方がいい。

「私たちはコチさんたちの指示に従います。私たちが前線でも戦えたのはコチさんたちに作ってもらった装備のお陰ですから」

　チヅルさんと六花のメンバーが力強く頷《うなず》く。確かに親方が本気で打った竜鋼、緑鋼系装備の性能は、その後安値で卸した他の夢幻人のものとは一線を画している。

　ウイコウさんはチヅルさんに対して小さく頷くと、私に視線を向けてきたので私も小さく頷きを返す。アルには申し訳ないけど我慢してもらおう。

「うん、であるならばうちのリーダーであるコチ君の意見に従って我々はここで」

「待ってください！」

　方針を決定しようとしたウイコウさんを大声で遮ったのは一緒に会議に参加していた村人のひと

りだった。

「ミスラさん……」

「すみません……皆さんに命を救ってもらい、衣食住の面倒を見てもらっているくせに、加護を手放すことは拒否している私たちが、こんなことを言う資格も権利もないことはわかっています。それでも私はシビル先生の最期を見届けたいです。その場所へ連れて行っていただけませんでしょうか」

「……ミスラさん、あのトレントには確かに人の顔のようなものがありました。そして、その顔が村で研究をしていたシビルという人に似ていたとしても、あれはシビルさんではありません。飢えた竜樹が取り込んだシビルという人の情報が表に現れているだけだと思います。危険を冒してまで現場に赴く必要なんて」

ウイコウさんとファムリナさんと三人で話し合って出した推測に過ぎないが、おそらく間違っていないと思う。勿論《もちろん》、ミスラさんも最期を見届けたいと言っているくらいだからわかってはいるはずだけど。

「それは……わかっています。私はただ……加護の力を求め続けたシビル先生の研究が行きつく先を確認したいんです」

「ミスラさん……」

「そういうことなら俺も連れて行って欲しい」

ミスラさんに続いて同行を名乗り出たのはライくんたちのお父さんであるハンマさんだ。

「ハンマさんまで」

「なるほど……そういうことですか。それなら、私も一緒にいきましょう」

「へ？　モックさんもですか。なんで急に」

私たち夢幻人とは違い、大地人《だいちびと》は死んでしまえば終わり。そんなところに彼らを連れていっていいのか？　今日はもう六花の送迎で一往復分は使用しているけど、あと一往復は使えるはずだから、ミスラさんがいれば『転移』で逃げることはできる。でも危険であることは間違いないんだから敢《あ》えて行かなくても報告すれば……

「コチ君」

どうやってミスラさんたちを説得しようか考えていた私の肩に手を置いたウイコウさんが、私の耳元に顔を寄せる。

「おそらくだが、彼らが今悩んでいることに必要なんだろう。予定を変更して私たちが向かう意味はある、と私は思う」

小声で伝えられた言葉に、なるほどと納得。加護を失うことを恐れているミスラさんたちは、加護に執着しすぎたことで起きた悲劇をしっかりと受け止めることで、変わろうとしてくれているのかも知れない。もしそうなら、それを手助けしてあげるのがこのイベントで私たちが選んだ道ということになる。

「わかりました。ミスラさんたちを連れて戦闘に参加します」

「おほ！　そうこなくっちゃ。戦いは俺らに任せておけ」

「私たちはどうしたらいいかしら？」

「……そうですね。侵食が進んでプレイヤーたちの前線が下がってきたおかげで通常の魔物の数も減ってきているようですし、拠点の防衛には魔力を補充した結界杖があるしアオとアカとシロにお願いして残ってもらいますので六花の皆さんも一緒に行きましょう」

六花の皆さんにはただでさえストーリー重視に偏ったプレイに付き合わせてしまっている。条件さえ整えば中ボスやラスボス戦にはなるべく参加して欲しい。

「了解、でもちゃんと指示には従うからなんでも言ってね」

「はい、ありがとうございます。それでは私たちは今から三分後に出発します。ミスラさんたちはクロの幻体が合図をしたら私たちを目印に『転移』をお願いします」

チヅルさんたちにお礼を言って、クロに頼んで幻体を一体ルイちゃんに預ける。あとは私たちの出陣準備。

「アルたちの武器はそれでいいの？」

一応、ドンガさんが作り置きしておいた装備が幾つかある。攻撃力的には微妙だけど特効が付くから充分役立つはずだ。

「俺はいらね、こいつを預かってきてるからな」

「あ、それって」

アルが得意げにインベントリから出したのは、イベント前のキュクロエレファンテ戦で手に入れた『反鏡の長剣』だった。これはユニークレイドボスであるキュクロエレファンテのソロ討伐報酬で手に入れた武器。高い攻撃力に加えて、タイミングよく魔法攻撃を斬れば魔法を跳ね返せるという特殊効果が付いている。確かにアルの技量も考えれば、あれを使う方が数打ちの特効武器よりも強力だろう。

「じゃあ、アルはいいね。あとは」

念のために他のメンバーも確認してみると、ミラはいつの間にか竜鋼製の短剣を二本持っていたし、親方も『未知の護盾《アンノウンガード》』と竜鋼の斧《おの》。ファムリナさんは杖こそ自前のものだけど、重ね着した深緑色のローブは、これもキュクロエレファンテ戦で手に入れた『百眼の長衣』。これは攻撃を受けるときにローブに眼《め》が現れてダメージを軽減してくれるものだ。ただし、攻撃の威力によって開く眼の数は変わり、一度開いた眼は一つ閉じられるまでに十二時間かかるという、防具性能としては申し分ないもののトリッキーな防具だ。なにより、眼がたくさん開いていくと見た目が……という欠点がある。でも後衛としての防御力は十分だろう。

「私の装備は問題ないよ、コチ君」

ウイコウさんに関してはその自己申告で十分。

「アオ、アカ、シロ、すみませんが留守中はお願いします」

『諾』

『あふぅ、了解』

『あんまり遅かったら勝手に参戦するわよ』

いつも通りの返事が頼もしい。

「コチさん、こっちも準備いいわよ」

「はい、それでは行きましょう。戦闘開始まで時間がありません」

実はシビル・トレントと戦闘したことがあるパーティには500体目との戦闘開始時間がタイマー機能に表示されている。残りは二十分を切っているから、いまからここを出ても開始時間には間に合わないかも知れないけど、中ボスクラスなら倒すのにそれなりに時間がかかるはずだから、私たちが行くまで倒されることはないと思う。ただ、プレイヤーの中には強い人がいるかも知れないし早く行くに越したことはない。

「戦闘は極力避けて、目的地まで最短で向かいます。チヅルさん、移動を補助しますので最速で案内をお願いします」

「え？　わ、わかりました」

　一度出現地点まで行ったことのあるチヅルさんたちはマップ機能で場所がわかるので、先頭を行ってもらう。でも拠点を出て走り出した六花の皆さんは、うちのチートな師匠たちに比べると移動速度が劣ってしまう。そこで、私とドンが親方も含めて六花の皆さんに支援魔法《バフ》をかける。

「『加速《アクセル》』」

【時魔法】の呪文《じゅもん》の一つ、対象者の時間を僅《わず》かに加速して疑似的にＡＧＩ《敏捷》を上げる呪文だ。

「おぉ！　コチきゅんなにこれ！　なんか素早くなった気がする！」

「支援魔法をかけましたので、感覚の違いに気を付けてください」

「それはわかったけど……本当にあなたのスキル構成どうなっているのよ。そんな魔法を使える人だって聞いたことないのに」

　チヅルさんのボヤキは今回も聞こえなかったことにした。

「ここよ」

「っと、やっぱり始まってますね。クロ、ミスラさんに連絡を」

『わかったわ』

　支援魔法を継ぎ足しながら走り続けて、辿《たど》り着《つ》いた戦場は周囲の木々も吸収されたのか木の根が地面を縦横に飛び出している広場だった。その中央にいたのは、身長が三メートル超えだったシビル・トレントをさらに二メートルは超えるであろう巨体。見た目はシビル・トレントとあまり変わらず、捩《ね》じり絡まった根が筋線維のようになっているのもそのままだが、その姿から感じるイメージはトロールやオーガと言ったようなオーソドックスな魔物の姿に近い。

実際【鑑定眼】を発動してみても。


『シビル・ウッドオーガ〔Lv：？？〕』


と表示されている。

「それにしても……これは、酷《ひど》いね」

私が鑑定をしている間に肩をすくめて溜息《ためいき》を吐《つ》いたのはウイコウさん。でも、酷い？　なにが？

そう思ってシビル・ウッドオーガを見るが、丸太のような腕を伸縮させながら振り回していることをウイコウさんが酷いとまで言わないだろう。

「おし！　いまだ行け！」

「おい！　邪魔だ！　そこはいま俺たちが攻撃するところだったろうが！」

「きゃあぁぁ！　ちょっと危ないじゃない。勝手に後ろから魔法を使うなんてマナーがなってないんじゃない！」

「なに言ってんのよ！　こっちは詠唱しているんだからいつ撃つかくらいわかるでしょ！　ちゃんと避《よ》けなさいよ。なんだったらデスペナが無いんだから死に戻ればいいんじゃないの？」

「どけ！　後ろからは俺たちのパーティが攻撃するからお前らは横に回れよ」

「はぁ？　なに言ってんだ、レイド戦は早い者勝ちだろうが！」

ああ、なるほど……これは確かに酷い。誰《だれ》も統率を執れる人がいないからパーティごとに貢献度を争って全く連携が取れていないんだ。こんな調子だと一パーティずつ撃破され続けて、最悪拠点まで侵食される可能性もあるかも知れない。

「コチさぁん、ミスラさんたちが到着しました」

ファムリナさんに呼ばれて振り返ると、変わり果てたシビルさんの姿に顔を青くしているハンマさんとモックさんがいた。ミスラさんはシビル・トレントを見ていたせいかふたりよりは落ち着いて見えるけど、その表情は暗い。

……実際にはシビルさんではなく、シビルさんぽい顔をした魔物だと思うけど、だからといって割り切れるはずもない。

「皆さんは絶対に近づかないでください。ミスラさん、危ないと思ったらすぐに『転移』で拠点に戻ってください」

「……はい、お約束します」

『クロ、この場で彼らを頼めますか?』

『はぁ、仕方ないわね』

クロは大きな溜息を吐きつつも、私の肩から飛び降りてミスラさんたちの足元へと移動し香箱座りになる。

『ありがとう、クロ』

「さて、コチ君。せっかくだ、私たちも行こうか」

「はい。ウイコウさん、この場は指示をお願いします。私にはまだ一パーティ以上は難しいですし、私では納得してもらえないでしょうから」

「……いい機会だと思うのだが、実績が足りていないというのも事実か。どこまでやれるかわからないが、私がやってみよう」

ウイコウさんは僅かに考えるような素振りを見せたが、すぐに頷《うなず》くとシビル・ウッドオーガへと近づいていく。当然私たちもそれに続く。

「この戦闘、私が指揮を執る。ドン、キッカを盾役《タンク》。アル、ミラ、チヅル、ミルキーは攻撃役《アタッカー》、ファム、エレーナ、レイチェルは遠距離攻撃役、コチ、ロロロは回復役《ヒーラー》だ」

『はい！』

威勢のいい返事と共に全員が武器を構える。私が今回の役割に合わせて手に持つのは『見習いの長杖《ちょうじょう》』だ。

「次の薙《な》ぎ払《はら》いの後、前があく！　あいたら盾役はそこに走り込んで場所を確保しつつヘイトを！」

「「おう！」」

親方とキッカさんが大声で吼《ほ》えると盾を構えて前へと走り出す。

「攻撃役は盾役と連携を取りつつ足を狙《ねら》え！　足元に根があって足場が悪い、無理をせず削れる時だけでいい。それとアル、お前は戦況が安定した後は好きに動け！　ただし常にこちらの指示が届く範囲を維持しろ」

「おう」「にゃ」「はい！」「りょ」

今度は攻撃役の四人が夢幻人の隙間《すきま》を抜けて走り出す。

「エレーナ、レイチェルは魔法の詠唱準備に入れ。ファム！　今回はキミの魔法は効きが悪い。支援をメインで頼む」

「「「はい」」」

遠距離担当を任された三人はそれぞれ準備に入る。エレーナさんとレイチェルさんは使う呪文を決めていたのかすぐに詠唱に入り、ファムリナさんは【精霊魔法】の効果が薄いからか弓を使うようだ。

「コチとロロロは後方から回復。余裕があれば辻《つじ》ヒールで周囲の夢幻人を回復、戦線を崩壊させないように」

「わかりました！」「ん」

どうやらウイコウさんは私たちだけでシビル・ウッドオーガを倒すつもりはないらしい。しかも、なんとなくだけど他にも何か……いや、今は戦いに集中しよう。

ざっと見回すとそれぞればらばらに戦っていたパーティがそこかしこで怪我《けが》を負っていて、戦闘に参加できていない人も多い。

『範囲回復《エリアヒール》』『範囲回復』『範囲回復』

とりあえず、なるべく多くの人を回復できるように効果範囲を意識してエリアヒールを三連発しておく。隣でロロロさんが目を見開いて驚いているけどここまで来たらもう気にしている余裕はない。続けて魔法の効果範囲外の夢幻人《プレイヤー》に対して【投王術】でポーションを投げておく。これでここにいる人たちが全《すべ》て戦線に復帰できるはず。

「おまえら！　しっかり盾を構えんかぁ！」

前線で親方が周囲を叱《しか》りつけつつシビル・ウッドオーガの薙ぎ払いを盾で防いでいる。ただ、元が樹木であるせいか親方ひとりでは、止めたところより先端の部分がしなって勢いを失わずに周囲に被害を出している。一応キッカさんが親方の隣で盾を構えているけど、ふたりでも足りない。だから親方は吹き飛ばされている他のパーティの盾役たちを巻き込もうとしているのだろう。

「お前とお前はこっち！　その赤髪と嬢ちゃんはこっちだ！　はぁ！　馬鹿が！　戦闘中にくだらん欲は捨てろ！　お前らは死なんからと命を雑にしすぎだ！　そんなにいらんなら俺によこさんかい！」

気迫で髭《ひげ》が逆立ったかと思わせる程の親方の喝は、自分勝手に戦っていた盾役の夢幻人たちに有無を言わせず徐々に隊列を組ませていく。その中には私がさっき回復した人たちも交ざりつつある。

「オラ！　次は左手がくるぞ！　そっちで止めろ！　いいか、しなるぞ！　やや間隔を空けて面を作って受けとめろ！」

「よっし、さすがだぜ。俺たちは奴らが作ってくれたスペースに突っ込むぞ！　深追いすんな！　次がいるんだ、一発入れたら場所空けろよ！」

「ほら、いっくよ～！」

親方たちが攻撃を受け止めたことで空いたところにいつの間にか数人の夢幻人を取り込んだアルたち攻撃役がミラさんを先頭に突っ込んでいって各武器の武技《アーツ》をシビル・ウッドオーガに叩《たた》き込《こ》んでいく。おそらく痛みなど感じないだろうシビル・ウッドオーガも足をじわじわと削られることは嫌なのか身悶《みもだ》えるように足の部分から根を伸ばして攻撃役を振り払おうとする。

「一旦《いったん》引くぞ！　魔法に巻き込まれんな」

その気配を逸早く察知したアルの言葉で足下に群がっていた攻撃役は潮が引くように離れていく。

「それではぁ、撃ちまぁぁす！」

ちょっと気が抜けるようなファムリナさんの号令と弓から放たれた矢を追いかけるようにレイチ

ェルさんの【風魔法】とエレーナさんの【火魔法】がシビル・ウッドオーガの上半身へと命中する。

ちなみにファムリナさんの矢はしっかりと喉《のど》部分に吸い込まれている。

『ギギギイイィィイィおぉおォおぉおぉ！』

これはさすがに効いたのか、木と木をすり合わせたかのような音を放ちながら仰《の》け反《ぞ》るシビル・ウッドオーガ。元々魔法自体が効きにくいが、さすがに火を絡めた攻撃は嫌らしい。

「うん、いい感じだね。コチ君、このまま周囲を巻き込んで立て直すよ。ついておいで」

「え？　は、はい」


それからウイコウさんは戦場をこまめに移動しながら、統率が執れていなかったパーティを自分の指揮下へと少しずつ組み込んでいった。その手腕は相手に反感を抱かせない実に見事なもので、いつの間にかしっかりとしたレイド戦になっていった。いいものを見せてもらったけど、これを私がやるにはまったく貫目が足りない。もっともっと強くならないと無理だ。

そして、しっかりと連携が取れてくれれば、長期参加型イベントに参加するようなコアなゲーマーたちの集団である夢幻人たちにとって特殊な攻撃方法もあまりない物理特化の敵は戦いやすい相手。耐久が高いためライフが削れていくのは緩やかだけど着実に撃破のときは近づいている……はずなんだけど。

「あぁ！　くそ！　また再生し始めたぞ！　DPS《ダメージ効率》を上げろ！」

「魔法を撃て！　く、削り切れない、ちくしょう！」

夢幻人たちの怨嗟《えんさ》の声が聞こえる。そう、シビル・ウッドオーガは四本あったライフゲージが残り一本になるとライフゲージ一本分、ゆっくりと再生するらしい。根から力を吸収しているから切り離せばとかも考えたが、辺り一面に広がる根全てを切ることは難しい。となれば、一定時間に与えられるダメージの総量を上げてライフを削りきるか、何かのギミックがあって再生能力自体を封じるか……倒せない敵ということはないはずだから何か方法があるはず。そう考えて観察をしているが今のところ弱点らしきものは見つかっていない。

再生速度と私たちのダメージ量を比べたとき、再生速度の方が僅かに早いがこれくらいなら頑張ればなんとかというレベル。おそらくしっかりと連携して攻撃を集中させれば倒せる。もしくは、もともと竜樹自身が力に飢えているはずなので再生回数に制限があるパターンかも知れない。

「さて、どうしようか……我々が足りない分を補うのはできなくもないが、この後のことを考えるとね」

「……あ、もしかしてこの戦いを通してバラバラだった夢幻人たちをまとめようとしてました？」

「さすがに、最初のあの状態ではね。次の戦いでもあれではコチ君がやろうとしていることの邪魔にしかならないだろう」

「ウイコウさん……」

確かにあれだけ好き勝手されたら村の人たちの協力を得られても、いろいろやりにくかった気がする。だからウイコウさんは、夢幻人主体でシビル・ウッドオーガを倒すことで彼らをまとめようとしていた。ついでにほんの少し私たちのパーティの存在感を示し、いざというときに指示を受け入れやすくするような下地も作っていたということか。

うん、こういうところが全く敵《かな》わない。ちゃんと先を見据えた判断もできるようにならないとまだまだウイコウさんには追いつけないいな。

「ちょっと、いいですか？」

「え？　モックさん、どうしたんですか！　駄目ですよ、もっと下がっていないと危ないです」

そんな私たちに話しかけてきたのは木工職人のモックさんだった。ミスラさんたちは、もっと後方で見ていたはずなのにどうして。

「充分拝見させてもらいました。私たちの知る彼があそこにはいないとわかってはいても……彼をもう楽にしてあげたいんです」

モックさんたちにしてみればシビルさんは狭いコミュニティで共に生きてきた仲間。シビルさんそのものではないとしても彼の雰囲気を残したものが、攻撃され苦しんでいるのを見続けるのは辛《つら》いのだろう。

「同時に私も決断するときが来たのだと思いました」

「……モックさん？　それは！」

そう言って差し出したモックさんの手には、右足首に填《は》めてあったはずの緑の精石が嵌《は》まったアンクレットがある。

「ハンマから聞きました。ライくんとルイちゃんが【木工】スキルを取得したと……」

「はい、それは間違いありません」

「私たちは加護が無ければスキルは使えないと思い込んでいました。まだ加護を失うことはこの上もなく怖いですが……私に関して言えば加護を失うことでスキルが使えなくなったとしてもふたりがいればなんとかなります」

「あ……だからモックさんが」

急にモックさんが同行したいと言った理由。それはつまり、【木工】の加護を竜樹に返した結果、スキルが使えなくなってもライくんとルイちゃんがいれば、村として【木工】スキルを失うことがないからだったのか。

「はい、コチさんたちが仰《おっしゃ》ることは私たちもわかってはいるんです。自我を失うほどに私たちに力を分け与えてくれた竜樹様……もはや助けることは叶《かな》わないにしても、せめて最後は感謝と謝罪を込めて力をお返ししたい。でも私たちはこれからも生きていかなくてはならないんです」

「わかります……もし竜樹の件が解決しても村の復興もありますよね」

イベントが終わればここからいなくなってしまう私たちとは違って、彼らはここでまた暮らしていかなくてはならない。この閉鎖された森では生活を補助してくれるスキルの数々は生命線なのだろう。

「だから私です。これをお返しすることでどうなるのか、彼に何が起きるのか、私の力はどうなってしまうのか……確認するためには私が最適なんです」

「コチ君」

「はい、わかっています。私がモックさんを連れていきます」

私は装備を『見習いの長杖』から『見習いの長剣』に切り替えると親方の位置を確認。緑石を返したことでなにかが起こるとは限らない。私たちのただの自己満足かも知れない。それでもモックさんが自ら加護を返却することは、村の人たちが本当の意味で自立するための第一歩になるはずだ。

「ウイコウさん、ファムさん、エレーナさん、レイチェルさん援護をお願いします。モックさん、私から離れないでくださいね」

「はい！」

シビル・ウッドオーガは両腕にあたる二本の大きな根の触腕の他にも体の各所から伸ばした根を鞭《むち》のように振り回している。これが直撃したら、戦闘職ではないモックさんは致命傷を負う可能性がある。一度たりとも攻撃を通してはいけない。

シビル・ウッドオーガに向かう私たちに早速襲いかかってくる根はそれなりに速度も威力もあるが、【大物殺し《ジャイアントキリング》】【初見殺し】の称号で大幅に上がっているだろうステータスに加え、【孤高の極み】で時間経過によるステータス補正で強化された私なら対処できるレベルのためしっかりと長剣で弾《はじ》き返しつつ走る。それでも捌《さば》ききれない分はファムリナさんの弓がピンポイントで援護してくれているので頼もしい。

幸い状況はレイド戦のため、シビル・ウッドオーガの攻撃が私一人に集中することもなくなんとかモックさんを近くまで連れてくることができた。

「親方！　少しの間防御をお願いします！」

「おう！　任せろ！　キッカ！　お前は右だ」

「はい！　師匠！」

どうやら戦闘の中で信頼関係を増したらしいふたりが、息のあった連携で私たちの左右で盾を構えてくれる。

「モックさん、今です」

「は、はい！」

モックさんは乱れた息を無理やり整えると、アンクレットを掲げて大きく息を吸い込んだ。

「竜樹様！　あなたよりお預かりした加護の一部を今、お返しいたします！　長きにわたり私たちに与えてくださった恩寵《おんちょう》に最大の感謝を！　そして、願わくばシビルに安息をお与えください！」

モックさんはそう叫ぶとアンクレットをシビル・ウッドオーガへと投げた。キラキラと夕陽《ゆうひ》を反射して光るアンクレットは静かにシビル・ウッドオーガの肩の辺りへと当たり、沈み込むように吸収されていった。そして、同時にシビル・ウッドオーガの体が淡い緑色に発光していく。

『クオオォォォォォォォォォォォォォォォ！』

「なんだいきなり！　動きが止まったぞ！」

「いや、だがゲージを見ろ、再生も止まっているぞ」

「チャンスだ！　一気に削り切れ！」


突然の変化にシビル・ウッドオーガを攻撃していた他の夢幻人も思わず動きを止めるが、シビル・ウッドオーガの変化に目敏《めざと》く気が付いた者たちから、最後の攻勢に入る。この勢いはおそらくもう止められない。このままシビル・ウッドオーガは倒されるだろう。

「モックさん……」

その様子をただ見ているモックさんは、どこかすっきりとした顔をしている。

「見てください、コチさん。シビルの顔がどこか穏やかに見えます」

「あ……」

もしかしたらモックさんのそうであってほしいという希望に過ぎないのかも知れないが、確かに無機質な能面のような顔をしていたシビル・ウッドオーガの目に温かみが、そして僅《わず》かに口角も……


〈シビル・ウッドオーガを討伐しました〉

〈ＥＰ２００を取得〉

〈緑鱗木《りょくりんぼく》を入手……〉

次々と流れていくアナウンスを聞き流しつつ、光の粒子となって消えていったシビル・ウッドオーガ、その最後の一粒が消え去るまで私はその光景から目が離せなかった。

第七章　七日目

昨日《きのう》、シビル・ウッドオーガを倒した後、沸きたつ夢幻人《むげんびと》たちと一緒に盛り上がっていたアルとミラを眺めつつ周囲を警戒していたが、結局その場ではなにも起こらず日が暮れてきたのでひとまずその場は解散になった。

私たちも一度拠点に引き上げることを決め、ミスラさんたちはこっそり『転移』で、私たちは支援魔法抜きで走って帰った。

拠点に戻ると、既に半数以上のセーフエリアが侵食されて使用できなくなっているせいか他の夢幻人のパーティもいくつかテントを立てて焚火《たきび》を囲んでいた。私たちが参戦後のシビル・ウッドオーガ戦では死に戻った人はいなかったはずなので、デスペナルティがないのを利用して通称デスルーラと呼ばれる死に戻りを利用した転移をして戻ってきたのかも知れない。死んだら復活できない大地人《だいちびと》をパーティにしている私にはできない技だけどね。

拠点に戻った私たちも昨日は、六花《りっか》のメンバーは一日戦い続けでかなり疲れていたこともあって、シビル・ウッドオーガ戦を互いに労《ねぎら》い、振り返りながら食事をした後はそうそうにテントに戻り、リユージュ村の人たちも少し話し合いたいことがあるからとその日は離れた場所で一夜を過ごしていた。

私たちもいよいよ最終日を迎えるにあたり、さすがに思うところがあったのかあまりはしゃぐようなこともせず、焚火《たきび》を見ながらちびりちびりと杯をかわした。いつものようにわいわいやるのもいいけど、現実では人との関わりを避けていたからキャンプなんて行ったこともなかったし、こういう雰囲気で飲むのは初めてだったけど……うん、悪くない。なんとなく皆との絆《きずな》が深まったような気がした。

そして、最終日の今日。私たちの目を覚ましたのは、拠点に泊まっていた夢幻人たちの叫び声だった。

「おい！　あれはなんだ！」
「おおおおぉ！　マジか！　でけぇ！」
「ちょ、ちょっと、あれってドラゴンでしょ。まだ【C・C・O】ではドラゴンって見つかってなかったんじゃ」

聞こえてくる言葉から大体何が起きたかは察することができた。

「ウイコウさん！」
「ああ、とうとう竜樹《りゅうじゅ》本体が動き出したということだね」

起き上がり、夢幻人たちが騒ぎ立てている方向に視線を向けると、そこには森の木の頂点を超えているため、ここからでもはっきりと見えるドラゴンの頭部があった。ドラゴンといってもその姿は鱗《うろこ》に覆われたものではなく、樹木が集合、変形してドラゴンの形態をとっているというものでまさに文字通り竜樹。

「おぉ、ありゃあ歯ごたえがありそうだな。腕が鳴るぜ」

『わちしとも相性が良さそうですわ』

「ふたりともやる気なのは嬉《うれ》しいんですけど、今回はあまり本気を出されると困るので気を付けてください。特にアカを含めた四彩は顕現禁止でお願いします」

「だよなぁ、まあ俺は別にいいけどな」

『ちょ、ちょっとあなた！　そんなこと言ったらわちしが全然戦いを楽しめないじゃないの！』

そんなこと言われても、さすがに他の夢幻人が大勢いる前であの鳳凰《ほうおう》を思わせる見事な姿を公開する訳には……絶対に大きな話題になるし、犯人探しもこのサーバー内の誰かってことになるとかなり限定されてしまってすぐに見つかりそうな気がするし、そうなったら情報を欲しがった夢幻人がたくさん押しかけてきて今後のプレイに支障が出る可能性もある。さらにそこからみんなが元四災だと発覚したら、今度は大地人から避けられてしまうかも知れない。いつかは四彩の皆が全然怖くない、可愛《かわい》くて頼れる存在なんだってわかってもらいたいけど、それは多分今すぐじゃない気がする。

『わがまま言うんじゃないわ、バカ鳥』

『なんですってぇ、このエロ猫！』

私の目の前でばさばさと羽ばたいて抗議するアカを追い払うように、私の肩の上からクロの尻尾《しっぽ》が振られる。

『……ま、機会があれば一撃くらいは誤魔化《ごまか》してあげなくもないわ』

「え？　珍しいねクロが自分から力を使おうとするなんて」

『ふふ、そうね。でも、わたしちょっと機嫌がいいの』

「そうなんですか、それなら私も嬉しいですけど。なんか理由が？」

この七日間、ほとんど私の肩の上にいたけど、そんな機嫌がよくなるようなことあったっけ？

思わず首を傾《かし》げる私に、肩の上のクロが小さな吐息を漏らす。

『そうね、コチには言わないと伝わらないわね。いいわ、教えてあげる』

「え、あ、ありがとう」

器用に肩の上で体勢を変えたクロは私に顔を寄せて、チロリと私の頰《ほお》をひと舐《な》め。

『この神託の期間中、ずっとあなたの傍《そば》にいられたから……よ』

「へ？　え？　な？」

『ふん！　やっぱりエロじゃない。まあ、いいわ。その時は頼むわよ』

思わぬクロの攻撃に思考停止していた私に何を言っても無駄だと思ったのか、アカはふいっと飛び去っていった。

『やれやれね、やっとうるさいのがいなくなったわ』

「……あ！　なるほど、そ、そういう訳でしたか」

クロはアカとはあまりそりが合わないから、呆《あき》れさせて遠ざけるためにってことか。危うく変な勘違いをするところだった。

『………バカ』


「さて、コチ君。もういいかな？」

「あ、すみません。脱線しました」

私たちのやりとりをニコニコしながら眺めていたウイコウさんに慌てて頭を下げる。

「構わないよ、まだもう少し時間はありそうだ」

「どんな感じになりそうですか？」

「そうだね……あの位置はおそらく昨日我々が戦った場所付近。おそらく侵食した根を使って移動してきたんだろう。その地点自体はまだ距離がある。だが、陽《ひ》が昇ってこれから移動を開始し始めればあの巨体だ、我々が考えている以上に早くここまで到着する可能性があるね」

なるほど、巨体で動きが遅かったとしてもコンパス自体が大きいから歩幅も大きいのか。

「私の予想では最速で正午。この拠点に到達されればここを守りきることは不可能……いや、アオの力を借りれば無理ではないが」

「できれば四彩の本当の力をここで晒《さら》すのは避けたいんです」

「ふむ、それは村の人たちの安全を秤《はかり》にかけても優先するほどに？」

髭《ひげ》をしごきつつ微笑《ほほえ》んでいるように見えるが、ウイコウさんの目は笑っていない。確かに誰かの命を秤にかけるような理由があって言っている訳じゃなくてただの身内びいきだから睨《にら》まれても仕方がない。

「もちろん、本当に危なくなる前に力は借りようと思っています。でも、ここで四彩の本当の力が他の夢幻人に知られれば、夢幻人同士の優秀な情報網はあっという間にその情報を広げてしまいます。そして一度広がってしまえば、四彩の皆が見せ物になってしまうかも知れません」

「……」

「四彩の皆は……リイドの皆さんもそうですけど、あの小さなはじまりの街で長い年月を過ごしてきて、やっと外に出ることができたんです。だったらなるべく自由にのびのびと過ごさせてあげたいんです」

それに四彩の存在は本来イレギュラーなもので、このイベント自体の攻略に必須《ひっす》な訳じゃない。

他のサーバーの人たちだって同じ条件でやっているんだから参加プレイヤーたちが頑張れば四彩抜きでもクリアできなければおかしい。

『……ありがとう、コチ。あなたのその気持ちがあれば、わたしたちは外での不自由なんか気にしないわ。だからいいのよ、いざというときは遠慮なく頼りなさい。あなたはわたしたちが契約するに値すると認めた主人なのだから』

クロの五本の尾が私を優しく撫《な》でてくれる。いつもはからかわれてばかりだけど、今回は本当にそう思ってくれているのが伝わってくる。

「そんな、クロ……私こそ皆には感謝しか」

『コチ……』

「クロ……」

「わかった。コチ君の意見を採用しよう」

クロと見つめ合っていたところにウイコウさんが苦笑しつつ割り込んでくる。その表情にはやれやれといった気持ちが滲《にじ》み出《で》ているが、先ほどまでの鋭いものはない。

「ありがとうございます！」

「うん、もともと頼りにするつもりはなかったし構わないよ」

「ちょ、ウイコウさん！」

思わず膝《ひざ》から力がぬけてうなだれている私を見てウイコウさんは笑っている。どうやら完全に遊ばれていたらしい。まあ、もちろん試す意味もあったんだと思うけどね。

「おい、行こうぜ！　ラスボス戦に乗り遅れちまう」

「待てって！　一応食っておかねぇと途中で空腹値がやばくなるぞ」

ここでキャンプを張っていた夢幻人たちが次々と拠点を飛び出していく。イベントボスだし、簡単に倒せる相手ではないと思うけどのんびり構えてもいられない。

「ウイコウさん、村の人たちはどうですか？」

「昨日《きのう》、加護を失ってもスキルを完全には失わないということを確認したモックさんも説得に当たってはくれているが、決断するまでには至っていないみたいだね。彼が加護を返すことを決断できたのは知人の姿に似たウッドオーガが攻撃されるのを見て、早く楽にしてあげたいと思えたことが大きいだろうからね」

「そうすると、私たちがやらなくてはならないのは……」

村人たちが決断するまで時間を稼ぐこと。それでいて、拠点が潰《つぶ》されないように竜樹を倒す準備をすること。

「竜樹を倒しきらずに足止めするように、夢幻人たちを誘導すること」

「考え方によっては他の夢幻人たちを騙《だま》すような形になるけど、やれるかい？」

「やらなきゃならないですから、やります！」

無駄に戦闘を長引かせてしまうのは、確かに裏切り行為かも知れない。でも、ただイベントを楽しんでいるだけのプレイヤーたちと、ここで命がけで暮らしている人たちだったら私の中での優先順位は決まっている。

「よし、じゃあ行こうか。とは言ってもやることは昨日と同じだけどね」

「はい」

やることは同じと言っても大きさも違えば、攻撃力防御力は勿論《もちろん》攻撃方法も違うだろう相手に、昨日のような優位な戦況を維持できるとは限らないんだろうな。

そんな私の予想は見事に裏切られた……さらに悪い方に。


「うわぁあぁ！　ロエルが踏《ふ》み潰《つぶ》された！」

「駄目だマナンも尻尾で弾《はじ》き飛ばされて死に戻った」

「くそ！　こいつのブレス直撃したら盾役でもやべぇ！」

「ていうか、全然ダメージ入らねぇんだけど！」

「魔法も【火魔法】以外はほとんど効かないから気を付けろ！」


鑑定名『エレメンタルウッドドラゴン』と表記されたイベントボス。ドラゴンとしては四足の西洋風の竜に近く、サイズや見た目は首の長い草食恐竜のブラキオサウルスに近い。

そして、そのボスがもたらしていたのは、まさに阿鼻叫喚《あびきょうかん》だった。

まずあまりの巨体故に踏み潰されたら即死。尻尾で弾き飛ばされたら即死、属性のよくわからないブレスも直撃したら即死。とにかく一撃が重すぎて攻撃をする夢幻人たちが次から次へと死に戻る。死んでもペナルティは僅《わず》かなイベントポイントの減少だけだが、ＨＰとＭＰは最低限しか復活しないので回復してからじゃないと戦線に復帰できない。そのため死に戻った夢幻人が一定数に達すると、頭数が揃《そろ》うまで攻撃を控えるしかなくなってしまい、結果としてエレメンタルウッドドラゴンの前進を許すことになってしまっていた。

　私たちも戦闘に参加はしていたが、もはや即死効果付きかと思われるような攻撃が相手では大地人であるリイドの皆を前線に出すのは怖い。結局前へと出たがるアルやミラを、取りあえずは時間稼ぎが重要だと宥《なだ》めすかして積極的な攻撃からは遠ざけていた。

「このままじゃ拠点も……よく考えろ」

　だからといってこのままでいいと思ってはいない。相手は七日間に及んだ大型イベントのボス。強いのは当たり前だ。ただこれでは強すぎる……ダメージは少しずつ入っているからいつかは倒せる。でもおそらくイベントのバッドエンドと思われる拠点の壊滅までに倒すには、いくらゲーム好きな廃プレイヤーが多かったとしても条件が厳しい。即死級の攻撃が多いということ、デスペナルティが軽いことを考えれば、運営的には序盤は死亡者が増えるのは想定内のはず……ということは死にながら情報を集めて徐々に攻略しろということ？

「……即死攻撃には対処方法がある？」

「うん、これだけ早く気が付ければ上出来だ」

　え？　と思って振り向くと、私の呟《つぶや》きに反応したウイコウさんが私の肩に手を置いて微笑んでいた。

「え、気が付いていたんですかウイコウさん！」

「本当はその対処方法まで発見して欲しかったが、これ以上このペースで進まれると拠点に被害が出る前に倒しきれない可能性が出てくるからね」

「……はい、精進します」

　ウイコウさんは笑顔で頷《うなず》いてすっと前に出ると、もはややけくそのような突貫攻撃を繰り返すようになっていた夢幻人たちに少しずつ指示を飛ばして徐々に統率していく。その流れはシビル・ウッドオーガ戦の実績があるせいか、前回よりもスムーズだ。

「アル！　今まとめた右側の攻撃役《アタッカー》を連れて右前脚を攻撃」

「おうよ！　待ってたぜ！」

「ミラは左側の攻撃役を連れて左前脚を攻撃だ」

「にゃい！　任せて！」

「いいか、ドラゴンは片足へ攻撃が集中しすぎると踏み潰し攻撃をしてくる。だから両方の足にある程度均等に攻撃を加えるんだ」

「そういうことか！　わかったぜウイコウ」

「了解」

嬉々《きき》として走り出していく二つの集団。いつの間にか六花の攻撃役であるチヅルさんとミルキーさんも交ざっている。

「ドン、盾役《タンク》と攻撃役の一部を連れて尻尾を攻撃してくれ」

「おう！」

「振り回し攻撃は予備動作が長い。見逃すことはないと思うが逃げるのは難しい。だが、必ず地面との間に隙間《すきま》がある。伏せてやり過ごすか盾を斜めにして逸《そ》らせばやり過ごせる」

「さすがだのうウイコウ！　尻尾は俺らに任せておけ！」

盾を掲げた親方に盾役の夢幻人たちの士気もあがる。

「魔法職、弓職はブレスの兆候が見えたら頭部と首の境界を狙《ねら》って一斉射だ。それでブレスを中断させられるはずだ」

「みなさぁん！　聞こえましたかぁ、お願いしますー！」

ウイコウさんの指示とファムリナさんの呼びかけに魔法職も気合が入ったらしく、ここでも鬨《とき》の声《こえ》があがる。

「凄《すご》い！　これで即死攻撃を全部封じ込められる。あとは根気強く削っていけば勝てる」

同じことをプレイヤーたちも感じたらしく、動きにキレが戻って強力な攻撃をどんどんと繰り出している。エレメンタルウッドドラゴンのＨＰバーの減少速度も今までとは比べものにならない。

今回はウイコウさんがメンバーに入ってくれていたから助かったけど、ウイコウさんがいないときには私もこうやって皆の力になれるような指揮を取れるようになりたい。一応リイドを卒業したとは言っても、皆にはまだまだ教わらなくちゃならないことがたくさんあるってことだ。頑張らないと。

「さて、コチ君」

「はい」

「こっちの戦況はこれで安定するだろう。だが、こうしている間にもあれの前進は止められていないし、ここまでの間にもかなり進まれてしまっている」

確かに戦闘が始まった場所からは結構な距離を移動している。

「このままだと決戦は、やはり拠点付近になると思う」

やはりって……明らかにエレメンタルウッドドラゴンの進行速度を調整していたような気がするんですが……

「そこで君には村の人たちの最後の説得にあたって欲しい。ここまで近づけばパーティから少し離れても戦闘状態を解除せずに『転移』で村まで戻れるはずだ」

「あ、なるほど……」

さすがはウイコウさん。私のスキルや称号の効果までしっかりと把握して作戦が練られている。

私のスキル【孤高の頂き】の効果は、戦闘時間が長くなればなるほどステータスが上がる。

「ただし、ここで説得できなければこれ以上戦闘を引き延ばす訳にはいかない。いいね」

「……はい」

ウイコウさんの力を以《もっ》てしても、全員の安全を確保できると見込めるギリギリのラインがそこということだろう。ただ倒すだけならもっと余裕を持てたはずなのに、あえて苦労をしてくれているのは私のわがままに付き合ってくれているからだ。

「必ず説得します！」

「うん、任せたよ」

ウイコウさんに力強く頷《うなず》きを返すと、深呼吸をしてから「いってきます」と呟《つぶや》いて『転移』を発動した。

くらりときた目眩《めまい》を二、三度頭を動かして振り払うと顔を上げる。

「村の人たちは？」

『気配はロッジの中のようね』

「そっか、ありがとうクロ」

肩に乗ったまま一緒に転移してきていたクロにお礼を言うと早足でロッジに向かう。振り返ってみると、既にエレメンタルウッドドラゴンの姿はかなり大きく見えるようになっていた。戦闘中のためここからでもライフゲージが見えるが、四本あったゲージはもうすぐ二本目が消えようとしている。

「急がないと」

ひとり呟き、ロッジの扉を開けた。

「だから、加護を失ってもスキルを失う訳ではないと言っているじゃないですか！　そりゃあ多少効率は落ちましたし、品質も出にくくなりましたが……」

「モックよ、お主の言っていることを疑っている訳ではない。実際にお主はいつもより時間はかかったが加護を失う前とほぼ同じものを作って見せたからの」

「それでは！」

「モック、よく考えろ。俺の【鍛冶《かじ》】やお前の【木工】ならそれなりのものが作れればなんとか役目を果たせるが、ソウカ爺《じい》の【調合】やトルソの【料理】はそうはいかない。薬の質が落ちて助けられたはずの人を失うかも知れないし、汚染の処理を間違えれば食べた者に重大な病が発症する可能性もある」

「……それは、そうですが」

中に入ると村の人たちの話し声が聞こえてくるが、その様子はきっと同じ議論を何度も繰り返しているんだろうなと思わせる。だからなんとなく思ったんだ、このままでは結論が出ることはないって。

村の人たちを説得するためには、おそらく外の人間からの言葉が必要になる。私がその言葉を持っているかどうかは別として……そもそも明日にはいなくなってしまう私が、この場所でずっと生きていかなくてはならない人たちのことに口をだす権利があるんだろうか。その想《おも》いが私の口を押さえ付けている。

『コチ、いいから言ってやりなさい。あなたはここにいる人たちの命を助け、そればかりか食事を与え、畑や家を与え、拠点の防衛にまで力を尽くしてきたわ。それくらいの権利はあるはずよ』

「クロ……」

『というか、これでコチに「お前には関係ない」とか言おうものなら……ちょっと抑えきれる自信はないわ』

「ちょ、ちょっとクロ。まだ誰《だれ》もそんなこと言ってないから、落ち着いて」

その場面を想像しただけで腹が立ってきたのかぞわりと毛を逆立て、小さな妖火《ようか》を生み出し始めたクロを慌てて撫《な》でて宥《なだ》める。

『…………そう？　でも、実際にそうなったら殺《や》るわよ？』

「そんなことしなくていいよ。私はクロがそう思ってくれたことの方がずっと嬉《うれ》しいです。だから、もしそんなことになっても全然気になりません。それよりもクロが弱いものいじめするのを見る方が悲しいかな」

『……ふん！　わ、わかったわよ。おとなしくしているわ』

クロが落ち着けるように笑顔を見せながら諭すと、しぶしぶながらクロも納得してくれた。ちょっとふて腐れたようにそっぽを向いちゃったけど、怒ってはいないはずだ。クロは優しいからね。

「うん、ありがとうねクロ」

でも、クロのお陰で決心できた。ここで村の人たちと喧嘩別《けんかわか》れしたとしても、伝えたいことを伝えないで失敗するよりはいい……あ、そうか。

現実でもそうだったのかも……なんとなく思っていることがわかるからって避けてばかりいないで、ちゃんと伝える努力をしなきゃいけなかったんだ。そうしないと良くも悪くも何も始まらない。話すことで打ち解けられることだってきっとたくさんあったんだ。

「よし！」

私は小さく自分の両頬を叩《たた》くと歩いて村の人たちの輪に加わる。

「コチさん！　どうしたんですか？　戦いの方は」

カラムさんが真っ先に私に声をかけてくるが、その問いかけには答えず村の人たちの顔をひとりずつ確認していく。どの顔にも不安の色が見えるが、それはやむを得ないことなんだと思う。加護を失っても村人を説得していたモックさんにすら不安が見えるということは、この人たちにとって加護というのは本当に生きる支えになっていたということ。でも、加護に頼りきりになり、加護をうまく使えないだけで疎外されているとカラムさんが感じて村人たちと距離を置かなくてはならないような環境は絶対に間違っている。

「もうすぐこの場所に竜樹の化身だと思われるドラゴンが来ます」

はっきりと告げた私の言葉に村人たちが静まり返る。

「ですが、カラムさんに召喚された夢幻人たちが協力して戦っているのでこの場所が被害を受けるまでに倒すことができると思います」

「そ、それは……なんともありがたい。夢幻人の皆様に感謝をしなければならぬな」

「本当にそれでいいんですか、ソウカさん」

「……なにがじゃ」

私の問いかける言葉にむっとしたのかソウカさんの目が細くなる。だけど、怒りを感じるということは、ソウカさんの中にも負い目に感じている部分があるということなんじゃないだろうか。

「このままあのドラゴンを全く関係のない私たちが、ただ倒してしまっていいのかと聞いています」

「なにを馬鹿な……だからといってあのような大きな魔物相手に我々がなにかできる訳なかろう」

「戦えと言っている訳ではありません。あなたたちはあの優しいドラゴンをあのまま死なせてしまうことに対して思うところはないのか、そう聞いているんです。あなたたちの先祖は、あのドラゴンが身を削って与えてくれた加護があったからこそ、子供だけだったにもかかわらずこの森の中で生き抜くことができました。そのドラゴンが今、あんな状態になってしまっているのも皆さんに力を分け与えすぎたからなんですよ」

「む……それは」

　ソウカさんの表情が曇る。状況は把握しているということだろう。

「ただ、皆さんが力を返してもドラゴンがもう元に戻ることはないそうです」

「それなら、力を返しても我らがただ加護を失うだけではないか！」

「……そうですね。ですが、それがなにか？」

「え？」

「あなたたちが今しようとしていることは、お金を借りたにもかかわらず返済を拒否し、貸した相手が死ぬのを待って借りたお金をちょろまかそうとしているのと同じことです」

「さ、さすがにそれは言いすぎじゃないのか！」

　借金を踏み倒そうとしていると言われ、ハンマさんが抗議の声を上げるが勢いだけで口を衝《つ》いた言葉らしく、論理的な反論はできない。だって、ハンマさんは私の言うことが正しいとわかっているはずだから。

「甘えないでください！　なんですかあなたたちは！　小さい子供しかいなかった時とは違うんです。あなたたちは立派な大人です！　しっかりと培ってきた経験と技術があるじゃないですか！

加護やスキルがなくたって物は作れるし、料理だってできるんです。それを子供たちにあなた方が伝えていかなくちゃいけないんです！　横着しないでください。面倒で大変ですけど、技術や知識はそうやって引き継いでいくものなんです……師匠から弟子へ、親から子へ、その過程の中で少しずつ技術は研鑽《けんさん》され、新しいやり方が発見され、少しずつ良い物が出来上がっていくんです」

だから私も師匠たちから教わった技術を出し惜しむことはしない。リナリスさんや料理好きの人たちに対しても、六花の皆さんに対してもそうしてきた。

「兄ちゃん！　俺は返すよ」

「ライ！」

「大丈夫だよ、母ちゃん。だって俺【木工】を覚えられたんだ。【採取】だって今まで覚えた草や木の種類を忘れる訳じゃないし、いつもよりちょっと時間がかかったって見つけられるよ。もし、時間を短くしたいならタスケやキヨナに助けてもらえばいいんだ」

「ルイもいいよ。ルイもリュウくんやシーナちゃんと一緒に【採掘】してみたかったし」

「ルイ……」

「それに……なんだかドラゴンさん、苦しそうだったから。ルイがこれを返すことで少しでも楽になるなら、ルイはこれいらない！」

ライくんとルイちゃんが手首に填《は》めていた緑石のブレスレットを外してテーブルに置く。

「ありがとう、ふたり共。ドラゴンさんを助けてあげることはできないけど、きっと喜んでくれると思う」

「コチさん、私もお返しします」

「カラムさん、ありがとうございます」

カラムさんが緑石の付いた指輪を外してテーブルに置く。

「私は、ミスラを助けられただけでこの加護には感謝しかありません。それ以上を求めるなんて贅《ぜい》沢《たく》すぎますから加護をお返しすることに抵抗はありませんでした。だから本当はもっと早くコチさんに告げるべきだったのですが……加護を使えないことで半ば逃げ出すようにしてこんな森の外れで暮らしていた私が率先して加護を返すと言うのもなかなか言い出し難《にく》くて、すみませんでした」

確かにカラムさんの立場なら、周囲の人に当て付けだと思われるかも知れないと思ってしまうのは当然だろう。そんな中でも申し出てくれたことがとても嬉しい。

「はぁ……カラムがそう言うなら助けてもらった私がごねる訳にはいかないわね」

そう言ってミスラさんも緑石の付いたピアスを外す。

「あなた……」

「ああ、子供たちに遅れるとは親として恥ずかしい」

「…………」

マチさんとハンマさんがブローチとベルトを外すと、同時にトルソさんもアンクレットを外してテーブルに置いた。これで残るはあと一人。

「皆、それでよいのじゃな」

ソウカさんの最後の問いかけに村人全員がしっかりと頷く。それを見たソウカさんは今までの厳しい表情を崩し優しい笑みを浮かべると、うんうんと頷いて自らもイヤリングを外した。その潔さはさっきまで加護を返却することを強く反対していたとは思え……

「あ、そういうことか……」

「コチ殿」

呟いた私の言葉にソウカさんが目線を向けてくる。あ、秘密なんですね、了解です。

『どういうことなの、コチ』

『ああ、つまりソウカさんは村人の心の奥にあった不安を代弁していただけなんだ。場の雰囲気や勢いに任せて加護を返却したら、後で本当は返したくなかった、あのとき返さなければよかった、という思いが出てくるかも知れない。だからソウカさんは、村の人たち自身に自分で決断して欲しかったんだ』

『……なんで自分で言わないのよ』

首を傾《かし》げるクロが可愛《かわい》い。でも、きっと四彩の皆やリイドの師匠たちならそう思うんだろう。

『うん、どうしてだろうね。でも、僕はわかる気がする。ひとの目や、どう思われるかが怖くて縮こまっていた僕なら』

『コチ？』

村の人たちにはドラゴンに借りた物を返さなくてはという思いは最初からあった。ただ、将来への不安も当然ある。だけど、その不安を口にすれば周りの人たちから酷《ひど》い奴《やつ》だと思われるかも知れない。だから表向きは返却して当然という顔をする。抱えた不安を見ない振りをして閉じ込めてしまう。

それはいつか閉じ込められた場所から溢《あふ》れて不満として爆発しただろう。だからソウカさんは、嫌われ役を引き受けて皆の不安を代わりに解放していた。さすがは年の功ってことかな。

「皆さん、ありがとうございます！　私はどうしてもあの優しいドラゴンをあのままにしておくのが嫌でした。なんの得にもならないのに、私のわがままに皆さんを巻き込んでしまっていいのかとも考えました。でも、ずっとお腹《なか》を空《す》かせていたあのドラゴンに最後くらいはお腹いっぱいになって欲しかったんです」

「コチさん、安心して。私たちも同じ気持ちだから」

「ミスラさん」

「昔、私たちの御先祖様があのドラゴンのところへ辿《たど》り着《つ》いたとき、疲労と空腹で皆が倒れそうだったと伝わっているわ、でもそんなときあのドラゴンが助けてくれた。なら、今度は私たちが……私たちはあの時借りた物を返す。それだけよ……まあ、それだけのことがなかなか決められなかったのは恥ずかしい限りだけど」

照れくさそうに顔を伏せるミスラさんの肩をカラムさんがそっと抱きよせる。おっと、いつの間にか大分距離が縮まったらしい。というか、元々お互いに意識していたんだろうし、加護の件がなければもっと早くに想《おも》いが通じていたんだろう。

『コチ』

うん、わかってるよ、クロ。

「それでは皆さん。そろそろドラゴンがここまで来ます。加護を持って付いて来てください」

村の人たちに緊張が走る。そりゃあ、あんな大きい相手に戦う力も持たないのに近寄るのは怖いだろう。

「安心してください。皆さんは絶対に守りますから……【召喚《サモン》：蒼輝《そうき》】。ルイちゃん、アオを持っていて、絶対に皆を守ってくれるから。アオ、頼むね」

『承知』

外の池にいたアオを手元に召喚し直して、ルイちゃんの手にそっと置く。

「うん！　お願いねアオ」

満面の笑顔で頷《うなず》くルイちゃんに、村の人たちもいくらか落ち着きを取り戻してくれたらしい。

「では、行きます」


率先してロッジを出ると、そこにはもうすぐそこまでエレメンタルウッドドラゴンが来ていた。元々のサイズが大きいからそう感じるのかも知れないけど、ここまで辿り着くのも間もなくだろう。

「それにしてもさすがだな」

ウイコウさんがダメージを調整したのだろうけど、エレメンタルウッドドラゴンのライフゲージは既に残り一本を割りそうになっている。しかも見た感じ意図的にあの残HPを維持している気がする。おそらくHPゲージが最後の一本を割り込んだら、攻撃パターンが変わる可能性を考慮してだろう。

「ここで迎え撃つ訳にはいかないので、こちらから向かいましょう。ハンマさんはソウカさんを助けてあげてください」

「あ、いいわよコチさん。ライルとルイを抱き上げてくれれば一人分として『転移』できるから村の人は一度に連れていけるわ」

「なるほど、わかりました。それでは私も『転移』しますので続いてください」

イベント限定だろうとはいえ、本当にミスラさんの『転移』は優秀だ。いつか私もそのくらい使いこなせるようになりたい。でも、今はエレメンタルウッドドラゴンに集中しよう。

「行きます」

マップでパーティメンバーの位置とそこまでの距離を確認して【時空魔法】『転移』を発動。視界が切り替わると同時に、なかなか慣れないくらりとした感覚。よし、成功。

すぐに私の背後に複数の気配が現れたのでミスラさんの『転移』も危なげなく成功したらしい。

「あ、あれが竜樹様……」

「あんなお姿に……」

「ドラゴンさんやっぱり苦しそう」

到着した村の人たちは初めて間近に見るドラゴンの姿に驚いているが、それは驚愕《きょうがく》というよりは、痛ましさの方が強いらしい。

「さすがだね、コチ君。いいタイミングだ」

これなら村の人たちも大丈夫そうだと一安心した私にウイコウさんが声をかけてくる。

「いいえ、ウイコウさんこそよくあのドラゴン相手にここまで戦いをコントロールできましたね」

「私の力なんてほんの少しに過ぎないよ。やはり夢幻人というのは特別な種族なのだと改めて認識させられたよ」

ウイコウさんをしてそこまで言わしめるくらい、夢幻人、つまりプレイヤーたちの能力が高かった。それには適応力も含まれるようで最初こそウイコウさんの指示に頼る部分があったようだが、徐々に自分たちでさらなる最適解を探し当て、どんどん攻撃の効率化をしていく様子にウイコウさんは寒気すら覚えたらしい。結局最後はあえて安全策を指示することで攻撃のペースを落とさせるようにしていたらしい。でも、我の強い夢幻人たち相手にそれができるだけで充分すぎる程ウイコウさんも凄《すご》いと思う。

「さて、彼らを抑えておけるのも限界だし、ドラゴンも村人たちの持つ加護に気が付いたようだ。始めよう」

「はい」

とは言っても、暴れているエレメンタルウッドドラゴンにどうやって加護を返せばいいのか……私が加護を持って行って投げる？

「よいか、皆のもの」

方法を苦慮していた私を尻目《しりめ》に、いつの間にか数歩前に出ていた村人たちがソウカさんを中心にして、加護を宿した装飾品を手に並んでいた。

「竜樹様！　我らリュージュ村にて加護を授かりし者でございます！」

第一声を放ったのはソウカさん。朗々と叫んだその声は歳《とし》を感じさせないほど力強い。

「長らくお預かりしていた力をお返しいたします！」

続いたのはミスラさん。加護に振り回されカラムさんとギクシャクしてしまったけど、だからこそ今回の事態を乗り切れた。カラムさんが加護を使えなかったことすら竜樹様の恩恵かも知れないって言っていたっけ。

「本当に長い間、私たちを見守ってくださりありがとうございました！」

「ドラゴンさんありがとう！」

「竜樹様ありがとうございました！」

マチさんとルイちゃん、ライくんが心からの感謝を述べる。

「俺たちはもう大丈夫です！　竜樹様から頂いた恩恵は俺たちのこの手に！」

「私たちのこの胸の中にあります！」

ハンマさんとモックさん、職人肌のふたりは加護がなくともきっと良い物を作り続けるだろう。

「……」

トルソさんは気持ちだけを込めたらしい。うん、なんとなく伝わったから大丈夫。そして、最後はカラムさんだ。

「竜樹様、私たちはもう大丈夫です。自分たちの力で生きていくことができます。そのための力を身に付ける時間を頂けたことを感謝します。そして……これほどまでの時間がかかってしまったことを謝罪いたします」

凛《りん》とした雰囲気で静かに頭を下げた姿は、頭を下げているとは思えないほどに凛々《りり》しい。加護のせいで辛《つら》い思いをしただろうに、そんなことは全く感じさせない。最初は頼りない人だと思ったのに、この七日間で一番成長したのはカラムさんかも知れない。

「あ」

そう声を漏らしたのは誰《だれ》だっただろう。村の人たちが手に持っていた緑石が一斉に光を放ちだすと、石だけが空へと舞い上がっていく。舞い上がった八つの緑の光、その光は吸い寄せられるようにエレメンタルウッドドラゴンの長い首の中ほどをくるくると回り、やがてゆっくりと吸収されていった。

その光景は幻想的で、攻撃に夢中になっていた夢幻人たちも思わず手を止めてその様子を見守っていた。そして、長い時を経てやっと自分の力を取り戻したエレメンタルウッドドラゴンは前進も攻撃も止《や》めその顔を空へと向け……鳴いた。

『クォォォォォォォォォォォォォォォォ！』

その物悲しくも耳に優しい鳴き声に思わず聞きほれていると、何故《なぜ》か村の人たちが全員涙を流していた。

「ど、どうしたんですか、皆さん！」

「兄ちゃん……竜樹様が、竜樹様が……ありがとうって」

「それでね、それでね……ずっと守ってあげられなくてごめんねって……あと、さようならって」

「ライくん、ルイちゃん……」

マチさんハンマさんふたりも涙を流して抱き合っているので、泣きじゃくるふたりを代わりに抱きしめてあげる。

それにしても……そうか、あの鳴き声は村の人たちに対する感謝とお別れなんだ。

『……コチ、良かったわね』

『はい、こうなるとは思ってはいなかったですけど』

『ふふ、あなたが頑張った結果よ。もっと誇りなさい』

『……そうですね、でもだったら私はこの七日間私を助けてくれた皆を誇ります』

『……あなったって人は……ふふ、いいわ。あなたへのご褒美と、優しい精霊竜をこれ以上苦しめないようにわたしが力を貸してあげるわ』

「え、クロ？　なにを」

クロがひょいと私の肩から飛び降りると同時に周囲にほんの少し靄《もや》がかかる。

「え、これってクロの幻術？　こんな広範囲に？」

その靄はあっという間に戦場全体に広がる。だが、私の目には幻術によって生み出されたものは何もないように見える。

『赤鳥、十秒後に全力攻撃よ』

『あら、珍しい。あちしのために力を貸してくれるなんて』

『馬鹿言わないで、コチのためよ』

素っ気なくそう言ったクロの姿がみるみると巨大化していく。いつもは力を抑えて小動物のような姿をしている四彩が本当に姿になる私たちが顕現と呼んでいる現象だ。

子猫の姿だったクロはライオンサイズを超え、あっという間にゾウほどのサイズになる。鋭い爪、牙《きば》、そして黒い炎を纏《まと》わせたかのような五本の尻尾《しっぽ》、かつて全《すべ》ての国を滅ぼす災いと言わしめた朧月《おぼろ》の本当の姿だ。だけど、それを周囲に見せないために今回は。

「朧月、顕現は！」

『大丈夫よ、わたしたち以外には今まで通りに見えているわ。そしてこれからハメを外す赤鳥の攻撃もなんとなく違和感を生じないようにしておくから安心なさい』

え、本当に？　ここには百人以上の人がいるのに、その全員に幻術を？

『燃えてきましたわ！　全力で行きますわぁ！』

「ちょ、ちょっとアカ！　ていうか紅蓮《ぐれん》！　大丈夫？」

気が付いたときにはいつの間にか顕現して、鳳凰《ほうおう》を思わせる巨大な火の鳥となっていた紅蓮が必殺技発動寸前だった。

【天翔《あまかけ》】

全ての空を滅ぼすと言われた紅蓮の必殺技で風属性と火属性の複合スキル、燃え盛る炎と羽ばたき、突進で生み出された風は対象を火炎旋風に閉じこめ焼き尽くす。

巻き込まれる人が！　そう思って慌てて周囲を確認するが、いつの間にかリイドの面々がエレメンタルウッドドラゴンの近くにいた人たちを強制的に避難させていた。

「さすがの連携だけど、紅蓮気合入りすぎじゃないのか」

あの巨大なエレメンタルウッドドラゴンの体全てを炎の竜巻が覆っていて、周囲には熱風が吹き荒れている。

「いや、まだ足りない。コチ君、いまこそあれを全解放するときだよ」

「あ、なるほど」

ウイコウさんに言われて、半ば忘れかけていた私の右手中指にはまった指輪を見る。これはトレノス様から貰《もら》った白露《しらつゆ》の指輪、静謐《せいひつ》な銀色のリングに七つの青い宝玉があしらわれた綺麗《きれい》な指輪で、装備するだけでＩＮＴ《知力》を＋２０、ＭＰを＋５０もしてくれるチート級の装備だ。だけど、この指輪の真価はそこじゃない。宝玉一つにつきＭＰを１００もストックすることができて、しかもそれを自分で使うことも魔法として放つこともできる。

ウイコウさんはその魔法を七つ分全て解放するべきだと言っている。今も火炎旋風によってがりがりと削られているエレメンタルウッドドラゴンのＨＰは、まもなく収まりそうな火勢から考えてもおそらく最後のＨＰゲージの４割程度は残る。そこに追撃で７００ＭＰ分の魔法を撃ちこむ。

「わかりました」

今回は戦闘で活躍することはないと思っていたので、ちょっと緊張してしまうが遠距離からの魔法攻撃なら落ち着いて行動できるので助かる。

『しっかりやりなさい』

大きくなっても顔を洗う動作は立派な猫で可愛《かわい》いクロに眼《め》だけで応《こた》えると意識を白露の指輪へと集中していく。

「炎が消えたら撃っていい」

ウイコウさんの言葉に頷く。

「白露の指輪、全解放《フルリリース》」

私が設定したキーワードに従って指輪の宝玉から一つずつ冷気を纏う水の球七つが、私の周囲に現れる。そして撃つタイミングはすぐ訪れる。紅蓮の放った炎が消え、体のところどころが炭化したエレメンタルウッドドラゴンへ右手を向ける。

「放出《ショット》！」

七つの水球が一気に加速してエレメンタルウッドドラゴンへと向かい、顔、首、胴体に次々と命中、衝撃と水しぶきを撒《ま》き散《ち》らし、その水分を余熱で水蒸気へと変化させていく。

「……まだ、足りない」

しかし、その攻撃を受けてもまだエレメンタルウッドドラゴンのＨＰゲージは二割を残していた。

「いや、これでいい。全員、総攻撃！」

「よし、お前らいくぞ。最大の技をぶちかませ！」

「にゃ！　こっち負けずにもいくよ！」

「おら、盾持ちだからって遅れんな！」

「魔法、弓部隊もいってくださぁい！　【土魔法】推奨です～」

「「「「おおおおおおおお！」」」」

どうやらここまでを読み切っていたらしいウイコウさんの即座の突撃命令にリイドのメンバーが呼応し、夢幻人全員それぞれが自分の持っている最大の技を叩《たた》き付けていく。その攻撃の威力が心なしか上がっている気がするのは……あ、そうか。

「温度差……」

ウイコウさんは髭《ひげ》をしごきながらにこりと笑う。どうやら合格らしい。

白露の指輪から放たれる魔法は冷気を帯びた水系魔法弾。普通なら木属性っぽい相手には効果が

薄い。それにもともと魔法抵抗力が高い相手、だから削り切れないことはわかっていたんだ。でも紅蓮の炎で熱せられたエレメンタルウッドドラゴンの体を、白露の指輪の魔法で急速に冷やしたことで、急激な温度差にさらされたエレメンタルウッドドラゴンの物理防御力が低下した？

「まだまだ目指す頂は高いか、でもだからこそやりがいもあるってことだよね」

小さな溜息《ためいき》と共にそう呟《つぶや》く私の前では、ちょうど一斉攻撃を受けていたエレメンタルウッドドラゴンが緑色の粒子を周囲に振りまきながら徐々に消えていくところだった。大歓声と共に沸き立つ夢幻人とは対照的に、村の人たちはその様子を涙を流しながら見つめていた。

『み……んな…………ほん……と、うに…………ありが、と……う』

「あ……」

消えていく優しいドラゴンの最後の声が私にも聞こえた気がした。

第八章　結果発表

エレメンタルウッドドラゴン撃破後、イベント終了までの時間は根から解放されたルージュ村で、他の村人たちも解放して夢幻人《むげんびと》、大地人《だいちびと》入り乱れての打ち上げという名のお祭りだったんだけど、私たちと元加護者はあまり騒ぐ気にもなれず、村人たち解放後は拠点へと戻って最後までの時間を特に騒ぎ立てることもなく、静かに杯をかわしながら過ごした。

そして、陽《ひ》が沈もうとする頃《ころ》にその時はやってきて、別れを惜しんで泣いてくれたライくんとルイちゃんの頭を撫《な》でながら私は古《いにしえ》の森から転移させられた。


次に気が付いたとき私は真っ暗な空間にポツンと立っていた。パーティを組んでいたはずのアルやウイコウさんたちも近くにはいない。イベントには参加できても、結果発表に大地人は同席できないということなんだろう。あんなに頑張ってくれた皆が正当に扱われていないようで非常に怒りを覚えるが……私にどうこうできるような問題ではないのもわかっている。

「せめて私たちが力を合わせた結果がどんな評価を受けたのかをしっかりと皆に伝えてあげよう」

改めて周囲を見回すと、他のパーティの姿がいくつも見えるがパーティ単位で区切られているようで姿は見えても移動まではできないらしい。多分だけど、個人ランキングとかの発表の時にそのプレイヤーを守るためのシステムなんじゃないかと予想。ランキング上位者が顔バレして、宝くじで大金が当たった人みたいにトラブルを引き寄せてしまうとかがあるかも知れないし。

ちなみにランキングに入った場合に名前を呼んでもいいかどうかの確認もさっきあったので、私は非開示にしてある。トッププレイヤーの人とかなら身バレしてもいいだろうけど、もし仮に初心者丸出しの私がランキングに入ってしまったら、誰かに絡まれる可能性が高くなるだけだ。

そうこうしているうちに真っ暗な空に花火が数発打ちあがり、プレイヤーたちの視線が空間の上部に集められると、拡大された綺麗《きれい》な女性のバストアップの映像が浮かび上がる。

『それでは【C・C・O】初の長期大型イベント【古《いにしえ》の森に巣食う魔物を倒せ】のランキング発表を行います！』

女性の綺麗な声の宣言に、プレイヤーたちが歓声を上げる。推測通り音声に関しても制限を解除したようで、百名×百サーバーだと計算しても一万人はいるはずのプレイヤーの声が地響きのようだ。

『のちほど全《すべ》てのランキングを公式ページに公開しますので、ここでは各部門の五位までを発表したいと思います』

MCの女性が指を鳴らすと、その隣に縦に並んだ《1》から《5》までの数字とサーバーランキングの文字が浮かぶ。私たちがいたのは71サーバー、魔物の討伐数的にはどうだかわからないし、イベントストーリー的には悪くないはずなんだけど、順位の基準がわからないからどうだろうか。

『第五位は51サーバーです！　所属プレイヤー全員に1000EPが入ります』

ドラムロールに続いて《5》の数字の隣に表示された数字とMCの発表に、どこか遠くで歓声があがる。どうやらある程度サーバーごとに固まって配置されているらしい。ということは私の視界にいるのは大体が同じサーバーの人ってことか……確かによく見れば武器や料理を売った時に見た顔の人がいる。ただ、六花《りっか》のメンバーが見える範囲にいないのは残念かな。

『第四位は82サーバー！　五位とは僅差《きんさ》でしたね～おめでとうございます。所属プレイヤーに１５００ＥＰです』

『第三位は9サーバーです。三位より上はイベントストーリーの進め方が他よりも優秀でしたね～。怪我《けが》をしていた女性を延命させてイベントを終えたサーバーは結構ありましたが、治療したのは上位の三つだけでした。２０００ＥＰを差し上げます』

　ミスラさん的な立ち位置の人を治療できたのは三組しかいなかったのか……確かに薬師《くすし》の村人を助けるのは大変だし素材や調合も難易度が高かった。

『どんどんいきますよ～。第二位は1サーバー！　ここは特殊でしたね～。まさか、強力な回復魔法で治療をごり押ししてしまうとは思いませんでした。聖女様凄《すご》すぎです。それとラスボス最速撃破もこちらですね。まさか全プレイヤーをあそこまで統率してボスをタコ殴りにするとは思いませんでした。なんと討伐タイムが一時間を切っています！　軍師様やりすぎです。その理不尽な活躍に敬意を表し３０００ＥＰを贈呈です！　なんて最初から決まってた報酬ですけど』

　あの巨大な竜樹《りゅうじゅ》を一時間以内で倒すとか本当に？　ウイコウさんの統率も凄かったと思うけど、うちはどっちかっていうと時間稼ぎをしていた面もあるからね。それにしてもさらに凄いのは、ミスラさんのあの症状を回復魔法でごり押しで治したってことだ……一体どうやったのかは想像もつかないけど、多分運営側も想定してなかったんだろうな。なんかその強引なやり口が姉さんぽいけど……それはないか。あの姉さんが回復職なんかする訳ない。きっとごりごりの女戦士とかになっているはず。

『さあ、いよいよサーバーランキング優勝の発表です！　なんとこのサーバーさん、実はイベントストーリー制覇率120％という有り得ない数字を叩《たた》き出しています。100％超え？　と思われた方もいると思いますが……つまりこのサーバーの方、まあぶっちゃけてしまうとほぼ2パーティだけで、こちらが達成不可能だろうと思いつつネタで仕込んでいた隠しストーリーまで完全にクリアしてしまったんですよ。まあ、イベント詳細についてはのちほどランキングと共に公式ページの方でネタばらししておきますので～。では優勝サーバーの発表です！　優勝は………71サーバーです！　イベントストーリーに貢献した2パーティ以外の方には棚ぼたですが、なんと5000EPを上げちゃいます！　持ってけドロボー！』

ん？　いま、71って言った？　その割には私の周囲の人たちが騒いでいないんだけど……

「うわお！　やったね！　コッきゅんありがとう！」

「兄弟子！　聞こえるか！　やったぞぉ！」

あ、あの声はミルキーさんとキッカさんだ。ていうかその呼び方はどうなのミルキーさん。でも、ということはやっぱり私たちのサーバーが優勝？　はは、カラムさんたちを助けたくて頑張ってただけで、イベント上位に入りたくてやっていたことじゃないけど……でもそれが認められたみたいで嬉《うれ》しい。この結果をそのままアルたちに伝えるのは難しいけど、異界の神から最高の評価を受けたということで伝えてあげよう。

ミルキーさんたちの声に引っ張られるように私の周りで起こり始めた大歓声の中でそう決めた。

◇　◇　◇

「さて、何を選ぼうかな」

結局、残りのランキングは魔物討伐数ランキングが圏外でパーティランキングが五位だった。うちのパーティはイベントストーリーで得たポイントが多くて序盤の魔物討伐ポイントが控えめ。それなのにこの順位なら上々だろう。ちなみに六花はシビル・トレントで荒稼ぎしたこともあり三位に入賞していた。

後は、このイベントで得たポイントを報酬と交換すれば今回のイベントも本当に終わりだ。一応運営の計らいでこの場からの退出ボタンを押さなければゲームに復帰せず時間加速状態のままらしいのでゆっくりと報酬を選べる。

私が今回得たポイントは一万五千とちょっと。おそらくかなり多い方だと思うのでリストに上がっているものは全部選択できるはず。ちょっとわくわくしつつ報酬のリストを表示。

「各種薬草と鉱石……お、属性付きの鉱石もある。武器や防具もたくさんあるけど、どうせ装備できないし、必要な物はいずれ自分たちで作るからこれは無視。高額ポイントとしては……あ、SPの実がある。使用するとSPが＋5か。私にとって5SPは貴重だけど、今のところMP極振りだからそこまで必要じゃないし。えっと、とりあえず一番高いのは……え？」

リストの一番下にあった最も高額なものは、なんと一万二千五百EP！　でもこれは交換するしかない。

『★緑竜樹の苗木　12500EP』

★が付いているのはイベント中に条件を満たしたから出てきたアイテムってことらしいから貴重であるのは間違いない。ただ、この苗木を植えたところで何か私の利益になるような実がなったりとかはないと思う。でも……せっかく頑張って獲得したポイントのほぼ全てを注《つ》ぎ込んでしまうけど、苗木を植える場所は確保できるし……今度は自由にのびのびと育ててあげたい。

「苗木と……あとは森で見つけた新素材の種があるからそれを全種類。収穫できたらゼンお婆《ばあ》さんに見せてあげよう。残りは適当に鉱石を放り込めば幾つかの見習い装備を強化できる。よし、これで終了。さあ、帰ろう」

メニュー画面を呼び出して、退出ボタンを押せば……そこは既に私の帰る場所のひとつとなった『兎《うさぎ》の天敵』の二階リビングだ。

「ただいま戻りました！」

「おかえりなさいコチ。なかなか面白い日々だったみたいね」

「エステルさん！　はい。お土産《みやげ》はないですけど、土産話はたくさんあります」

魔法の師匠金髪美人のエステルさんが、笑顔で出迎えてくれる。たった一週間会わなかっただけなのに随分と久しぶりに感じてしまう。

「よく戻ったね、あんちゃん。さあ、わたしらにとっちゃ半日にも満たない時間だったけどあんたらにとったら久しぶりだろ。打ち上げといこうじゃないか」

「おかみさん、ありがとうございます！」

料理の師匠であるラーサさんが豪快に盛り付けられた料理をテーブルに置きながら宣言すると、先に戻ってくつろいでいたイベント参加組から歓声が上がる。

「ふふ、しょうがない人たちね。さ、行きましょうコチ」

「はい！」

こうして、長いようで短かった私の初イベントは終わった………とこの時は思っていた。

◇　◇　◇

「なんだか急ににぎやかになったなぁ」

『兎の天敵』裏口から出たところに置かれたテーブルと椅子、その椅子に座って広くなった畑を眺めながら呟《つぶや》く。私の視界にはコンダイさんの教えにより綺麗に管理された畑が広がっていて、いろいろな作物が青々と育っている。その中でも目立つのは植えるのに畑一面分の容量を要求された一本の木だ。

『ちょっと新入り？　コチの肩の上はわたし専用よ、どきなさい』

『くぉん』（ふるふる）

　私の目の前を左肩に乗ったクロの長い尾が横切り右肩に乗った緑色の小竜をどかそうとするが小竜は首を左右に振ると、クロの尾に抵抗しつつ右肩にしがみついてくる。別にクロや小竜が肩に乗っていても重いとは感じないが、肩を竦《すく》めることもできないのはちょっと窮屈かも知れない。

「兄ちゃん！　兄ちゃん！　これ見てくれよ、俺が【木工】で作った竜樹様なんだけど格好いいだろ！」

「お兄ちゃん、教えてもらったコマを作ってみたの！　どう？　凄いでしょ。あと紐《ひも》を作りたいから【裁縫】も教えて」

　続いてこちらに駆け寄ってきたのは元気いっぱいに自分たちで作った作品を掲げたライくんとルイちゃんだ。現在は『兎の天敵』の店員兼職人見習いとして住み込みで働いている。

どうしてふたりがここにいるのか、順を追って思い出してみる。まず最初はイベントで入手した【緑竜樹の苗木】を畑に植えたのが始まりだった。

当初、植木鉢サイズだった苗木は畑に植えられた途端にぐんぐんと生長し、ゲーム内時間で三日もすると大人の背丈ほどの樹木へと育った。その生長速度に驚きながらも水やりをしていた時に現れたのがライトグリーンの小さな竜の形をした樹精だった。ファムリナさんが言うには、とても私に懐いているようなので【精霊魔法】スキルがある私なら名前を付けてあげれば契約精霊になってくれるだろうとお墨付きをもらっている。

ただ、生まれたばかりですぐに契約をしてしまうこともないかな、と思ってしばらく好きにさせていたんだけど、どこへ行くにも付いてきて離れないし、これだけ懐いてくれて一緒にいてくれるとなると、もう可愛《かわい》らしさと愛着が右肩上がりのうなぎ登りなので、もう契約してしまおうと考えていたところに現れたのがミスラさんだった。

どうしてここに来たことのないミスラさんが『転移』でここに来られたのか？　と当然考えた私の問いにミスラさんは竜樹様の気配を感じたのでそれを辿《たど》って来たと笑いながら言った。もし、竜樹の気配がまだ感じられるとするならば、その近くには私がいる。なぜか村人たちは全員一致でそう思ったらしい。なんでだ！　と思わなくもないが事実その通りだったので何も言い返せませんでしたけどね。

こうして、私のホームとの行き来が可能になったミスラさんが村の人たちと相談して頼んできたのが、ライくんとルイちゃんを私たちに預けて、いろいろなスキルを教えてあげてほしいということだった。建て前は竜樹の加護を失い、自分たちの努力でスキルを身に付けるしかなくなったので優秀な指導者の下で修業をさせたいということだったが、その根っこの部分にはライくんとルイちゃんに森の外を見せてあげたいということがあるんだろう。

そんな村の人たちの想《おも》いを無視する訳にはいかないし、親方やファムリナさんは張り切りだしてしまったし、お店の店員さんもバイトを募集するか迷っていたのもあるし、なにより私自身がふたりと楽しくやりたいと思ったので受け入れを承諾した。

それ以来ふたりは昼間は店番をしながらスキルの練習に励んでいる。何故《なぜ》かバカ売れしている自動販売機にもライ印とルイ印とコチ印と分けていろいろ売り出したら、ふたりの可愛さに萌《も》えた夢幻人が結構買ってくれるのでふたりのテンションも高い。この調子ならスキルレベルもすぐに上がっていくと思う。

「農地開拓クエストも北東エリアを全部開拓したところで達成報告して、格安で農地も二十面くらい広げたし、そろそろ次の街を目指してもいいかも……何かやり残したことはあったかな？」

『くぉ？』

考え込んでいた私の目の前に首を伸ばして覗《のぞ》き込んできたのは緑竜樹を本体とする樹精の小竜。本来は精霊であるため形に決まりはないみたいだけど、ドラゴンとして崇《あが》められていた経歴があるせいかこの子は竜の形をしている。

「あ、そうだった。キミに名前を付けて契約精霊になってもらうんだったっけ」

『くぉぉん！』

私がそう声をかけると、しっかりと意味を理解しているらしい小竜は喜びの声を上げる。あら、そんなに喜んでくれるならもっと早く契約してあげればよかった。

「あら～、コチさん。契約を決めたのですか～」

「ふふふ、精霊さんのことも考えてあげるなんてさすがはコチさんですね」

「ファムリナさん！　それにメリアさんまで！」

さあ、いよいよと思ったところで裏口からファムリナさんとメリアさんが出てくる。ファムリナさんはライくんたちの指導で毎日顔を出しているけど、メリアさんがリイドを離れてここに来るのは初めてだ。

「はい、やっとお邪魔することができました。これからは私も短期間であれば動けるようになりましたから、冒険の際は是非御一緒させてくださいね」

「本当ですか！　メリアさんが来てくれるとパーティが安定するので助かります」

メリアさんは高位の神官で【神聖魔法】の達人、パーティにいてくれると回復役《ヒーラー》を完全に任せられるから、私も安心して攻撃役《アタッカー》に回れる。

「はい、お任せください」

にっこりと微笑《ほほえ》むメリアさんは見てるだけで癒《いや》されるなぁ。ファムリナさんのおっとり雰囲気と凶悪な胸部装甲とも合わさって眼福、眼福。

『コ・チ！　契約をするのでしょう！』

「あいたたた！　はい！　わかってます。だから爪を立てないで」

そんな私の邪《よこしま》なオーラを察したのか肩の上のクロが毛を逆立てている。怒らせると怖いので真面目《まじめ》にやろう。

「おいで」

右肩の小竜を腕の中に呼ぶと、ややひんやりとした手触りが感じられる。

「コチさん、名前はお決まりですか～」

「はい」

「それでは～【精霊魔法】を意識して言葉に魔力を込めながら名前を付けてあげてください。今回はこの子も望んでいますのでそれで大丈夫だと思います～」

大丈夫じゃないときもあるんですね。それはまた今度教えてもらうことにしよう。

「じゃあ、いきます」

『くぉ』


【私と契約してくれますか】

『くぉん』

【ありがとう、これからよろしくお願いします。キミの名前はリョクです】

『くぉぉぉぉぉん！』


リョクが喜びの声を上げ、淡い光がリョクを包む。

「あ……ちょっと大きくなったね」

『くぉん♪』

光が収まると契約前よりもほんの少し大きくなり、感情表現も豊かになったリョクが私の顔に頬《ほお》ずりをしてくる。

「ちょ、ちょっとリョク。痛冷《いたつめ》た気持《きも》ちいいってば」

「「「『……』」」」

「あれ？　皆さんどうかしました？」

周囲の反応が薄いので確認すると、リョクとじゃれているといつも機嫌が悪くなるクロですら呆《あき》れた顔をしている。

『はぁ……私たちと同じ犠牲者が増えてしまったわね』

「いやあ……兄ちゃん。四彩の皆は元々仮の名前だったたっていうから、わかるけど……さすがにそれは」

「うん、ちょっとね。お兄ちゃんと結婚して子供が産まれたら絶対私が名前を付けるから」

いやいや、ルイちゃんなに言ってるの！　結婚とか子供とか十年早いからね。

「まあ、コチさんらしいですが～」

「はい、私は好きですよ。よろしくお願いしますね、リョク」

『くぉん！』

え、え、え？　何気に四彩の皆は愛称が気に入っていると思ったから、リョクも合わせてと思ったのに……

皆からの失笑に包まれつつも、こうして本当に私の初イベントは無事？　終了した。

エピローグ

「あれ？　皆さん、お揃《そろ》いでどうかしたんですか」

ひとつの大型イベントが終わり、『兎《うさぎ》の天敵』もおかみさんと可愛《かわい》い店員ふたりのおかげで軌道に乗ってきた。それにリョクと契約したことで【精霊魔法】が実用的になったし、四彩の誰《だれ》かの護衛がなくても動き回れるようになってきた。とは言っても、どっかに行くときは大概誰かが着いて来てくれるんだけどね。

そんなこんなで【C・C・O】生活が充実してきて、そのせいか現実《リアル》でも人間関係にいい影響が出てきている。本当にこのゲームを勧めてくれた姉さんには感謝しかない。

姉さんとの賭《か》けもあるし、そろそろ姉さんを探しつつなにか新しい目標を設定してニノセでも目指そうかと思ってログインした朝。寝室を出てリビングに顔を出した私を待っていたのはおかみさんの美味《おい》しい朝食ではなく、ウイコウさんを始めとしたリイドの面々。エステルさん、ミラ、ガラ、ドンガ親方、ファムリナさん、ニジンさん、ラーサさん、ゼンお婆《ばあ》さん、レイさん、メリアさん、コンダイさん、シェイドさん、アルレイド、そしてシロ、クロ、アオ、アカの四彩だった。ただし、全員の表情は真剣そのものでいつもの緩やかな雰囲気はない。

「コチ君、私たちはキミに伝えなくてはならないことがある」

そんな状況でのウイコウさんの言葉。すぐにリイドの根幹にかかわることについての話だとわかった。

「はい」

「うん、ありがとう。少し長くなるかも知れない。座ろうか」

ウイコウさんに促されリビングのソファーに座る。もちろん全員が座れる数はないが、いつの間にか椅子が持ち込まれていて、体の大きなコンダイさんとガラ以外は全員が着席した。

全員が落ち着いたのを確認したウイコウさんは小さく頷《うなず》くと白い顎髭《あごひげ》をじょりっとしごいてゆっくりと口を開いた。

「さて、とは言ったもののなにから説明しようか……一から全部説明するのもあれだし、まずはコチ君の予測を聞いてみようか」

う、なんともウイコウさんらしい。こんな時でも答えをただ教えるように甘やかしてはくれないらしい。

「わかりました。私が今まで皆さんと一緒に過ごしてきて気が付いたのは、おそらく皆さんは何かを封じ込めていたのではないかということです。そしてそれは私たちが二度戦った強敵、グロルマンティコアとキュクロエレファンテが関係している。その存在を封じるためにリイドという場所と、皆さんの制約が必要だったのではないか。そう考えています」

「ほう、さすがだねコチ君。何かを封じているというところは気が付いていると想定していたが、制約との関係にまで思い至っているとは。百点を上げてもいいくらいだよ」

「ということは……」

「ああ、キミの予測どおりだ。キミはリイドの門が外開きだったことを不思議に思わなかったかい？」

「あ……」

確かにリイドの門は外開きだった。普通扉というものは外部から侵入する者を防ぐためのもの。だから内側から押さえやすいように内開きになるのが普通。街の人を守る門ならなおさらで、当然イチノセの四方の門は全《すべ》て内開きだ。それなのにリイドの門が外開きということは、リイドの門が侵入を阻むべき相手は街の中にいる。そういうことだ。

「正確には神殿の奥にそれはいる。私たちはそれを『混沌《こんとん》の獣』と呼んでいるが、それを封じ込めるために我々は神々と協力し、その場所に神像を置いて神殿を作り、リイドを作り、四つの災いを街へと縛り、英雄たちを集めた。そして、四つの災いと英雄たちの力と存在を制約することで封印の力としていた」

「え……じゃあ今は！」

「そうだね、封印は解けつつある。グロルマンティコアのような私たちが『混沌の爪』と呼んでいる凶悪な魔物たちが出現するようになったのがその証拠だ」

そんな……ということは、リイドのメンバーや四彩の力や神々の力を借りて封印していたような相手を、私の訳のわからない行動のせいで解き放ってしまったということになるんじゃ。

「コチ、何を考えているのかなんとなくわかるけどよ、そうじゃねえぜ」

「アル？」

「そうですコチさん。封印は結局のところ時間稼ぎに過ぎません。いつかはなんとかしなくてはならなかったんです」

「レイさん」

「そうよ、コチ。過去の伝承でしかなかった夢幻人がリイドに来るようになった時、私たちは決戦が近いことを覚悟していたわ」

「エステルさん」

「あんちゃん、あたしらは誰かと一緒に戦わなきゃならないならあんちゃんがいい。そう思ったんだよ」

「おかみさん」

「にゃはは、コォチと一緒なら退屈しないですむしね」

「ミラ」

「がははは！　俺は鍛えがいのある新人なら誰でもいいがな」

「ちょ、ガラ」

「くく、どうせコチくん以外には鍛えがいのある新人だと思わないくせにね」

「シェイドさん、それって」

「ふふ、私も含めて皆さんがコチさんを選んだんですよ」

「メリアさん」

「そうだぁ、コチどん」

「ひっひ、間違いないさね」

「コンダイさんにゼンお婆さんまで……」

「わ、私も！　動物さんたちの次くらいには……」

「……ニジンさん」

「ふん！　お前は俺の弟子だ！」

「親方……」

「あらあら、私もコチさんがいいですよ～」

「ファムリナさん」

『それは僕たち四彩も変わらないよ、でなきゃいくら街から出たくても契約なんてしないからね』

『同意』

『強い敵は望むところですわ』

『あなたは面白いから好きよ』

「シロ、アオ、アカ、クロ……」

「そういうことだよ、コチ君」

「ウイコウさん」

もしかしたらリイドの封印している魔物は、エンドコンテンツのようなある程度ゲームの世界をプレイヤーたちが味わい尽くした後に発生するイベントだったのかも知れない。それを結果として私の行動が早めてしまった可能性はある。でも……

「私も皆さんと一緒に冒険ができるようになれたことを後悔はしていません」

「へっ！　ったりめぇだっつ～の！」

アルが憎まれ口を叩《たた》きつつも照れくさそうに頬を掻《か》いている。このツンデレさんめ。

「ウイコウさん、私はこれから何をすればいいですか？」

「基本的にはいつも通りだよ。好きに冒険してこの世界を楽しんでくれればいい」

「それでいいんですか」

「もちろんだよ、ただし今後私たちは『爪』の情報を集めるために動くから、それを掴《つか》んだときだけは協力して欲しい。理由はキュクロエレファンテのときに説明した通りだ」

「はい『混沌の爪』は夢幻人がいないと倒せない。でしたね」

「そうだ、『獣』は緩んだ封印の隙間《すきま》をついて『爪』を外へと送り込み、人々を襲わせるだろう。その苦痛と悲鳴が奴《やつ》の復活を早め、復活後の力になる。だから私たちはなるべく出現と同時に『爪』を倒し、逆に奴の力を削《そ》ぐ。そして、私たちの因縁に終止符を打つために奴を倒す」

「わかりました。全面的に協力します」

真面目《まじめ》な顔で頷く私に、他の全員の雰囲気が一気に緩む。その急激な変化にむしろ私が戸惑ってしまう。

「へ？　な、なんですか」

「はは、随分と脅かしてしまったが、立て続けに二本の爪を失った奴が次の爪を送りこんで来るのは当分先だと思う。だからキミは今まで通り、いや今まで以上にのんびりと自由にこの世界を楽しんでほしい」

ああ、なるほど。今回は本当の意味で私と皆が仲間になるために秘密を共有するための集まりだったのか。

「そういうことよ、コチ。だから久しぶりに今日は私と冒険にいきましょう」

立ち上がったエステルさんが私の手を掴んで私を立たせると左腕に腕を絡ませてくる。

「あ、それでしたら、せっかく出てきたのですから私も御一緒します」

シャンッと錫杖《しゃくじょう》を鳴らして立ち上がったメリアさんが顔を赤くしながら私の右腕に腕を絡める。

「あ～！　はいはい！　それなら私も行きますよ」

「ふふ、モテモテですねぇ、コチさん。それなら私も～」

「え？　ニジンさんにファムリナさんも？」

「にゃはは！　お留守番長が行くならあたしも行く！　これでハーレムパーティの完成！」

「ちょっと、ミラ！」

私の後ろから首に抱き付いてきたミラに文句を言いつつも、たまにはこんな日があってもいいと思い直す。

「わかりました！　じゃあ今日はこのパーティでニノセまで一気に行っちゃいましょう」

「おい！　ちょっと待てコチ！　新しい街に行くのに俺を連れて行かないなんて有り得ないだろう！」

「無理ですよ、もうフルパーティですから。大人しく留守番してください」

後ろで騒ぐアルを一刀両断。

「ふふ、楽しんで行っておいでコチ君」

リビングを出て行く私に楽しそうに髭を揺らしているウイコウさんがかけてくれた声に私は振り返ると大きな声で返事をした。

「はい！　行ってきます！」

あとがき

『勇者？　賢者？　いえ、はじまりの街の《見習い》です　なぜか仲間はチート級』第三巻をお手に取ってくださった皆様、まずはありがとうございます。

この第三巻をはじめて手に取ってくれた方は初めましてで、第一巻や第二巻もご覧になってくださった方にはお久しぶりです。作者の伏(龍)《ふくりゅう》です。

この作品もこうして第三巻を出して頂けることになり、こうして形に出来たことをとても嬉《うれ》しく思います。と、ここまでがいつもの御挨拶《あいさつ》です。

本作が書店に並ぶのはおそらく秋真《ま》っ只中《ただなか》だと思います。

作者は秋だからどうこうというのはあまりないのですが、秋と言えば、読書、食欲、スポーツなどなど、いろんなことに取り組みやすい季節とは言えると思います。

今年はステイホームや自粛といった事情があり夏にやりたかったことが出来なかった方も多いと思います。作者は……生まれて初めてのぎっくり腰になってしまったこともあり、何かをやろうとする気力もなかったのですが（笑）。

それにしても、ぎっくり腰というのは大変なものだというのをしみじみと知りました。別名『魔女の一撃』とも呼ばれるそうですが、まさに抜群の破壊力でした。今回のぎっくり腰の原因としては掃除の際に床置きの一人用ソファーを持ち上げようとした時に……なのですが、どうも膝《ひざ》を伸ばしたままというのが良くなかったようです。億劫《おっくう》でも常に膝を柔らかく使うことを意識するというのが予防にはいいみたいです。

と、まあ作者の腰の話はどうでもよかったですね。

結局、秋に何をしますかという話だったのですが、今はいろいろ動きにくい時期ですが代わりにリモートなどのデジタルな方面の技術が目覚ましい進化を遂げつつあり、今までとは違った形の秋の過ごし方も見つけられるかも知れませんね。作者の頭はアナログなのであまり変わりませんけど。

ではシリーズ第三巻となる本書について。

今まで私が本の形で世に送り出したものはこの第三巻で六冊目になるのですが、それまでの五冊とは全く違う点が一つありました。それは、第三巻で書かれるべき内容の半分以上にWEB版の原文が全く無いということです。もちろんWEB投稿をするときに話の大筋は決めていますが、今までは原文を見直してあたらしい場面を足したり、いらない部分を消したりしていました。

ところが今回は後半部分全《すべ》てをゼロから書き下ろしです。WEB発の作家としては私も例に漏れず他にも仕事をしていますので、その仕事が終わってから時間を捻出《ねんしゅつ》して執筆をしましたがそれでも一日に何時間かしか時間が取れず、体力と時間をやりくりしていたのですが、当然のように当初の締め切りには間に合わず、あと二週間、あと一週間、あと数日、あと二日と引き延ばしまくってようやく完成しました。

なので、今回はWEB版を読んで下さっていた方にも後半は完全初出の内容になりますので先の展開を想像しながら楽しんで頂けると思います。

内容については、長期滞在型イベントに参加した主人公パーティが他のパーティとは違った方向からイベントを楽しみつつ攻略していくことになります。その結末がどうなるのかは是非読んでみてください。


そして、最後は恒例の謝辞のコーナーです。

まずは本シリーズ第三巻の刊行を決断してくださったＫＡＤＯＫＡＷＡ様に感謝を。

次に、第一巻から引き続き担当して下さった編集のＫ様。締切を何度も延長してご迷惑をおかけしてしまいましたが（え？　いえいえ、もっと余裕を持ったスケジュール立てろよとか思ってませんよ。全く！　これっぽっちも！（笑））、今回もありがとうございました。

それから、今回も素敵なイラストを描いてくださったｒｉｒｉｔｔｏ様。本シリーズを通して、ほのぼのとしたイメージを損なわずに、女性陣は可愛《かわい》く、男性陣は格好良く、召喚獣たちは愛らしく、しっかりと仕上げてくれました。

今回はライ、ルイの兄妹が好きです（笑）。本当にありがとうございました。


最後は、この本を手に取ってくださっている読者の皆さんです。皆さんのおかげでこうしてまた一冊私の作品を世に送り出すことが出来ました。

読者の皆様に最大級の感謝を捧《ささ》げます。


それでは、またどこかでお会いしましょう。

お便りはこちらまで

〒102－8078
カドカワBOOKS編集部　気付
伏（龍）（様）宛
riritto（様）宛

カドカワBOOKS

勇者《ゆうしゃ》？ 賢者《けんじゃ》？ いえ、はじまりの街《まち》の《見習《みなら》い》です 3
なぜか仲間《なかま》はチート級《きゅう》

2020年11月10日　初版発行

著者／伏《ふく》(龍《りゅう》)

発行者／青柳昌行

発行／株式会社KADOKAWA

〒102-8177
東京都千代田区富士見2-13-3
電話／0570-002-301（ナビダイヤル）

編集／カドカワBOOKS編集部

印刷所／大日本印刷

製本所／大日本印刷

ISBN 978-4-04-073894-9 C0093

新文芸宣言

かつて「知」と「美」は特権階級の所有物でした。

15世紀、グーテンベルクが発明した活版印刷技術は、特権階級から「知」と「美」を解放し、ルネサンスや宗教改革を導きました。市民革命や産業革命も、大衆に「知」と「美」が広まらなければ起こりえませんでした。人間は、本を読むことにより、自由と平等を獲得していったのです。

21世紀、インターネット技術により、第二の「知」と「美」の解放が起こりました。一部の選ばれた才能を持つ者だけが文章や絵、映像を発表できる時代は終わり、誰もがネット上で自己表現を出来る時代がやってきました。

UGC（ユーザージェネレイテッドコンテンツ）の波は、今世界を席巻しています。UGCから生まれた小説は、一般大衆からの批評を取り込みながら内容を充実させて行きます。受け手と送り手の情報の交換によって、UGCは量的な評価を獲得し、爆発的にその数を増やしているのです。

こうしたUGCから生まれた小説群を、私たちは「新文芸」と名付けました。

新文芸は、インターネットによる新しい「知」と「美」の形です。

2015年10月10日
井上伸一郎

転生特典のスキル【毒素分解ＥＸ】が地味すぎて、伯爵家でいびられるアイン。しかし母の離婚を機に隣国の王子だと発覚！　しかもスキルのおかげで、魔物の魔石を食べてその能力を吸収できる体質らしく……？

魔石グルメ
魔物の力を
食べたオレは
最強!